KB143992

뉴욕에서 만난 175가지 행복이야기

꿈을 찾아 떠난 어느 평범한 디자이너,
그녀가 들려주는 뉴욕에서 행복을 만나는 방법

에서 만난 175가지
행복이야기

2010년 11월 10일 1판 1쇄 발행
2011년 3월 18일 1판 2쇄 발행

지은이 | 장현경
펴낸이 | 이종춘
펴낸곳 | [BM] 성안당
주 소 | 경기도 파주시 교하읍 문발리 출판문화정보산업단지 536-3
전 화 | 031-955-0511
팩 스 | 031-955-0510
등 록 | 1973. 2. 1. 제13-12호
홈페이지 | www.cyber.co.kr
수신자부담 전화 | 080-544-0511

ISBN 978-89-315-7490-6
정가 14,000원

이 책을 만든 사람들
기획·진행 | 김중락
교정 | 신정진
표지·본문 디자인 | 나미진
홍보 | 박재언
제작 | 구본철

Contribute | 이은진(사진), 김철환(일러스트), 문유경, 류소용, 노지연, 조화영, 류보라,
        최진영, ANNIE BUI, KANAOKO SHIMURA, 양지, 유진

뉴욕에서 만난 175가지 행복이야기

꿈을 찾아 떠난 어느 평범한 디자이너,
그녀가 들려주는 뉴욕에서 행복을 만나는 방법

| 장현경 지음 |

BM 성안당

머리말

이 책은 겨울이면 어김없이 밑반찬으로 가득
찬 이민 가방을 질질 끌고 나타나던 동생의
불평불만에서부터 시작되었습니다. 모처럼
뉴욕을 찾았을 때 바쁜 언니를 대신하여 보기만 해도 행복해지는 곳들로 안
내해 줄 누군가가 혹은 무엇인가가 필요하다는 동생의 칭얼거림. 그리고 그
투정을 진지하게 받아들인 나. 그때는 뉴욕과 나의 관계가 미적지근할 무렵
이었습니다.

책을 쓰는 동안 이미 여러 번 다녀온 장소들을 다시 찾아가야 했습니다.
그 길에서 나는
맨발로 먹는 레드 벨벳의 달콤함을 알게 되었고,
새벽 촬영 때 발 벗고 나서서 편의를 봐 주던 뉴욕의 경찰관을 만났으며,
카메라를 향해 화를 내던 할렘의 주민들을 이해하게 되었고,
그곳에서만 느낄 수 있는… 잊고 있던 행복들과 다시 만나며,
뉴욕을 진심으로 사랑하게 되었습니다.

스물일곱이라는 적지 않은(?) 나이에 잘 다니던 회사를 그만두고 뉴욕에
온 지도 어느새 5년. 때로는 외롭고, 때로는 힘들어도 가슴 가득 꿈을 품고 날
아올 많은 사람들에게 뉴욕에서 행복과 만나는 방법에 대해 말해 주고 싶습
니다.

끝이 보이지 않던 책 작업에 종지부를 찍게 해주신 하나님께, 먼 길을 돌아
가고 있는 딸이지만 기대를 거두지 않아 주시는 엄마·아빠께, 나의 '베프' 세
령 공주와 경현 언니에게, 지영 언니+형부, 유경, 성재 트리오에게 삼삼한 고
마움을 전합니다.

그리고 늦어지는 진행에도 조금밖에 뭐라고 안 해주신(^^) 성안당의 김중락 과장님, 책 작업을 저 옆으로 밀어 두고 싶을 때마다 도움의 손길을 내밀던 은진이, 의자에 엉덩이 자국이 패일 때까지 일러스트를 만들어 내주신 김철환 디자이너님, 청소 기능 유무를 기준으로 카메라를 고르던 나에게 사진의 신세계를 보여 준 베티문, 책에 넣을 사진이 부족해 당황하던 내게 자식 같은 사진들을 아낌없이 내어준 지인들에게 이 책을 전합니다.

장현경

Contents

뉴욕에서 만난 175가지 행복이야기

Episode

Episode

Intro [1]

뉴욕으로 가는 길

사실 따지고 보면 한국에서
뉴욕까지 가는 길이 그리 멀지도
않다. 직항 항공편으로 13시간밖
에 걸리지 않는다. 막연히 영화
속 먼 곳으로만 생각했던 사람에
게는 오히려 약간 시시할 정도일
지도 모른다. 내가 5년 전 처음
뉴욕으로 여행을 왔을 때도 그런
느낌이었기 때문이다.

그런데 유학 준비를 할 때
는 여행을 떠날 때의 기분과 참
많이 달랐다. 뉴욕으로의 유학을
결정했을 때 내 나이는 27세, 부모님께 경제적인 뒷받침을 바랄 수 있는 시기
도 지나갈 즈음이었다. 당시 나는 다람쥐 쳇바퀴 돌듯 하루하루 반복되는 회
사 생활에 심각할 정도로 무료함을 느꼈고, 시차 적응이 될 만하면 돌아오는
잦은 해외 출장도 무의미하게 느껴졌다. 그 나이면 한 번쯤 느끼게 되는 능력
의 한계에 대한 무기력함이 20대 초반의 활활 타오르던 열정을 해가 갈수록
시들게 만들 때였다. 결혼할 때는 맞벌이를 얘기하다가 임신을 준비하면서
일을 그만두는 친구들을 보면서, 승진에서 밀린 30대 인생 선배들이 삼삼오
오 모여 자신은 이렇게 살고 싶었다며 이제는 목표가 아닌 후회의 넋두리를
늘어놓는 것을 보면서 아마도 나는 스스로 희망의 실마리를 찾아가고 싶었던
것 같다.

비록 어릴 적부터 꿈꾸던 미술은 아니었지만, 어떻게 생각하면 그것과
그리 멀지 않은 패션 공부를 해야겠다는 목표를 세운 뒤 세계적인 디자이너
인 안나 수이, 마크 제이콥스, 도나 캐런 등을 배출한 'Parsons School of

Design'에 입학 원서를 넣었다. 그러나 무심하게도 한겨울의 칼바람이 부는 2월, 나는 보기 좋게 불합격 통보를 받아야 했다.

그렇지만 쉽게 포기할 수는 없는 일. 나는 9월 학기 입학을 목표로 다시 준비를 시작했다. 가장 먼저 학교에 불합격한 이유를 문의했고, 카운슬러에게 내가 보완해야 할 부분에 대해 상담을 받았다. 그 결과 불합격의 이유가 낮은 GPA^{학점 평균: 미국식} ^{계산법에 근거한 내신 평점}였기에 우선 9월 학

기 입학 원서를 넣은 후 한국의 모 대학에 입학을 했다. 원하는 학과에 입학하면 잘할 수 있다는 것을 보여 주기 위해서는 한 학기 동안의 새 학점이 필요했기 때문이었다. 그렇지만 솔직히 합격을 할 것이라는 확신이 없었기에 일과 학업을 병행하며 학기를 마쳤고, 1학기 동안 열심히 공부해 받은 학점을 7월이 되어서야 겨우 제출할 수 있었다. 그리고 9월 학기를 한 달 남짓 남겨 둔 7월 중순에야 극적으로 합격 통보를 받아냈다.

A tip from a New Yorker 미국의 두 가지 학기제

미국의 대학교는 우리나라와 다르게 학기제가 두 종류로 구분되어 있다. 하나는 우리나라처럼 2학기제이고, 또 하나는 쿼터제로 1년을 4학기로 나눈 경우이다. 2학기제는 대부분 9월(fall semester)과 1월(spring semester)에 학기가 시작되는데, 9월에 입학하기 위해서는 일반적으로 전년도 11월 셋째 주(Thanksgiving)부터 다음 해 2월까지 원서를 넣어야 한다.

대부분의 대학들에는 'Rolling Admission'이라는 제도가 있는데, 원서를 지원하는 순서대로 합격 여부를 통보해 주는 제도이다. 즉, 원서를 빨리 넣을수록 정원의 여유가 많아 합격에 유리하다고 할 수 있다. 가을 학기(Fall semester) 입학 지원을 한 경우 지원 순서에 따라 1월부터 늦으면 3월까지 합격 여부를 통보받게 된다.

나는 무척 가고 싶었던 학교에 입학했다는 사실만으로 마치 인생 역전의 기회를 보장받은 듯 방방 뛰었다. 지금 생각해 보면 나란 사람이 20대에 마지막으로 발휘한 패기의 결과물이었기 때문인 듯싶다. 그때 내 또래의 친구들에게 남겨진 코스로는 결혼이 있었지만, 적어도 나에게는 아직 무언가를 할 열정이 더 남아 있었고, 결혼으로 원하는 선택의 폭을 좁히기에는 아직 너무 아쉽다는 생각을 어렴풋이 하고 있었던 것 같다.

뉴욕으로 떠날 날짜를 잡고 나서도 실감이 나지 않았다. 계다가 9월에 입학 예정이었는데 합격 여부를 7월 중순에야 알았으니 비자 준비만으로도 시간이 촉박할 정도였다. 그러던 어느 날 인터뷰를 위해 미국 대사관을 방문했다. 조마조마한 마음으로 차례를 기다리고 있던 내 앞에는

어느 모녀가 미국으로 어학연수를 가기 위해 인터뷰를 진행하고 있었다. 칼눈을 뜬 심사관이 통역관을 통해 학교 이름을 물었으나 긴장한 그들은 머뭇거리며 한 번에 대답하지 못했다. 그러자 심사관은 차후 결정하겠다며 단번에 모녀를 돌려보내는 것이 아닌가. 안 그래도 가뜩이나 긴장하고 있던 차에 그런 상황을 지켜보니 더욱 당황스러웠다. 결국 나는 마치 3년 말린 황태처럼 딱딱하게 굳어서 겨우겨우 인터뷰를 마칠 수 있었다. 다행히도 1주일 후 비자를 받을 수 있었고, 떠나기 전까지 눈코 뜰 새 없이 바쁜 나날을 보냈다.

긴 시간 동안 외국에 나가 있으려는 사람들은 몇 개월 전부터 차근차근 주변 정리를 하는 게 보통이지만, 내 경우에는 친구, 친지, 지인들과 인사를 나누기에도 시간이 빠듯했다. 한국을 떠나기 며칠 전 친구들을 만나고 집으로 돌아오는 차 안에서 창밖으로 보이는, 미처 새겨 두지 못했던 우리 동네의 예쁜 야경에 마음이 뭉클했다. 내가 없어도 크리스마스에는 가로수에 불이 켜질 테고, 가을이면 낙엽이 떨어지겠지……. 이런저런 생각을 하다 보니 마치 그림 속 풍경에서 나는 이제 지워질 존재가 되는 것처럼 허전함이 밀려왔다.

그렇게 시간은 흘러 어느새 떠나는 날이 되었다.

뉴욕으로 놀러 오겠다는 친구들, 금방 볼 수 있다고 위로해 준 동생, 밤새 음식 준비를 해주신 엄마, 그렇게 무뚝뚝하신 분인데도 그날은 공항까지 나오셔서 말없이 안아 주신 아빠, 하다못해 전날 먹었던 매운탕마저 나를 애틋하게 만들었다. 누군가 톡 건드리기만 하면 울음을 터트릴 수 있었지만, 사랑하는 사람들에게 내 선택에 대한 의지와 패기를 보여 주기 위해 눈물을 꾹꾹 참아야 했다. 그렇게 꼭 막아 두었던 눈물샘은 겨우 1시간 만에 일본에서 무너져 버렸지만.

늘 당당하던 자신감과 용기는 한국의 내 방 서랍 안에 두고 온 것처럼 13시간의 비행 동안 내내 불안함에 떨며 잠도 한숨 못 자고 케네디 공항에 도착했다. 입국 심사 때 학교 서류를 보여 줘야 하는데, 그중 하나를 부치는 짐 가방 속에 넣어 두어 심사관에게 꾸중을 듣는 등 우여곡절을 겪으며 미국 유학 생활의 첫발을 내딛었다.

다행히도 공항에는 룸메이트가 될 경현 언니가 나와 나를 보며 반갑게 웃고 있었다. 그 어수선하고 낯선 공항에 아는 얼굴이 보인다는 사실이 얼마나 고마웠는지 하마터면 왈칵 눈물을 쏟을 뻔했다. 그리고 그날부터 '초짜 뉴요커'의 좌충우돌 뉴욕 생활은 시작되었다.

A tip from a New Yorker 유학을 위한 입학 지원 서류

• 입학 지원서(Application)와 입학 지원서 전형료(Application Fee) : 입학지원서는 대부분 해당 학교 인터넷 사이트에서 다운로드 할 수 있다. 이때 전형료도 원서를 접수하면서 인터넷으로 결제하면 된다.

• 포트폴리오 : 예술학과 지원자들이 가장 많은 부담을 느끼는 자료이지만, 학교 웹 사이트의 지시대로 준비하도록 하고, 특히 자기만의 개성을 살린 포트폴리오를 만드는 것이 중요하다. 미국학생들은 따로 학원을 다니며 준비하는 경우가 거의 없을 정도로 순수하지만 개성이 넘치게 만든다는 것을 염두에 두도록 하자.

• 지원 동기/자기소개서 : 주로 자신에 대한 소개와 해당 학교에 지원하게 된 동기를 구체적으로 작성한다. 단순히 '이 학교가 좋아서'등의 막연한 이유는 피하는 것이 좋다.

• 성적 증명서 : 원본과 영문 번역본을 제출하면 되는데, 학교에 따라봉인이 된 원본을 요구하는 경우가 있다. 이럴경우 반드시 학교의 직인이 찍힌 것으로 제출하도록 한다.

• 영어 성적표 : 학교마다 다르지만, 대부분 토플 점수를 요구한다. 이때 점수가 높다고 유리하거나 기준을 가까스로 넘었다고 해서 불리하게 작용 하지는 않으며학교의 기준치만 넘으면 된다.

• 재정 관련 증명 서류(Declaration of Finances) : 각 학교의 서류 양식에 맞춰 최소 첫 해 1년 동안 학비와 생활비를 낼 수 있다는 증거 서류를 첨부하여 제출해야 한다. 보통 지원자 본인이나 부모님의 계좌 잔고증명서를 제출하는 것이 일반적이다.

뉴욕에서 숙소 구하기

나보다 먼저 한국을 떠나온 한 친구는 만반의 준비를 갖춰서 뉴욕에 입성했다. 한국의 자취방에서 쓰던 프라이 팬뿐만 아니라 옥 매트에 변압기까지, 마치 옆 동네로 이사 가듯 꼼꼼히 짐을 쌌다. 걱정스레 바라보는 내게 해맑은 웃음을 지으며 가서 버리는 한이 있더라도 가져가야 한다고 살림 밑천을 한가득 챙겨 간 것이다. 나는 짐이 단출한 것을 좋아하기 때문에 뉴욕으로 유학을 떠날 때 그 항공사의 허용치짐 가방 약 23kg 2개, 캐리언 13kg조차도 다 채우지 않았지만, 마음은 짐 가방보다 수십 배나 무거웠으니 결국 누가 더 가볍게 떠난 것인지 모르겠다.

뉴욕에 도착한 뒤 가장 우선적으로 해결해야 할 것은 숙소이다. 한국에서는 일주일 정도 묵을 임시 숙소만 구해 놓고 오는 것이 좋은데, 미국으로 장기 여행을 가거나 유학을 떠나는 사람이라면 '헤이코리안www.heykorean.com' 사이트에서 많은 도움을 얻을 수 있다. 나도 뉴욕에 도착해서 일주일 정도 묵을 집을 이곳에서 구했는데, 내가 구한 임시 숙소는 방 두 칸짜리 집에서 방 하나만 쓰고 일주일에 360달러를 지불하는 조건이었다. 그러나 이곳도 일주일밖에 이용할 수 없었기 때문에 뉴욕에 도착하자마자 곧바로 새로운 집을 알아봐야 했다.

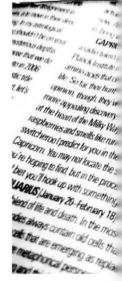

한국에서 미리 집을 구하고 오면 편하지 않겠느냐고 생각하는 사람들이 많겠지만, 뉴욕에서 방을 구해 보면 왜 현지에서 직접 구해야 하는지 쉽게 이해할 수 있을 것이다. 뉴욕의 많은 사람들은 집을 임대해서 살고 있는데, 폭발적인 인구 수 때문에 집을 구경하고 돌아서면 이미 누군

가 계약해 버렸을 정도로 임대 계약이 빠르게 이루어진다. 즉, 몇 군데 집을 둘러보고 느긋하게 재면서 선택할 시간이 없다는 뜻이다. 나도 뉴욕에 도착하기 전 미리 집을 구해 놓을 요량으로 한국에서 몇 번 알아보았다. 하지만 집주인이나 부동산에 전화를 해보면 "도착해서 전화해 보세요. 아마 그때는 이미 집이 나갔을 거예요." 이런 대답이 대부분이었다. 또한 실제로 보지도 않고 장기간 머무를 곳을 덜컥 정할 수도 없으니 우선 임시로 있을 곳을 정한 후 도착해서 장기 숙소를 구하는 것이 현명한 선택이라고 할 수 있다.

A tip from a New Yorker 뉴욕에서 집을 구할때 유용한 사이트
- www.heykorean.com : 한국인이 운영하는 미국, 특히 뉴욕에관한포털 사이트
- www.craigslist.com : 미국 사이트로 구인 구직 부터 짐까지 없는 게 없는 정보사이트
- www.newyorktimes.com : 뉴욕타임스에서운영하는 뉴욕의모든걸 다루는 사이트
- www.tosublet.com : 유학생처럼 신분 보증인이 없거나 연봉이 부족하여 집 렌탈을 장기 계약을 못하는 사람들을 위한 서블렛 사이트

일주일 뒤면 노숙자처럼 거리에 나앉아야 할지도 모른다는 불안감에 나는 뉴욕에 도착한 다음 날부터 눈에 불을 켜고 집을 구하러 다녔다. 처음에는 맨해튼 쪽의 집들을 알아보았으나 첼시·이스트 빌리지·화이넨셜 디스트릭은 비싸서, 미드타운·다운타운·업타운 등은 살인적인 가격에 비해 공간이 너무 협소해서 포기해야 했다. 특히 맨해튼에는 사람 수 대 쥐의 비율이 1 대 8이라는 통계가 있고, 이런 통계가 무색하지 않을 정도로 집에서 쥐를 봤다는 사람들의 경험담이 많기에 헌 집은 아예 볼 생각도 하지 않았다. 뉴욕에서만 10년째 살고 있는 현재 룸메이트 경현 언니의 생생한 증언에 의하면 임대료도 저렴하고 지하철역 바로 앞에 위치한 괜찮은 집을 구한 적이 있었는데, 자다가 손이 따뜻해서 눈을 떠보니 쥐가 손바닥 안에서 애완견처럼 자고 있

A tip from a New Yorker 부동산 기초상식

• 일반적으로 주택 랜트는 1년에서 2년 계약을 하도록 되어 있다.

• 서블렛은 기간이 꼭 정해져 있는 것이 아니므로 집주인과 상의해서 결정 하면 된다.

• 예치금을 떼어먹는 집주인이 많으니 반드시 계약서에 예치금을 반환받는 조건과 시기를 정확히 명시하도록 한다. 아발론(Avalone) 등 큰 회사들이 운영하는 랜트 전문 건물들은 오히려 그런 걱정이 덜하다.

• 랜트 전문 빌딩 중에는 브로커 없이 건물주와 직접 계약할 수 있는 곳이 있으니 이런 곳을 찾으면 중개 수수료를 절감할 수 있다.(No Broker fee Building)

• 집에 문제가 생겼을 경우에는 누룩 밖에 와거해 집주인에게 수리 의무가 있으니 반드시 주인에게 수리를 요구하거나 건물 메인터넌스(Maintenance: 건물의 수리, 보수를 담당하는 부서)를 부르도록 한다.

• 룸메이트끼리도 미리 생활 규칙을 정하는 것이 좋다.

• Co-op은 대부분 원칙상 서블렛을 금지하니 주인과 그 문제에 대해 확실히 짚고 넘어간다.

25

Photographer | K 중섭

A tip from a New Yorker 부동산 용어 개념

- Rent : 한국처럼 전세 개념이 없기에 월세의 형태를 말함
- Sublet : 이미 빌린집을 다시 세 놓는 형태
- Guarantor : 보증인
- Deposit : 집의 파손이나 월세가 밀릴 경우를 대비하여 예치하는 금액 (보통 한 달치 임대 비용)
- Broker : 부동산 중개인 (대부분의 사이트에 소개된 집은 브로커들이 올리는 것임), 브로커를 통해 집을 구하면 일 년치 월세의 15% 정도를 수수료로 지불해야 함
- Condominium : 우리나라의 아파트 개념
- Co-op : 공동 소유의 건물. Board라는 이사회가 건물 규칙을 정하는데, 대부분 임대를 금지하고 Board의 승인이 있어야 매매가 가능함
- Loft : 예술가들이 선호하는 아파트 형식으로 놓은 천정 구조의 집
- Duplex : 복층 구조의 집
- House : 단독 주택의 형태
- Rent Office/Sales Office : 건물의 임대와 판매를 담당하는 부서로 브로커 없이 방문해 직접 계약할 수 있는 곳이 많음

었을 정도라고 한다. 업타운보다 위로 올라가면 그 유명한 할렘이 나온다. 요즘은 개발을 해서 많이 깨끗해졌다고는 하지만 집집마다 설치된 살벌한 방범 장치가 의미하듯, 강도와 살인까지는 아니더라도 지하철에서 내려 집까지 갈 때 심장이 벌렁거리는 부담을 감수해야 해서 포기. 뉴저지는 깨끗하고 가격 대비 넓지만 뉴욕과 다른 주이기에 왔다갔다 통행료가 비싸서 고민하다가 특히 밤까지 학교에서 숙제를 해야 할 때나 피곤할 때 택시를 타면 50달러가 넘는다는 뉴저지 주민 화영이의 말을 듣고 깨끗이 포기. 나중에 알았지만, 학교 바로 앞에 뉴저지 Path선이 있어 지하철로 수월하게 통학하는 학생들도 많았다. 그 외에도 맨해튼 위쪽으로 자리 잡은 브롱스는 정보가 없고 아는 사람이 없어서 포기. 이제 남은 후보지는 퀸즈와 브루클린. 그중에 결국 지하철로 한 정거장이면 맨해튼 42번가로 들어올 수 있는 퀸즈의 LIC롱아일랜드 시티로 숙소를 결정했다.

도착해서 딱 일주일 만에 겨우겨우 구한 집은 새로 지은 건물이라 벽의 페인트 냄새가 솔솔 나는 그런 곳이었다. 게다가 임대하는 사람이 집세를 떼어먹을까 봐 보증인Guarantor의 서명을 받아서 주인에게 줘야 하는 전형적인 뉴욕의 집이었다. 나는 유학생의 신분이라 주민번호는커녕 여권을 잃어버리면 나란 존재가 누군지 증명조차 안 되기 때문에 보증인의 서명 대신 일 년치 집세를 다 내고서야 들어갈 수 있었다. 한 달 집세가 3,000달러인 방 두 칸짜리 집. 다행히도 룸메이트를 구해 두었기 때문에 한 달 후 룸메이트가 들어오면 1,500달러로 절감할 수 있었지만, 그래도 유학생 신분으로는 부담되는 액수였다. 그러나 적응하는 1년 동안만이라도 집에서는 편하게 쉬고 싶어 그동안 벌어 놓은 돈으로 눈 딱 감고 질렀다. 계약을 모두 마친 후 제대로 풀지도 못한 짐 가방을 들고 텅 빈 집에 들어왔을 때는 긴장이 풀려서 먼지투성이 바닥에 주저앉아 있다가 배고픈 것도 잊고 이틀을 꼬박 자고 또 잤다.

이곳으로 유학을 오기 전에는 뉴욕 지도를 보며 이것저것 외우기도 했는데, 막상 겪어 보니 전혀 그럴 필요가 없었다. 집을 구하러 다니는 동안 브로커와 신물 나게 지하철을 타고, 동에 번쩍 서에 번쩍 다니며 관광 가이드 못지않게 알게 되었기 때문이다. 처음 집을 보러 다닐 때는 언제나 그렇듯이 설레면서 들떴지만, 몇 군데 가보니 맨해튼에서 점점 멀어지게 되고, 비싼 임대료에 기가 눌려 '내가 정말 발가숭이로 이곳에 있구나…….' 하는 생각까지 들었다. 너무 힘들 때마다 피가 찔끔 나는 새끼발가락을 보며 '못 견딜 정도로 힘들면 다 때려치우고 한국으로 돌아가면 돼. 가서 그냥 몇 달 창피하면 돼.' 하고 눈물을 꾹

꾹 참으며 혼잣말을 하곤 했다. 하지만 어느새 이 기억들은 지금 떠올려 보면 무척 재미있는 추억으로 남아 있다.

뉴욕에 온 지 4년이 지난 지금, 나는 아직도 뉴욕으로 가고 있다. 뉴욕으로 올 때 다짐했던 꿈과 목표를 다 이루지 못했기 때문이다. 사실 그게 무엇인지 정확히 정리해서 말할 수는 없지만, 단순히 좋은 학교를 나오고 영어를 유창하게 하는 정도를 말하는 것이 나에겐 아니었기 때문이다.

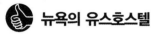 **뉴욕의 유스호스텔**

● HI New York City
위치 ★ 891 Amsterdam Ave, New York, NY 10025
전화번호 ★ 212-932-2300
체크인&체크아웃 ★ 24시간 가능
숙박비 ★ 6인 도미토리 $49, 8인 도미토리 $42, 12인 도미토리 $34

도보 관광, 스포츠 관광, 공연 관광 등 다양한 자체 프로그램을 운영하는 미국 내 가장 큰 규모의 유스호스텔이다. 인터넷, 공동 취사, 세탁, 식당이 있으며 컬럼비아 대학과 센트럴 파크 사이에 위치하여 관광하기에는 무척 좋은 곳. 유스호스텔 내 수영장을 이용할 수 있으며, 매주 화요일과 목요일에는 무료 맥주 시음 행사도 열린다.

● Chelsea International Hostel
위치 ★ 251 West 20th Street, New York, NY 10011
전화번호 ★ 212-647-0010
체크인&체크아웃 ★ 오후 3시, 정오
숙박비 ★ 2인 도미토리 $40~48, 개인(더블 침대) $115~140, 개인(더블 침대 2개) $165~170

뉴욕의 중심지인 첼시에 위치한 곳으로 침구류는 무료이나 타월은 각자 준비해야 한다. 사물함을 대여해 주지만, 자물쇠는 개인이 준비해야 한다. 매주 수요일에는 무료 피자 파티가 열리며, 체크아웃 후에도 세탁실을 이용하는 것이 가능하다. 인터넷 카페, 세탁실, 팩스 서비스, 커피와 차 무료 제공.

● Broadway Hotel & Hostel
위치 ★ 230 West 101 Street, New York, NY 10025
전화번호 ★ 212-865-7710
체크인&체크아웃 ★ 오후 1시, 오전 11시
숙박비 ★ $25

지하철역과 2블록 거리인 역세권에 위치해 있음에도 하루 숙박비 25달러의 저렴한 숙박료만으로 묵을 수 있는 곳. 체크인 할 때는 사진 붙은 신분증이 필요하며, 숙박료는 현금이나 여행자 수표로만 지불해야 한다(카드 사용 불가). 금요일과 토요일은 팝콘을 무료로 제공한다.

● Lafayette International Hostel
위치 ★ 484 Lafayette Ave, New York, NY 10003
전화번호 ★ 347-551-0480
체크인&체크아웃 ★ 오후 1시, 오전 10시
숙박비 ★ $20 이상

브루클린에 위치한 곳으로 맨해튼 방향 지하철역과 1/2블록 떨어져 있다. 최소 이틀은 머물러야 하고, 숙박료는 현금으로만 지불 가능하다.

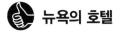 뉴욕의 호텔

● The Plaza

홈페이지 ★ www.theplaza.com
위치 ★ Fifth Avenue at Central Park South, New York, NY 10019
전화번호 ★ 888-850-0909(무료), 212-759-3000
체크인&체크아웃 ★ 오후 3시, 정오
숙박비 ★ $725 이상(성수기 기준, 세금 미포함) / 주차비 : $65(하루 기준)

● W Hotel

홈페이지 ★ www.wnewyork.com
위치 ★ 541 Lexington Avenue, New York, NY 10022
전화번호 ★ 212-308-9100
체크인&체크아웃 ★ 오후 3시, 정오
숙박비 ★ $895 이상(성수기 기준, 세금 미포함)

● Hyatt Hotel

홈페이지 ★ grandnewyork.hyatt.com
위치 ★ 109 East 42nd Street at Grand Central Terminal, New York, NY 10017
전화번호 ★ 212-883-1234
체크인&체크아웃 ★ 오후 4시, 오전 11시
숙박비 ★ $439 이상(성수기 기준, 세금 미포함) / 주차비 : $57(하루 기준)

● Chelsea Hotel

홈페이지 ★ www.hotelchelsea.com
위치 ★ 222 W 23rd St, New York, NY 10011
전화번호 ★ 212-243-3700
체크인&체크아웃 ★ 오후 3시, 오전 11시
숙박비 ★ $199 이상(성수기 기준, 세금 미포함)

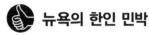 **뉴욕의 한인 민박**

● 애플하우스 NY Times SQ
홈페이지 ★ cafe.naver.com/applehouseny
전화번호 ★ 347-866-6885
숙박비 ★ $80~400

맨해튼 안에서도 가장 중심부인 타임 스퀘어 부근에 위치해 있으며, 1호점부터 5호점까지 있어 다양한 숙소를 제공하는 곳이다.

● December in New York
홈페이지 ★ www.decemberinny.com/home
위치 ★ Kennedy blvd east, West New York, NJ 07093
전화번호 ★ 201-704-7559
숙박비 ★ $60~240

맨해튼 내에 숙소를 잡으면 절대 볼 수 없는 맨해튼 뷰. 그러나 이곳은 버스로 맨해튼 중심부까지 15분 정도 소요되는 뉴저지에 위치하고 있어 맨해튼 뷰를 볼 수 있다. 초중고생들을 위한 영어 단기 캠프를 운영한다.

● 평강의 집
위치 ★ 150-15 Roosevelt Ave, Flushing, NY 11354
전화번호 ★ 718-916-3525
숙박비 ★ $60~90

맨해튼까지 20분 정도 소요되는 뉴욕 플러싱의 한인 타운에 위치한 곳.

● 아틀라스
위치 ★ 60 West St, New York, NY 10018
전화번호 ★ 646-416-4472
숙박비 ★ $78~120

보통의 민박집보다 고급스러운 실제 뉴요커들의 집에서 머무를 수 있다.

Episode
January ①

맨해튼의 지하철은 지은 지 100년이 넘었기에 한국의 깨끗하고 정돈된 지하철을 떠올린다면 좀 곤란하다.
쥐가 우글거리고 냄새와 분위기 또한 음침하지만 다양한 인종의 사람들을 구경할 수 있고, 즉석 공연도 볼 수 있다.

유학 온 첫 달, 나는 애비뉴를 가로지르는 지하철의 고마움을 모르고 마구 택시를 타고 다녔다. 그렇게 한 달을 보낸 뒤 정산해 보니
그달 택시비가 집 렌트비보다 더 많이 나왔다는 걸 깨달았다.

뉴욕의 대중교통 BMW
(Bus Metro Walk)

나는 예전에 뉴욕 여행을 온 적이 있었음에
도 불구하고 '뉴욕=맨해튼'이라고 생각했다.
하지만 유학 와서 알게 된 사실은 뉴욕이라
는 주state 안의 여러 도시 중 뉴욕시New York City가 있으며, 뉴욕시는 또 브롱스
Bronx, 브루클린Brooklyn, 맨해튼Manhattan, 퀸즈Queens, 스테이튼 아일랜드Staten Island 5
개의 구Boroughs: 보로로 나뉜다는 것이다. 그러니까 결국 맨해튼은 넓디넓은 미
국의 50개 주 중 하나인 뉴욕 주, 거기에서도 뉴욕시 안 5개의 구역 중 코딱
지만 한 땅인 셈이다. 도대체 이 작은 땅덩어리가 어떻게 뉴욕을 대변하는 중
심지가 되었을까?

아주 오래전부터 인디언들이 살던 매나하타Ma-na-hatta라는 섬이 있었다.
무역 항로를 개척하던 네덜란드 사람들이 우연히 이 섬을 발견하게 되었고,
그들은 인디언들로부터 24달러에 이 섬을 사들였다. 남쪽 끝이 뾰족하게 튀
어나와 배들이 정착하기 좋은 이곳을 네덜란드인은 뉴 암스테르담이라고 부
르며 중계 무역의 중심지로 키워 나갔지만, 그로부터 20년 후 이를 호시탐탐
노리던 영국인들 손에 섬을 넘겨주게 된다. 그리고 이 섬의 새 주인인 요크York
공작의 이름을 따서 뉴욕New York이라 부르게 되었다. 영국의 식민지였던 이때
'Province of New York뉴욕의 인근 지방'이라고 불리던 구역이 모체가 되어 뉴욕
주의 모양을 갖추었는데, 뉴욕시는 미국의 독립전쟁을 이끌고 한때는 미국의
수도 역할도 하면서 메트로폴리탄으로 성장을 한다.

맨해튼의 원래 이름인 매나하타는 '언덕이 많은 땅'이라는 뜻
을 가지고 있지만, 지금의 맨해튼은 평평하기 그지없다. 폭발적인 성
장을 거듭하던 맨해튼이 남쪽의 땅만으로는 부족해 북쪽으로 뻗어 나가자
1811년 본격적인 맨해튼 개발 계획이 세워지게 된다. 평지를 만들고 맨해튼
땅 전체를 격자 모양으로 계획하여 도시를 세웠는데, 지금의 애비뉴avenue: 맨해
튼을 남북으로 가로지르는 길와 스트리트street: 맨해튼을 동서로 횡단하는 길가 그때 생겨났다. 지금도

Manhattan
맨해튼

Inwood

Fort George

Washinton Heights

Hamilton Heights

Harlem

Morningside Heights

East Harlem

110 St.

96 St.

Upper West Side

Central Park

Upper East Side

72 St.

59 St.

Clinton

Theater District

Turtle Bay

42 St.

Hell's Kitchen

Garment District

Murray Hill

Midtown

34 St.

Kips Bay

23 St.

Chelsea

Gramercy Park

14 St.

West Village

Greenwich Village

NOHO

East Village

ABC City

Houston St.

SOHO

Little Italy

Lower East Side

China Town

Tribeca

Lower Manhattan

Roosevelt Island

Bronx
브롱스

New Jersey
뉴저지

Queens
퀸즈

Brooklyn
브루클린

Staten Island
스테튼 아일랜드

A tip from a New Yorker   맨해튼의 구성

맨해튼은 크게 할렘, 엄타운, 미드타운, 다운타운, 로
어 맨해튼으로 나뉘며, 각 지역은 더 잘게 세분화되어
있다. 미드타운만 해도 시어터 디스트릭트 The oter
District, 터틀 베이 Turtle bay, 머레이 힐 Murray Hill 등
여러 지역으로 나뉘는데, 그 잘은 지역마다 특징이 있
다는 것도 재미있지만 위치를 설명할 때도 유용하게
쓰인다.

지도를 살펴보면 맨해튼의 남쪽은 제멋대로 길이 나 있지만, 14스트리트 위로는 아주 차분하게 정돈되어 있는 것을 알 수 있다.

고른 치아처럼 정돈된 맨해튼에 뻐드렁니가 튀어나온 듯 사선으로 가로지르는 길이 브로드웨이이다. 브로드웨이 애비뉴는 인디언들이 살던 때부터 있었던 길이기 때문에 도시를 계획하던 이들도 어쩔 수 없이 이를 수용했다고 한다. 하지만 결과적으로 자칫 심심할 수 있는 맨해튼의 전체적인 모습이 규칙과 불규칙이 공존하는 재미있는 모양으로 재탄생되었다.

사실 맨해튼을 벗어나면 LIRR Long Island Rail Road: 뉴욕의 동쪽에 위치한 롱 아일랜드 방향으로 운행하는 기차과 인터 스테이트 버스와 그랜드 센트럴 터미널의 기차들을 빼고는 딱히 설명할 만한 대중교통 수단이 없다. 그래서 뉴욕의 대중교통에 대해 이야기하려면 맨해튼 중심의 지도를 소개해야 하는 것이 맞다. 뉴욕시는 맨해튼을 중심으로 북쪽의 브롱스, 오른쪽의 퀸즈, 퀸즈 밑으로 브루클린이 자리 잡고 있으며, 남쪽으로 떨어진 곳에는 스테이튼 아일랜드가, 왼쪽 허드슨 강 너머로는 뉴저지 주가 위치해 있다.

유학 온 첫 달, 나는 애비뉴를 가로지르는 지하철의 고마움을 모르고 마구 택시를 타고 다녔다. 방향 감각이라는 유용한 능력을 가지고 태어나지 못해 길을 잃어버리는 것이 세상에서 제일 무서웠기에 조금만 모르는 길을 갈 때면 택시 타기를 밥 먹듯 한 것이다. 기본요금이 2.5달러인 택시를 타고 일방통행 도로가 많아 막히기 일쑤인 맨해튼을 달리다 보면 어느새 요금은 10달러를 훌쩍 넘는다. 그렇게 한 달을 보낸 뒤 정산해 보니 그달 택시비가 집 렌트비보다 더 많이 나왔다는 걸 깨달았다. 그 후 내게는 새로운 환경에 대한 두려움보다 택시비가 더 큰 부담으로 다가왔고, 그때부터 대중교통과 튼튼한 두 다리를 적극 이용하기로 굳게 마음먹었다.

애비뉴 선상으로 다니는 지하철이 초보 유학생에게는 두려움의 대상일 수도 있다. 특히 익스프레스Express: 구간 중에 몇 구간만 선별해서 서는 노선와 로컬Local: 매 구간마다 서는 노선을 잘 구별할 줄 모른다면 더더욱 그렇다. 지하철역마다 조금씩 다르지만 로컬과 익스프레스는 다른 트랙을 사용한다. 익숙해지면 트랙을 보기만 해도 알 수 있겠으나 어떤 역의 경우 붐비는 아침과 저녁 시간에는 익스프레스, 낮에는 로컬 등 시간대마다 구분이 달라지는 곳도 있다. 또 지금은 익스

프레스만 다닌다거나, 혹은 로컬만 다닌다는 등 구간 변경에 대한 방송이 수시로 나오기 때문에 초보 유학생들은 지하철을 이용하는 것이 헷갈릴 수밖에 없다.

그날도 나는 로컬을 탔어야 하는 구간에서 익스프레스를 타고 말았다. 익스프레스는 내가 내려야 할 역을 매정하게 지나쳐 버리는 것도 모자라 한참을 신나게 달리고 나서야 내리는 것을 허락했다. 게다가 다시 반대의 노선을 타려고 했더니 그날따라 공사 중이란다. 맨해튼에서는 테러의 위험이 있다거나 약간의 공사를 하면 짧게는 1시간, 또는 며칠 동안 일부 노선의 운행을 중단하기도 한다.

이렇게 변덕스러운 지하철만큼이나 그날은 날씨도 얄궂었다. 아침에는 하늘이 말짱했던 터라 우산을 들고 나오지 않았는데 비까지 오다니 하고 투덜대도 소용이 없다. 할 수 없이 택시를 잡으려는데 그날따라 맨해튼을 벗어나려는 택시가 없었다. 내가 살고 있는 퀸즈는 맨해튼에서 다리 하나를 건너야 한다. 아마도 택시 기사들은 비가 내려 막힐 게 뻔한 다리를 건너고 싶지 않았을 것이다. 빗방울은 점점 굵어지는데 다른 지하철역을 찾아간다는 것도 쉽지 않고, 택시를 잡기 위해 비를 맞고 걷자니 너무 막막해 울컥하며 눈물이 흘렀다. 그러다 택시 잡는 것도 포기하고, 지나가는 차바퀴에서 튀는 빗물을 맞으며 엉엉 울고 있는

Photographer | 김경태

데, 흐릿해진 시야로 택시 한 대가 미끄러지듯 다가오며 내 앞에 섰다.

창문이 빼꼼히 열려 들여다보니 인도 사람처럼 보이는 택시 기사가 어색한 영어로 내게 어디까지 가느냐고 물었다. 뉴욕의 택시 기사는 유색 인종이 대부분이다. 집 주소를 말하자 무뚝뚝하게 타라고 손짓을 한다. 물에 빠진 생쥐 같은 모습으로 택시에 오르자 따뜻한 온기 때문인지, 집으로 갈 수 있다는 안도감 때문인지 더욱 큰 울음보가 터져 나는 집에 가는 내내 대성통곡을 했다. 집 앞까지 무사히 도착한 나는 택시에서 내리면서 기사에게 팁을 두둑이 주었음은 물론이고 노란 택시가 보이지 않을 때까지 손을 흔들었다. 그리고 그 일을 계기로 나는 익스프레스와 로컬이 친절하게 적혀 있는 지도를 항상 가지고 다녔다.

맨해튼의 지하철은 지은 지 100년이 넘었기에 한국의 깨끗하고 정돈된 지하철을 떠올린다면 좀 곤란하다. 쥐가 우글거리고 냄새와 분위기 또한 음침하지만 다양한 인종의 사람들을 구경할 수 있고, 즉석 공연도 볼 수 있다. 처음 뉴욕에 왔을 때 지하철에 대한 흉흉한 소문을 들은 적이 있다. 아는 친구가 지하철을 타고 가는데, 험상궂게 생긴 사람이 앞을 가로막더니 자신의 귀에 꽂고 있는 '아이팟'을 빼서 당연한 듯이 가져가더란다. 맨해튼의 지하철에 대해 떠도는 이런 살 떨리는 이야기들을 주워들은 후 나는 지하철만 타면 안전하다 싶은 칸을 찾아 떠돌던 기억이 있다. 그러나 한 달쯤 지나면 그것도 이내 적응되지만, 어쨌든 너무 늦은 시간과 사람이 별로 없는 칸은 피하는 것이 좋다. 언제 어디서나 조심해서 손해 볼 건 없다는 걸 명심하자.

　뉴요커들이 지하철을 사랑하는 이유는 급행과 서행의 효율적인 시스템, 그리고 로컬 노선의 구간이 짧아 가까운 거리도 갈 수 있다는 장점 때문이다. 지하철의 표 역시 효율성을 고려하여 리미티드limited: 정액권와 언리미티드unlimited: 무제한권 중 선택하여 끊을 수 있다. 언리미티드는 말 그대로 해당 기간 동안에 횟수에 상관없이 마음껏 사용할 수 있는 표를 말한다. 지하철을 자주 애용하는 사람들은 이 무제한 카드를, 주로 버스나 택시를 이용하거나 또는 걸어 다니는 사람들은 정액권을 사용한다. 개찰구에 들어갈 때 표를 한 번 긁으면 되는데, 사실 나는 뉴욕에 처음 왔을 때 지하철 표를 긁는 것조차 어설펐다. 조심해야 할 건 무제한 표를 긁고 들어가지 못했을 경우 15분 정도가 지나야 다시 긁을 수 있다는 점이다. 만약 'Please swipe again' 이란 문구가 보인다면 제대로 안 읽혔으니 표를 다시 긁으라는 말이지만, 제대로 긁은 후에 다운타운과 업타운 방향을 잘못 알아서 지하철역 밖으로 다시 나오는 경우에는 그냥 기다리거나 걸어야 하니 특별히 주의하도록 한다. 나는 처음에 그것을 몰라 추운 겨울날 찬 바람을 쌩쌩 맞으면서 걷고 또 걸었던 적이 있었다. 역시 사람에게는 고생을 하면 스스로 살아갈 방법을 습득하는 영특함이 있나 보다.

A tip from a New Yorker 맨해튼 지하철에 대한 기초 상식

* Uptown/Downtown : 큰 역이 아니라면 입구를 주의해서 살펴보자. 업타운행, 다운
타운행 지하철은 입구 자체가 따로 있는 경우가 많다. 우리나라처럼 상하행선을 같아 타기
란 쉽지 않으니 잘못 탔다면 갈아탈 수 있는 역을 반드시 확인 하고 내린다.

* Swipe : 메트로 카드를 긁는다는 뜻의 용어이다.

* Insufficient fare : 잔액 부족이라는 뜻의 용어이다.

* Express/Local : 익스프레스는 주요 역에서만 정차하지만, 로컬은 모든 역에 정차한
다. 익스프레스와 로컬은 다른 플랫폼에서 타는 경우가 대부분이나 같은 플랫폼에서 탈
때도 있으니 확인 하고 승차하는 것이 좋다. 플랫폼마다 익스프레스가 다니는 시간, 익스
프레스 지하철 번호 등을 기재한 팻말이 세워져 있다.

45

맨해튼의 버스

이곳의 버스는 노선이 다양하지만, 우리나라 버스들의 복잡한 노선과 달리 정해진 스트리트와 정해진 애비뉴 사이만 왕복하는 직선 방식이 대부분이다. 단, 직선 방향으로만 운행되기 때문에 갈아타는 횟수가 많다는 게 단점이라면 단점이겠다. 또 다음 정거장에 대한 안내 방송은 나올 때도 있으나 거의 나오지 않으며, 버스 안에 노선도도 없기 때문에 두 눈 부릅뜨고 정신 똑바로 차리고 있다가 밖을 잘 보고 내리는 게 포인트이다!

맨해튼을 가로질러 가기 위해서는 버스를 타거나 걸어야 하는데, 마음 급한 뉴요커들 대부분은 걷는 쪽을 선택한다. 다닥다닥 붙어 바둑판 모양으로 잘 배열된 맨해튼은 걷는 게 대중교통을 이용하는 것보다 빠르고 운동도 되기 때문이다. 교통 체증이 심한 맨해튼이나 차를 이용하기보다는 튼튼한 두 다리로 뛰어다니면서 보냈더니 유학 생활의 둘째 달에는 몸무게가 6kg이나 줄기도 했다.

운동화의 천국 뉴욕

한국에 있을 때 미국 드라마 '섹스 앤 더 시티'를 즐겨 보던 나는 뉴욕에 가면 '마놀로 블라닉'을 신은 뉴요커들이 활기차게 거리를 걸을 줄 알았다. 그런데 막상 와서 보니 운동화나 단화를 신은 사람들이 대부분 아닌가? 알고 보니 드라마 속 그들은 뉴욕의 밤을 수놓는 사람들이었으며, 낮에 바쁘게 활동하는 평범한 뉴요커들은 실용적인 운동화를 신는 경우가 많았다. 특히 아침에 도시를 걷다 보면 이곳 사람들의 일상생활을 한눈에 볼 수 있다. 아침부터 꽃 진열에 분주한 델리 주인, 배달을 위해 활기차게 자전거

페달을 돌리는 멕시칸 딜리버리 보이, 바뀌지 않은 신호등도 무시하고 바쁜 걸음을 재촉해 일터로 향하는 뉴요커, 그 와중에도 야외 레스토랑에 여유롭게 앉아 이른 브런치를 먹는 노부부 등······. 뉴욕을 걷다 보면 뉴요커들의 마음마저도 읽게 된다. 반갑게 아침 인사를 건네는 도어맨들은 택시를 잡아 주기도 하고, 매일 아침 출근 인사를 건네 더 이상 반갑지 않을 것 같은데도 늘 똑같은 웃음을 짓는다. 순수하고 밝은 성격의 내 친구 유경이는 아침마다 그

들을 보며 뉴욕이 자신을 환영하는 착각에 빠진다고 한다.

나 역시 사람들의 활기찬 에너지로 인해 눈부시게 상쾌한 맨해튼의 아침을 보고 있으면 희망찬 하루를 보내자는 파이팅이 절로 나온다. 전날 밤 너무 오래 기다리게 한 캐시어로 인해 났던 짜증도, 비싼 물가와 더러운 지하철 때문에 부글부글 끓던 속도 모두 잊은 채 이곳은 참 매력적인 곳이라고 인정하게 된다. 세계의 중심 이곳 맨해튼에서는 말이다.

맨해튼에서 대중교통 이용하기

※ MTAC(Metropolitan Transportation Authority, 메트로폴리탄 교통당국) 홈페이지 : www.mta.info

● 메트로 카드로 지하철과 버스 타기

메트로 카드는 지하철, 버스, 루스벨트 아일랜드 트램까지 통합해서 이용할 수 있는 표이다.(2시간 이내 환승 무료)
지하철을 타려면 반드시 표를 사야 하지만 버스는 현금을 내고도 탈 수 있다. 단, 지폐는 받지 않으니 미리 동전을
준비하도록 한다. 자세한 내용은 홈페이지(www.mta.info/metrocard/mcgtreng.htm#unlimited)를 참고한다.

● 리미티드 이용권(Limited ride)

Single ride ★ 1회 이용권으로 플라스틱이 아닌 종이 티켓. 가격 $2.50
Round trip ★ 2회 이용권으로 할인은 안 되지만 표를 두 번 끊는 수고를 줄일 수 있다.

지하철을 타든 버스를 타든 1회 이용할 때마다 2.25달러의 비용을 지불하게 된다. 최대 80달러까지 충전할 수 있는
데, 8달러 이상짜리를 구입할 경우에는 15%의 금액이 보너스로 충전된다. 즉, 20달러짜리를 구입하면 23달러의 금
액이 충전되는 것이다.

● 언리미티드 이용권(Unlimited ride)

1주일 이용권(7day pass) ★ $29.00
한 달 이용권(30day pass) ★ $104.00
**7일 Express Bus Plus Metro Card(익스프레스 버스와 지
하철 이용권)** ★ $50

메트로 카드 중 14일과 1개월 언리미티드 탑승권을 살 때에
는 신용카드를 이용하는 것이 좋다. 왜냐하면 분실했을 경우
결제한 신용카드 번호를 알려주면 사용한 일수를 제외하고
남은 기간만큼 환불(하루 2.70달러로 계산)해 주기 때문이
다. 단, 일 년에 두 번만 분실 신고가 가능하니 가능한 한
잘 보관하도록! (분실 신고 전화번호 : 212-638-7622)

● 지하철에서 버스로 환승하기

버스에서 지하철로 환승할 때, 지하철에서 버스로 환승할 때, 버스를 갈아탈 때 내린 후 2시간 이내에 환승하면 요금이 무료이다. 물론 언리미티드 이용권은 버스도 무제한 이용이 가능하다.

● 택시 타기

뉴욕의 상징인 노란 택시(Yellow Cab)는 기본요금이 2.5달러부터 시작한다. 택시 기사 중에는 영어가 서툰 사람도 종종 있고, 맨해튼을 벗어나면 길을 모르는 사람들이 많으므로 목적지까지 가는 길을 확실히 아는지 확인하고 타는 것이 중요하다. 보통 1~2달러 정도의 팁을 주는데, JFK공항에서 맨해튼으로 들어오는 요금은 '45달러+Tip'으로 정해져 있다.

● 콜택시 타기

오렌지 콜택시 ★ 718-888-0404
Allen Car Service ★ 212-226-8999 (맨해튼 다운타운 내 저렴)
Queens Taxi ★ 718-762-3333 (퀸즈 내 저렴)

맨해튼이 아니면 택시를 잡기가 쉽지 않다. 가까운 브루클린이나 퀸즈만 해도 노란 택시가 흔치 않기 때문에 콜택시를 이용하는 경우가 많다. 콜택시 회사에 전화한 후 어디에서 어디까지 간다고 말하면 비용을 얘기해 주는데 가격이 천차만별이니 여러 회사에 전화하여 요금을 비교해 보는 것이 좋다. 일반적으로 한인 택시나 중국 택시들이 저렴하다.

● 맨 카트 타기

자전거를 개조해 만든 인력거가 맨 카트(Man Cart)다. 두세 사람이 탈 수 있는 카트가 자전거 뒤에 딸려 있는 모양이다. 거리에 따라 비용이 다른데 타기 전에 흥정해야 한다. 대부분 관광지에 몰려 있는데, 택시보다는 비싸지만 재미있는 경험이니 한번쯤 타볼 만하다. 인력거에 앉아서 번화가를 구경하는 것 재미가 쏠쏠하다.

● 워터 택시 타기

워터 택시(Water Taxi)는 허드슨 강 위를 달리는 배로 퀸즈나 브루클린에서 맨해튼, 혹은 그 역으로 출퇴근할 수 있다. 관광객을 위한 노선도 준비되어 있으며, 자세한 사항은 홈페이지(www.nywatertaxi.com)를 참고하거나 맨해튼 곳곳의 워터 택시 부스에서 확인하면 된다.

👍 맨해튼에서 다른 주로 이동하기

● 럴(LIRR; Long Island Rail Road)

맨해튼 미드타운 34번가의 펜 스테이션(Penn Station)에서 출발해 뉴욕 동쪽의 롱 아일랜드까지 이어지는 기차로 비용은 이용 구간에 따라 다르다. 단, 표는 탑승 전에 구매하는 것이 훨씬 저렴하다. 자세한 내용은 홈페이지(www.mta.info/lirr)를 참조하면 된다.

● 포트 어소리티 버스 터미널(Port Authority Bus Terminal)

미드타운 42가와 8애비뉴에 위치한 큰 버스 터미널이며, 맨해튼으로 들어오는 인터 스테이트(inter state; 주 사이를 연결하는) 버스들의 심장부 역할을 한다. 가까운 뉴저지부터 멀리 다른 주로 가는 버스들의 종착역이자 출발역인 포트 어소리티는 교통의 허브답게 11개의 지하철 노선(A C E, 1 2 3, N Q R W, 7, S)이 관통한다.

Episode
January ②

내 통장의 잔고보다 몇 배나 더 큰 식성으로 괴로운 하루하루를 보내던 어느 날, 나는 한 손에 요리책을
다른 한 손에 장바구니를 들고 무작정 집을 나섰다.

뉴욕에서 작지만 푸짐한 밥상을 준비하다 보면 추억과 더불어 자립심도 부쩍 생긴다. 물론 가끔은 자립심의 언저리
살짝 넘어 외로움이 느껴질 때도 있겠지만, 그럴 때 친구들을 초대해 함께 먹으면 더욱이 행복한 밥상을 즐길 수 있다.

뉴욕에서 푸짐한
밥상 차리기

'유기농 토마토 두 개에 6달러.'

나는 놀라서 토마토에 금딱지가 붙어 있는지 살펴보았다. '뉴욕에서 패션을 공부하는 유학생'이라고 하면 부유한 집안의 자녀라 생각할지 모르겠지만, 그저 한 달 용돈을 송금받아서 쓰는 뉴욕에서 생활하는 학생일 뿐이다. 맨해튼의 노른자위 땅인 매디슨 애비뉴^{Madison Ave}에서도 330제곱미터^{100평}는 족히 되어 보이는 펜트하우스에 살며, 벽에 걸린 앤디 워홀^{Andy Warhol}의 드로잉 원본을 나에게 설명해 주는 귀족녀 비아트리스 같은 유학생도 있지만, 많은 학생들은 그렇게 생활하지 못한다.

통역대학원을 다니는 언니와 의대를 다니는 여동생, 그리고 유학 중인 7년 터울의 남동생을 둔 나에게 6달러를 주고 유기농 토마토 두 개를 살 만한 배짱 따위는 없다. 6달러면 뉴욕에서 맛있다고 손꼽히는 머레이 베이글^{Murray's Bagel}의 베이글을 대여섯 개 살 수 있다는 계산이 서자 나는 미련 없이 토마토를 내려놓고 학교 앞 홀푸즈 마켓^{Whole Foods Market}을 나와 버렸다.

뉴욕에 와서 한동안은 참 힘들었다. 20여 년 동안 밥을 먹어 온 사람이 양식으로 매 끼니를 때워야 한다는 것이 참 곤혹스러웠던 것이다. 뉴요커들이 예찬하는 싸고 맛난 베이글에 커피 한잔 마시자니 흰쌀밥에 김치 생각이 간절하다. 그렇다고 아침마다 학교 앞 델리에서 초밥에 따뜻한 우동을 먹기에는 내 지갑이 너무 가볍다.

내 통장의 잔고보다 몇 배나 더 큰 식성으로 괴로운 하루하루를 보내던 어느 날, 나는 한 손엔 요리책을 그리고 다른 한 손엔 장바구니를 들고 무작정 집을 나섰다. 그러고는 맨해튼 곳곳에 위치한 체인 식료품점인 푸드 엠포리움^{Food Emporium}으로 들어가 기억을 더듬으며 비교적 한국에서 본 것과 똑같이 생긴 것들로 바구니를 채우기 시작했다. 이곳의 고추는 동화 속 마녀 코처럼 크고 울퉁불퉁하게 생겼고, 무 역시 내 기억보다 길고 가늘다. 그래도 채소나 과일은 얼추 눈대중으로 살 수 있었지만, 문제는 생선과 고기. 뉴욕에

위치한 대부분의 대형 마켓에서는 요리하기 쉽도록 생선을 스테이크처럼 토막 내어 팔기에 온전한 형태의 것을 보기 힘들다. 또 토막 내지 않은 생선이라도 이름조차 생소한 종류가 많아 어떻게 요리를 해야 하는지 정체조차 파악하기 어렵다.

　고기를 구입할 때도 난감하기는 마찬가지. 나는 정육 코너로 가서 구워먹기 좋게 슬라이스하여 판매하는 우리나라를 떠올리며 점원에게 설명을 했다. 그러자 점원은 뭔가 알았다는 듯 고기를 뒤쪽으로 가져가 뚝딱뚝딱 하더니 예쁘게 포장해 준다. 결국 그날 나는 처음 보는 이름 모를 생선 스테이크와 예쁘게 깍둑썰기 해 준 고기 봉지를 들고 터덜터덜 집으로 돌아와야 했다. 그리고 미숙한 장보기 이상으로 어설픈 요리 실력은 차라리 엄마한테 꾸중 듣고 눈물 뚝뚝 흘리며 먹는 밥이 그리울 정도였다.

뉴욕의 콧대 높은 물가와 까다로운 식성에 못 이겨 시작한 주부 생활은 햇수를 더할수록 익숙해져 갔다. 바가지를 옴팡 쓰면서 재료를 사기도 하고, 실패한 요리를 꾸역꾸역 먹으며 터득한 노하우이기에 아마 쉽게 잊히지는 않을 것 같다. 봄이 오면 봄나물로 새싹 비빔밥을 해 먹기 위해 맨해튼 곳곳에서 약속된 날에만 열리는 파머스 마켓Farmer's Market으로 향한다. 그곳에서는 싱싱한 유기농 채소를 내다 파는 농부들을 만날 수 있는데, 마감 시간에 맞춰 가면 떨이로 파는 채소들을 반값에 살 수 있다. 바로 몇 시간 전에 잡은 물고기를 파는 어부들의 상품은 가판대가 열리기 무섭게 팔려 나가 〈뉴욕 타임스〉에 소개될 정도이다.

짧은 봄이 지나고 무더운 여름이 기승을 부릴 무렵에는 카날 스트리트Canal Street로 향한다. 그곳에 가면 우리나라에서는 냉동으로만 먹어 보던 열대

맨해튼에는 장을 볼 수 있는 곳이 다양하게 있다. 집 앞으로 배달 오는 프레시 다이렉트 Fresh! Direc를 통하여 편하게 장을 볼 수도 있고, 그린 마켓이나 파머스 마켓 Farmer's Market에서 직접 농부들이 가져온 싱싱한 채소를 고르며 장을 볼 수도 있다. 한국 마켓, 인도 마켓, 중동 마켓 등에서는 요리 재료의 가격이 천차만별이니 미리 알아보고 가는 것이 좋다. 대형 체인점을 이용할 경우 누구에게나 발행해 주는 클럽 카드를 만들어 두면 물건을 더 싸게 구입할 수 있으며 포인트도 적립할 수 있으니 알아 두자.

과일을 정말 저렴한 가격에 싱싱한 상태로 맛볼 수 있다. 미국인의 다리처럼 수북한 털에 둘러싸인 람보탄, 까먹다 보면 껍질이 반인 리찌, 시기를 잘 맞추어 가야 살 수 있는 망고스틴 외에도 처음 보는 과일들을 시원하게 냉장고에 넣어 두었다가 하나씩 꺼내 먹으면 금방 기분이 좋아지곤 한다.

한국식 요리에 필요한 재료들은 맨해튼의 한인 마켓, 일본 마켓 혹은 차이나타운에서 살 수 있다. 혹시 플러싱에 위치한 한인 마트를 찾아갈 기회가 있다면 저렴한 가격에 많이 사서 냉동실에 넣어 두고 먹는 것도 좋다. 한국의 군고구마가 그리운 겨울이면 한인 마트의 고구마보다 저렴한 미국 마켓의 스위트 포테이도Sweet Potato로 군고구마를 만들 수 있다. 오븐에 넣고 군고구마가 만들어질 때까지 숙제를 한 일은 예쁘기만 한 추억거리이다. 이렇게 해를 거듭하다 보면 상추 대신 달고 연한 보스턴 레터스 Boston Lettuce, 미나리 대신 워터 크레스Water Cress, 멸치 액젓 대신 피시소스Fish Sauce 등 한국의 재료들을 대체할 수 있는 재료들을 알아 나가게 된다.

뉴욕에서 작지만 푸짐한 밥상을 준비해 보면 추억과 더불어 자립심도 부쩍 생긴다. 물론 가끔은 자립심의 경계를 살짝 넘어 외로움이 느껴질 때도 있겠지만, 그럴 때 친구들을 초대해 함께 먹으면 더없이 행복한 만찬을 즐길 수 있다.

뉴욕의 슈퍼마켓과 생활용품점

홈페이지 ★ www.hmart.com
위치 ★ 25 West 32nd Street
New York, NY 10001
전화번호 ★ 212-695-3283

미국 전역에 퍼져 있는 한인 마켓. 맨해튼의 코리안
타운, 퀸즈의 플러싱, 뉴저지 등에도 지점이 있으며
온라인에서 파는 상품들도 있다. 한국 요리에 들어
가는 재료들과 제철 식료품까지 구할 수 있어 좋다.

● 한아름(H-Mart)

● 프레시 다이렉트(Fresh Direct)

홈페이지 ★ www.freshdirect.com

큰 시장에 간 듯한 느낌을 주는 인터넷 쇼핑몰. 데우기만 하면
먹을 수 있는 음식부터 싱싱한 재료까지 다양하게 고를 수 있
으며, 주문한 상품은 지정한 시간에 맞춰 배달해 준다. 재배하
는 곳에서 바로 배송한다는 직판을 콘셉트로 내세워 뉴요커들
사이에서 큰 인기를 끌고 있다. 최근 짓는 아파트들은 이곳의
배송품을 받기 위해 냉장 창고를 만들 정도이다.

홈페이지 ★ www.wholefoodsmarket.com
위치 ★ 4 Union Square South, New York, NY 10003
전화번호 ★ 212-673-5388

'자연식품, 유기농 식품'이라는 콘셉트를 내세워 선풍적인 인기
를 끌고 있는 체인 슈퍼마켓이다. 가격은 좀 높은 편이지만, 좋은
품질의 유기농 제품들을 만나 볼 수 있다.

● 홀푸드 마켓(Whole Foods Market)

홈페이지 ✱ www.cenyc.com, www.ny.com/
dining/green.html(뉴욕의 그린마켓 리스트)

각 지역의 생산자들이 재배한 상품을 소비자에게 직접
팔 수 있는 장을 일컫는 명칭이다. 싱싱하고 저렴한 시
장 품목(채소, 고기, 생선 등)뿐만 아니라, 크리스마스에
는 직접 베어 온 트리, 핼러윈에 어울리는 호박 등 다양
한 품목을 저렴하게 구입할 수 있어 마니아가 되는 뉴요
커들이 많다. 맨해튼 내의 가장 큰 파머스 마켓으로는
14가 Union Square에서 매주 월, 수, 금, 토요일에 열리
는 'Union Square Green Market'이 있다.

● 파머스 마켓, 그린 마켓
(Farmer's Market, Green Market)

● 더 로브스터 플레이스(The Lobster Place)

홈페이지 ✱ www.lobsterplace.com
위치 ✱ 436 West 16th Street, New York, NY 10011
전화번호 ✱ 212-255-5672
영업시간 ✱ 월~금요일 오전 9시 30분~오후 8시,
토요일 오전 9시 30분~오후 7시,
일요일 오전 10시~오후 6시

맨해튼의 첼시 마켓 내에 있는 수산물 체인점으로 그날 들어
온 바닷가재, 싱싱한 횟감 등의 해산물을 살 수 있는 곳이다.
횟감에 대해 물어 보면 친절히 골라 주니 생선의 이름만 잘 알
고 가면 된다. 하지만 회를 떠 주지는 않는다는 점을 잊지 말도
록! 갓 만들어 나오는 초밥과 이곳의 인기 메뉴인 수프 크랩 차
우더를 맛보기 위해 찾아오는 사람들도 많다.

홈페이지 ✱ www.edengourmet.com
위치 ✱ 7 East 14th Street New York, NY 10003
전화번호 ✱ 212-255-4200
영업시간 ✱ 월~토요일 오전 7시~오후 10시,
일요일 오전 7시~오후 9시 30분

미식가를 위한 슈퍼마켓이라고 해도 과언이 아닌 가든 오
브 이든. 이곳은 최상의 상품을 엄선해 판매하는 슈퍼마켓
으로 유명하다. 과일, 고기, 채소, 치즈와 같은 일반적인 상
품뿐만 아니라 고급 요리에 필요한 특이 재료들도 구비해
놓고 있다. 굳이 장을 볼 일이 없더라도 가끔 방문하여 유
럽풍의 내부 인테리어를 보고 있으면 풍성하고 행복한 기
분이 드는 곳이다.

● 가든 오브 이든(Garden of Eden)

위치 ★ 12 W 32nd St # 4, New York, NY 10001
전화번호 ★ 212-244-1115

한식 도시락, 즉석 요리, 뷔페 등의 음식들이 있어 질리지 않고 부담 없이 한식을 즐길 수 있는 유학생의 휴식처 같은 곳. 갓 지어 나온 흰쌀밥이 50센트! 마트에서 1.5달러에 구입해야 하는 것에 비하면 아주 저렴하다. 새벽 3시부터 6시까지는 청소 시간이니 피하고, 매일 영업한다.

● 우리집(Woorijip)

● 듀엔 리드(Duane Reade)

홈페이지 ★ www.duanereade.com

'치킨 수프부터 아스피린까지 필요한 약은 전부 다'라는 광고가 미소를 짓게 하는 듀엔리드 약국. 1960년 맨해튼의 듀엔 스트리트와 리드 스트리트 사이에 지점을 연 이래 가장 성공한 뉴욕의 약국 체인점이다. 맨해튼 곳곳에 있으며, 간단한 식료품부터 화장실용품 일체, 조제용 약까지 판매하여 약방의 감초 같은 곳이다. 가격도 저렴하고 누구에게나 발행해 주는 클럽카드(club card)를 만들면 적립 포인트 100점당 5달러를 쓸 수 있다. 클럽 카드를 제시만 해도 가격이 싸진다는 것을 알아두자. 매장마다 영업시간이 다르니 미리 알아보고 가는 것이 좋고, 24시간 영업하는 곳도 있다.

홈페이지 ★ www.kmart.com
위치 ★ 250 W 34th St, New York, NY 10119
전화번호 ★ 212-760-1188
영업시간 ★ 월~금요일 오전 8시~오후 10시,
토요일 오전 8시~오후 10시,
일요일 오전 8시~오후 9시

없는 게 없는 케이마트에서는 저렴한 가격에 일상용품을 살 수 있어 좋다. 낚싯줄부터 육아용품, 게임기, 옷, 주방용품 등 없는 것을 찾기가 더 어려운 상점으로 맨해튼내에 3개의 지점이 있다.

● 케이 마트(K Mart)

홈페이지 ★ www.staples.com
위치 ★ 5 Union Sq W # 1, New York, NY 10003
전화번호 ★ 212-929-6323
영업시간 ★ 월~금요일 오전 7시~오후 10시,
토요일 오전 9시~오후 9시,
일요일 오전 9시~오후 6시

세계 최대의 사무실용품 체인점인 스테이플스는 사무실에서 사용하는 모든 물품을 파는 곳으로 문구류부터 사무용 전자기계, 프린터까지 두루 갖추고 있다. 또 스테이플스 프린트 센터를 운영하기에 복사나 프린트를 해야 할 때 유용하다. 온라인이나 전화로도 주문할 수 있으니 카탈로그를 하나쯤 구비해 놓자. 지점마다 영업시간이 조금씩 다르다.

● 스테이플스(Staples)

● 이베이(Ebay) / 아마존(Amazon)

홈페이지 ★ www.ebay.com / www.amazon.com

없는 것 없는 이베이와 아마존 인터넷 사이트에서는 무거운 것을 주문하면 좋다. 워낙 저렴한 데다가 배달까지 해주니 일석이조. 배송비에 민감한 사람이라면 여러 상품을 한꺼번에 구입하거나 일반 배송을 선택해 배송비를 줄여 보자.

● 펄 페인트(Peal Paint) / 유트랙(Utrecht)

펄 페인트 홈페이지 ★ www.pearlpaint.com
주소 ★ 308 Canal St, New York, NY 10013(브로드웨이 근처)
영업시간 ★ 월~금요일 오전 9시~오후 7시, 토요일 오전 10시~오후 7시, 일요일 오전 10시~오후 6시

유트랙 홈페이지 ★ www.utrechtart.com
주소 ★ 111 4th, New York, NY 10003(11st St 근처)
영업시간 ★ 월~금요일 오전 9시~오후 7시, 토요일 오전 10시~오후 7시, 일요일 오전 11시~오후 6시

미술용품 등 다양한 공작 재료들을 살 수 있는 곳. 유트랙보다는 펄 페인트가 저렴하고 다양한 물건을 구비하고 있으나 산만한 것이 단점이다. 8~9월의 백 투 스쿨(Back to school) 세일 등 할인 기간을 놓치지 말자.

Episode
February ①

보송보송 눈 내린 새하얀 뉴욕의 밸런타인데이. 거리 여기저기에 걸린 하트 모양 물건들이 유난히도 눈에 밟힌다.

뉴욕에는 정착하는 사람보다 스쳐 가는 사람이 훨씬 더 많기에, 그래서 다양한 가치관을 가진 사람들이 만나는 곳이기에 사실 사랑 이야기보다 이별 이야기를 더 많이 들을 수 있다.

Love in New York :
Valentine's Day

이른 아침, 잠에서 덜 깬 눈을 억지로 뜨기 힘든 건 한국에서나 멀리 미국에서나 별반 다르지 않다. 오늘은 밸런타인데이, 서둘러 학교 갈 준비를 하고 문을 나서자 밤새 소리도 없이 내려 소복이 쌓인 눈이 뉴욕을 가득 덮고 있었다.

비록 남자 친구는 없더라도 눈까지 내린 밸런타인데이를 그냥 보낼 수는 없는 일. 올해 밸런타인데이 저녁에는 친구와 근사한 곳에 모여 커플들 부럽지 않게 한껏 분위기를 내보자고 약속했다. 사실 오늘 나와 함께 보내기로 한 그녀는 남자 친구가 있지만, '롱디장거리' 연애를 하고 있기에 주말에도 전화만 하면 기다렸다는 듯이 튀어나오는 가여운 친구다. 즐거운 마음으로 과제를 마친 후 눈 때문에 미끄러울 길을 감안해 서둘러 학교를 나와 보니 어느새 길바닥의 눈은 뉴욕 연인들의 열기에 녹은 듯 흔적도 없이 사라져 버렸다.

약속 장소로 가는 길, 보송보송 눈 내린 새하얀 뉴욕의 밸런타인데이 거리 여기저기에 걸린 하트 모양 물건들이 유난히도 눈에 밟힌다. 종종걸음으로 미드타운의 블루밍데일스백화점 앞에 도착하자 만나기로 한 친구의 모습이 수많은 사람들 사이로 어렴풋이 보인다. 나를 보며 반가운 웃음을 흘리던 그녀는 기다리는 동안 백화점 앞에서 체포되는 도둑을 두 명이나 봤다며 흥미로운 표정으로 연신 재잘거렸다. 두 명의 도둑 모두 예쁘게 포장된 선물을 훔치다가 잡혀갔다는 얘기를 듣고 있자니 살짝 밸런타인데이가 원망스러워지기도 한다.

이런저런 얘기를 나누며 우리가 향한 장소는 '바베타Barbetta'. 바베타는 같은 곳에서 100년이 넘게 자손 대대로 가업을 이어 받아 운영해 오고 있는 레스토랑이다. 안으로 들어서면 오랜 역사만큼이나 고풍스러운 인테리어가 더욱 로맨틱한 분위기를 연출하는데, 메뉴판의 음식 이름 옆에는 각 음식의 탄생 연도까지 적혀 있어 뉴요커들의 사랑을 듬뿍 받고 있는 레스토랑이다.

또 그 역사만큼이나 가치 있고 다양한 와인들을 갖추고 있기에 이 레스토랑이 운영된 100년 동안 받은 와인 관련 상만도 수십 가지나 된다고 한다. 단, 가격이 저렴하지 않다는 흠이 있지만, 눈 내린 밸런타인데이 정도의 날이라면 한번쯤 가 봐도 용서해 줄 만한 곳이다. 오래된 메뉴판을 보며 주문을 마친 후 우리는 음식이 나올 때까지 도란도란 이야기꽃을 피웠다.

주위를 둘러보며 분위기를 음미하던 내 시선이 바에 앉아 칵테일을 마시는 한 훈남에게 꽂혔다. 비대칭 스트라이프로 꾸민 멋진 셔츠와 커프스링까지 한 소맷단 끝으로 보이는 기다란 손가락. 상기된 얼굴로 연신 휴대 전화를 만지작거리는 그의 모습은 분명 사랑하는 사람을 기다리는 눈치였다. 이내 손에 쥔 전화기가 울리자 그의 눈에서 반짝이며 생기가 돌고, 짧은 전화를 받은 그는 출입구 쪽으로 달려 나갔다. 그리고 잠시 후 훈남은 누군가의 팔짱을 낀 채 가장 행복한 표정을 지으며 돌아왔다. 그런데 맙소사…… 훈남과 함께 온 사람이 남자라는 것을 확인한 순

간 내 머릿속은 하얗게 지워졌다. 한편으로는 편견에 갇혀 좀 더 열린 마음으로 세상을 바라보지 못하는 내 모습에 흠칫 당황하기도 했지만, 당연히 금발의 쭉쭉빵빵 미녀와 다정한 모습으로 나타날 것을 기대했던 내게 훈남의 연인이 남자였다는 사실은 내게 큰 충격이었다.

우리의 바로 옆 테이블로 안내 받은 후에도 그들의 맞잡은 손은 자석과 쇠붙이처럼 떨어질 줄을 모른다. 재미있는 건 웨이터가 그들에게 한 치의 망설임도 없이 밸런타인데이 특별 커플 메뉴를 안내하더니 우리에게보다 훨씬 나긋나긋하고 부드러운 톤으로 주문을 받는 장면이었다. 밸런타인데이의 남

자 커플, 그런 모습이 익숙한 웨이터, 그들을 보고 있으니 뉴욕에서는 잘생긴 남자 중 90%가 게이라는 농담도, 진담도 아닌 얘기가 머릿속을 스쳐갔다. 아마도 난 여기가 뉴욕이라는 사실을 깜박하고 있었나 보다.

이들과 같은 게이 커플, 까만 눈의 동양인과 파란 눈을 가진 서양인의 사랑, 사랑에 무표정하도록 엄격하게 교육 받았을 것 같은 아랍계 남성과 자유분방한 브라질 여성의 사랑 등 다른 곳에서 쉽게 만나기 어려운 특별한 사랑이 가능하다는 것은 뉴욕의 색다른 매력이다. 이런 사랑들을 눈 동그랗게 뜨고 이상하게 쳐다보는 사람이 있다면 뉴욕에서는 오히려 그가 이방인이 된다는 걸 새삼 느낄 수 있었다.

뉴욕에는 정착하는 사람보다 스쳐 가는 사람이 훨씬 더 많기에, 그래서 다양한 가치관을 가진 사람들이 만나는 곳이기에 사실 사랑 이야기보다 이별 이야기를 더 많이 들을 수 있다. 옆방의 룸메이트에게 들릴까 봐 마음 놓고 울지도 못하는 친구 L양의 서러운 눈물, 엠파이어스테이트 빌딩에 올라가 한국 쪽을 바라보며 못나게 찔끔거렸다던 슬프지만, 어딘가 웃기기도 한 K군의 눈물……

눈물 한 방울 흘리지 않아도 되는 사랑을 하기란 정말 어려운 일이란 것을 알지만, 그 끝이야 어찌되든 오늘만큼은 달달한 애정 표현을 스스럼없이 주고받는 저 훈남 커플이 부럽다. 내 눈에는 북새통 뉴욕에서 자신의 짝을 찾아낸 운 좋은 사람들로 보이기 때문이다. 지금은 마주 보고 있지만, 언젠간 저 둘의 눈에 가득한 사랑의 눈빛이 같은 곳을 바라보는 행복으로 마무리되기를 빌어 본다. 적어도 오늘은 어디에서나, 누구에게나 사랑만으로 가득 채워지기를 바라는 밸런타인데이니까.

뉴욕의 로맨틱 명소 BEST 12(Proposal in the City)

뉴욕에는 떨리는 마음과 사랑하는 연인만 준비해 가면 세상에서 가장 로맨틱하게 당신의 사랑을 전할 만한 장소들이 많다. 그중 맨해튼에서 사랑 고백으로 유명한 장소 BEST 12를 소개한다.

● 스태튼 아일랜드 페리
(Staten Island Ferry)

홈페이지 ★ www.siferry.com
위치 ★ Whitehall Ferry Terminal 4 South St,
New York, NY 10004
찾아가기 ★ (지하철) 1, South Ferry 역 하차 / N, R, Whitehall-
South Ferry 역 하차 / 4, 5선 Bowling Green 역 하차

24시간 무료로 운행하는 스태튼 아일랜드의 페리. 스태튼 아일랜드와 맨해튼을 오가는 선로로 맨해튼 남단 끝자락의 아름다운 풍경과 자유의 여신상을 달리는 배 위에서 즐길 수 있다. 날씨 좋은 주말과 노을 지는 저녁 즈음에는 연인, 관광객으로 갑판이 북적대지만 그 숨 막히는 광경에 침묵이 흐를 정도, 소중한 연인에게 자유의 여신상을 선물해 보자.

위치 ★ 59th St & 2nd Ave, New York, NY 10022

서울 남산에 케이블카가 있다면 맨해튼에는 루스벨트 트램이 있다. 맨해튼의 풍경이 한눈에 들어오는 아슬아슬한 케이블카로 바람이 많이 부는 비 오는 날 타면 최고의 스릴감을 느낄 수 있다. 24시간 운행하는 루스벨트 트램은 루스벨트 아일랜드까지 4~5분 소요된다.

● 루스벨트 아일랜드 트램
(Roosevelt Island Tram)

● 브루클린 브리지(Brooklyn Bridge)

찾아가기 ★ 지하철 4, 5, 6선 브루클린 브리지, 시티 홀(Brooklyn Bridge, City Hall) 역 하차 / N, R 시티 홀(City Hall) 역 하차 / 2, 3선 파크 플레이스(Park Place) 하차 후 도보로 5분 거리

걷기를 잠시 멈추고 브루클린 브리지를 바라보면 꼭 한번 맨해튼에 살아 보고 싶다는 마음이 절로 생길 정도로 예쁜 장면이 펼쳐진다. 사람이 만든 도시가 자연만큼이나 아름답다는 감동적인 순간을 나누고 싶은 사람이 있다면 이곳으로 데려가라. 브리지 건너 캐드맨 플라자(Brooklyn Bridge-Cadman Plaza)의 야경도 놓치면 안 되는 낭만의 장소.

홈페이지 ☆ www.toysrus.com
위치 ☆ 1514 Broadway @ 44th St, Time Square
New York, NY 10036

유머를 사랑하면서 언제나 소년, 소녀의 마음을 간직하고
있는 커플이라면 이 데이트 코스를 선택하자. 세계 최대의
장난감 가게 토이 저러스의 타임스퀘어 매장에서는 눈이
즐거운 장난감들을 수도 없이 볼 수 있고, 매장 안에서 거
대한 대관람차를 탈 수도 있다.

● 토이 저러스의 대관람차
(The Ferry Wheel @Toy'R'Us)

● 러브 조각상(The Love Statue)

위치 ☆ 6th Ave와 55th St 교차 지점,
New York, NY 10019

미드타운 위쪽에 위치한 러브 조각상은 관광객들의 사진 촬영
지로도 인기 있지만, 사랑 고백을 하기에도 무척 좋은 곳이다.
거대하게 조각된 'LOVE' 글자를 보는 순간 마음에 바람이
부는 것을 느낄 수 있을 것이다.

홈페이지 ☆ www.rivercafe.com
위치 ☆ 1 Water St, Brooklyn, NY 11201

어릴 적 누구나 한번쯤은 꿈꾸었을 무지개 저편의 나라
가 실제로 있었다면, 아마도 브루클린 브리지 끝에 위치
한 리버 카페의 모습이었을 것이다. 뉴요커들의 청혼 장
소로, 또 작은 결혼식 장소로 인기 있는 이 카페의 옆에는
유명한 아이스크림 가게 '아이스크림 팩토리'와 줄을 서야
겨우 맛볼 수 있는 피자집이 있기도 하다. 예쁜 맨해튼의
야경에 둘러싸여 고백을 하면 아이스크림이 녹기 전에 상
대방의 대답을 들을 수 있을 것이다.

● 더 리버 카페(The River Café)

6위

● 링컨 센터 앞의 분수대
(Fountain @ Lincoln Center)

홈페이지 ★ www.lincolncenter.org
위치 ★ 10 Lincoln Center Plaza
New York, NY 10023

메트로폴리탄 오페라의 감동이 채 가시지 않은 상태에서 사랑 고백을 받았다면 아마 그 효과는 몇 배나 클 것이다. 형형색색의 불빛을 뿜어내는 시원한 분수대 앞에서 사랑하는 사람을 멜로 영화 속 주인공으로 만들어 보는 건 어떨까?

위치 ★ 1065 Avenue of the Americas
New York, NY 10018(브라이언 파크 남단)

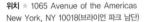

샹송이 흐르는 잔잔한 세팅, 한여름 밤 도심 한가운데 위치한 공원의 소박한 회전목마, 그리고 아이들 속에 섞여 있으면 어느새 마음이 맑아지는 것을 느낀다. 순수한 사랑을 가꾸고 싶은 커플이라면 두말할 필요 없이 이곳을 추천한다.

5위

● 브라이언 파크의 회전목마
(Caroussal @ Bryant Park)

4위

● 이탈리아 식당 바베타(Barbetta)

홈페이지 ★ www.barbettarestaurant.com
위치 ★ 321 West 46th St, New York, NY 10036
영업시간 ★ 점심 낮 12시~오후 2시 30분, 저녁 오후 5시 ~밤 12시

맨해튼의 로맨틱한 장소 순위에서 종종 1위로 뽑히는 유명한 식당이다. 1906년 오픈한 바베타는 맛과 와인으로 유명한 가게 리스트에서 랜드 마크 역할을 톡톡히 하고 있는 곳이다. 가격은 약간 높은 편이지만 맛, 분위기, 서비스까지 나무랄 데가 없어 연인에게만 집중할 수 있다는 것이 장점이다. 특히 여름에만 오픈하는 정원은 마치 유럽에 있는 듯한 착각을 불러일으킨다.

홈페이지 ★ www.tiffany.com
위치 ★ Fifth Ave & 57th St
New York, NY 10022

5애비뉴에 위치한 티파니 매장 앞에서 많은 프러포즈
가 이루어진다는 사실을 아는 사람들은 드물다. 미드
'섹스 앤 더 시티'에서 트레이가 샬롯에게 줄 약혼 반지
를 구입한 가게로 유명한 곳, 여자가 선물에 약하다는
건 만고 불변의 진리!

● 티파니 앤 컴퍼니(Tiffany & Co)

홈페이지 ★ www.thecentralparkboathouse.com
위치 ★ East 72nd St. & Park Drive North
New York, NY 10024
전화번호 ★ 212-517-2233
영업시간 ★ 월~금요일 점심 낮 12시~오후 4시,
저녁 오후 5시 30분~9시 30분
브런치 오전 9시 30분~오후 4시, 오후 6시~9시 30분

호숫가에 자리 잡은 보트 하우스 레스토랑은 마치 호수의 일부
인 것처럼 주변과 잘 어우러져 있다. 점심시간과 저녁시간이
정해져 있으며, 브런치는 주말에만 하고 예약을 받지 않으니 일
찍 가야한다.

● 센트럴 파크의 보트하우스
(Boat House @ Central Park)

홈페이지 ★ www.esbnyc.com
위치 ★ 350 5th Ave, 33rd St과 34th St 사이
New York, NY 10001

잊지 못할 추억을 만들 수 있는 곳이 바로 여기 엠파이어
스테이트 빌딩의 전망대이다. 영화 '러브 어페어'에서는
재회의 약속 장소로, '킹콩'과 '시애틀의 잠 못 이루는 밤'
에서도 배경으로 등장한 이곳의 야경은 말로 다 표현할
수가 없다. 총총히 별이 한가득 박힌 듯한 아름다운 맨해
튼을 한눈에 내려다보며 사랑하는 사람에게 아름다운 추억
을 선물해 보자.

● 엠파이어 스테이트 빌딩 전망대
(Empire State Building)

Episode
February ②

무척 거대하고 상업적일 것 같으나 미드타운은 크고 작은 동네로 구성되어 개성 넘치는 맨해튼의 중심부를 만든다.

이름만 들어도 알 만한 브랜드의 플래그십 스토어들은 대부분 5애비뉴에 몰려 있는데, 어찌나 화려한 불빛으로 치장되어 있는지 나방이 빨려 들어갈 정도이다.

갤러리들이 밀집해 있는 첼시(Chelsea)

미트 패킹 디스트릭(Meating Packing District)

<뉴욕 타임스>에 "가장 패셔너블한 동네"(most fashionable neighborhood)로 소개

가장 비싼 건물인 더 플라자 디스트릭트(The Plaza District)

뉴욕 쇼핑의 중심,
미드타운과 백화점

bloomingdale's

맨해튼에서 수직으로 위치한 14번가부터 59번가_{허드슨 강부터 이스트 강까}지를 통틀어 미드타운이라고 한다. 미드타운의 면적은 약 12km²로 우리나라 여의도의 1.5배 정도이니 그리 크지 않다. 하지만 뉴욕시에서 가장 유명한 록펠러센터, 타임 스퀘어 등의 상업 지구뿐만 아니라 엠파이어 스테이트 빌딩, 크라이슬러 빌딩 등 상징적이고 유명한 건물들이 밀집된 지역이다. 이렇게 설명으로만 들으면 무척 거대하고 상업적일 것 같으나 미드타운은 크고 작은 동네들로 구성되어 개성 넘치는 맨해튼의 중심부를 만든다. 아기자기한 머레이 힐Murray Hill, 패션 학생들의 고향과 같은 가먼트 디스트릭Garment District, 예

술의 도시 첼시Chealsea, 공연의 거리 시어터 디스트릭Theater District, 그 외에도 터틀 베이 Turtle Bay, 코리안 타운Korean Town, 미트 패킹 디스트릭Meat Packing District, 헬스 키친Hell's Kitchen 등의 동네로 세분화되어 있다.

패션을 전공한 나는 수직 34~42번가 사이, 5~9애비뉴 사이를 가리키는 가먼트 디스트릭Garment District을 자주 방문하곤 한다. 이곳에는 우리나라의 남대문처럼 천과 부자재들을 도·소매하는 매장, 패션 관련 회사들이 많이 들어서 있다. 42번가에서 7애비뉴를 따라 걷고 있으면 'Fashion Ave'라는 팻말, 미국 패션계 거장들의 핸드 프린팅, 이 지역의 안내소 등을 만날 수 있다.

미국 패션의 심장부라고 할 수 있는 뉴욕에서도 이곳은 특히 많은 디자이너들이 몰려 있어 지나가는 사람을 붙잡고 직업을 물어 보면 10명 중 8명은 패션 디자이너라고 말할 정도다.

미드타운 34~59번가까지 8애비뉴와 허드슨 강 사이에
위치한 헬스 키친Hell's Kitchen에서는 '헬스 키친 벼룩시장'이 주말
마다 열린다. 이 시장에서는 쉽게 구할 수 없는 수제 장식,
골동품, 빈티지 옷들을 판매하는 멋쟁이 빈티지 컬렉터들을 만나볼
수 있다.

헬스 키친에서 남쪽으로 내려가면 크고 작은 갤러리들이 밀집해 있는
첼시Chelsea에 다다른다. 1990년대 갤러리들이 소호의 치솟는 건물 임대비를
못 이기고 이곳으로 하나 둘씩 이주하자 예술가들이 그 뒤를 따라와 지금의
첼시가 이루어졌다고 한다. 첼시는 주민의 30%가 게이라는 집계가 있을 정
도로 게이를 빼놓고 논할 수 없는 동네이기도 하다. 중부 시골 동네에서
뉴욕으로 상경한 미국인 친구조차 이곳을 지나갈 때만큼은 게이에
대한 자신의 생각을 조심스레 속삭인다.

첼시에서 남쪽, 그리니치 빌리지Greenwich Village의 위쪽으로 미트 패킹 디스
트릭Meating Packing District이라는 작은 지역이 있다. 지명에서 알 수 있듯이 원래 이
곳은 도살장과 고기를 포장하는 중심지였다. 그러나 1990년대 후반 들어서
부터는 도살장, 공장들이 사라지고 고급 부티크들과 음식점이 들어서 〈뉴욕
타임스〉에 '가장 패셔너블한 동네'로 소개되었다. 그리고 현재는 주말 밤만
되면 '섹스 앤 더 시티'에서 튀어나온 듯한 화려한 아가씨들을 흔히 볼 수 있
는 젊은 동네로 탈바꿈하였다.

명품족 아가씨들이 쇼핑을 즐기는 곳으로는 미드타운에서 부동산 가격
이 가장 비싼 더 플라자 디스트릭트The Plaza District가 있다. 지금은 아파트로 바
뀐 구 프라자 호텔 주변을 일컫는데, 센트럴 파크 동남쪽 코너에서부터 5애
비뉴를 따라 걸어 내려오면 내로라하는 명품 백화점과 브랜드 플래그십 스토
어들이 빽빽하여 마치 쇼핑의 종합 선물 세트 같은 거리가 펼쳐진다. 처음 이
곳을 찾았을 때는 휘황찬란한 거리에 푹 빠져 유명 디자이너보다 백화점 사

장이 더 부러웠을 정도였다. 그러나 트렌드 조사 과제를 하기 위해 이곳의 백화점을 자주 찾으면서는 이 명품 거리가 더 이상 즐겁지 않아졌다. 눈을 부릅뜨고 유행을 조사해야 하며, 올 때마다 세계에서 모여든 관광객에 치여 지칠 뿐만 아니라 땅값이 비싸 그 흔한 델리 가게조차 찾기 힘들기 때문이다.

언젠가부터 그렇게 피곤의 대상이 된 5애비뉴가 아빠의 방문으로 인해 따뜻해진 어느 겨울날이 있었다. 업무차 여러 나라를 방문 중이던 아빠는 유학 온 딸이 잘 살고 있는지 궁금했는지 일부러 시간을 내어 뉴욕으로 나를 보러 오셨다. 바쁘다는 핑계로 항상 생사 여부만을 전하던 아빠와 내게 주어진 만남의 시간은 겨우 몇 시간. 부슬부슬 비가 내리던 그날, 수많은 관광객 인파 사이로 발걸음을 재촉하는 나의 한 손에는 우산이 들려 있었고, 다른 한 손은 아빠의 팔짱을 끼고 있었다. 유학 오기 전까지 20년 넘게 한집에서 매일 부대끼며 살았지만 생각해 보니 이렇게 먼 곳에 와서야 처음으로 아빠의 팔짱을 껴본 것 같다. 스치기만 해도 "미안합니다", "실례합니다"를 연발해야 하는 관광객들 사이로 혼자 걸을 때면 더욱 외로움이 느껴졌는데, 그날만큼은 아빠와 나의 사이를 더욱 가깝게 해준 이곳의 북적임이 고마웠다. 그리고 그해 나는 아빠의 마음으로 따뜻한 겨울을 보낼 수 있었다.

백화점 List NYC

뉴욕에는 미국에서 가장 비싼 백화점부터 디스카운트 백화점까지 무척 다양한 백화점이 몰려 있다. 비싼 백화점, 이름만 들어도 알 만한 브랜드의 플래그십 스토어들은 대부분 5애비뷰에 몰려 있는데, 어찌나 화려한 불빛으로 치장되어 있는지 나방이 빨려 들어갈 정도이다. 멋들어지게 진열된 물건과 휘황찬란한 윈도 디스플레이는 관광객들의 혼을 쏙 빼놓는다. 대부분의 백화점은 정기 휴일이 없지만, 추수감

● 블루밍데일스 (Bloomingdale's)

홈페이지 ★ www.bloomingdales.com
위치 ★ 1000 3rd Avenue
New York, NY 10022(59th Street와 Lexington Avenue 사이)
영업시간 ★ 월~금요일 오전 10시~오후 8시 30분,
토·일요일 오전 10시~오후 7시

로워 이스트사이드의 작은 가게에서 시작하여 1986년 지금의 위치로 옮긴 대형 백화점으로 맨해튼 내에 있는 노드스트롬(Nordstrom)과 더불어 미국 전역에 체인점을 가지고 있다. 모토인 "Like no other stores in the world"에 걸맞게 다른 백화점들과 차별화하기 위해서 자체 행사, 세일, 백화점 파티 등 단연 돋보이는 마케팅을 펼친다.

홈페이지 ★ www.barneys.com
위치 ★ 660 Madison Avenue, New York NY 10065
영업시간 ★ 월~금요일 오전 10시~오후 8시,
토요일 오전 10시~오후 7시, 일요일 오전 11시~오후 6시

사라 제시카 파커가 잡지 〈Vanity Fair〉에서 했던 유명한 말을 통해 이 백화점의 존재감을 느낄 수 있다. "If you are a nice person and you work hard, you get to go shopping at Barney's. It's the decadent award."(당신이 좋은 사람이고 일을 열심히 한다면 바니스에 쇼핑을 갈 수 있겠죠. 그거야말로 세상에서 가장 즐거운 보상이지 싶어요) 뉴욕의 매장은 작은 편이기 때문에 셀렉션에 심혈을 기울이며, 파격적이고 신선한 윈도 디스플레이로도 유명하다. 고급스러우면서 최신 감각의 상품들을 가장 먼저 만나 볼 수 있는 곳이다.

● 바니즈 뉴욕(Barney's NewYork)

● 버그도프 굿맨 (Bergdorf Goodman)

홈페이지 ★ www.bergdorfgoodman.com
위치 ★ 754 Fifth Avenue, New York, NY 10019
영업시간 ★ 월~금요일 오전 10시~오후 8시,
토요일 오전 10시~오후 7시, 일요일 낮 12시~오후 6시

알자스 지방에서 이민 온 테일러공 '굿맨'이 차린 숍에서 시작하여 지금은 명실상부한 미국 최고의 백화점으로 이름을 날리는 버그도프 굿맨. 남자 백화점과 여자 백화점으로 나뉘어 있으며 최고의 물건을 셀렉트하는 것으로 유명하다. 유명한 브랜드들도 버그도프 굿맨 백화점에 들어가는 상품은 디자인을 따로 만들어 레이블을 붙일 정도이다. 그렇지만 세일 기간에는 좋은 상품을 파격적인 가격에 구입할 수도 있다. 대부분의 백화점들이 체인인 것과 달리 버그도프 굿맨은 뉴욕에만 있기 때문에 꼭 들러 봐야 할 명소이다.

사절이나 크리스마스 등의 기념일에는 영업을 하지 않으니 유의하자. 특히 백화점에서 주관하는 트렁크 쇼(Trunk show)에서는 유명 디자이너를 만나거나 아직 정식으로 생산하지 않은 신상품들을 구매할 수도 있다(인터넷이나 오프라인 매장에서 트렁크 쇼의 일정을 알아볼 수 있다).

● 헨리 벤델(Henri Bendel)

홈페이지 ★ www.henribendel.com
위치 ★ 712 5th Ave, New York, NY 10019
영업시간 ★ 월~토요일 오전 10시~오후 8시,
토·일요일 낮 12시~오후 7시

'Girl's Playground'라고 불리는 이 백화점은 1895년 디자이너 헨리 벤델의 부티크에서 성장한 것이다. 헨리 벤델 자신의 디자인은 물론이고, 유럽의 패션들을 들여와 당시 패션에 민감한 여성들의 메카가 되기도 했다. 미국에 처음으로 샤넬을 소개한 백화점이기도 하다. 현재는 액세서리 전문 백화점으로 방향을 전환해 매장 전체에서 미국의 내로라하는 액세서리 디자인들을 선보인다. 1년에 두 번 디자이너 오픈 캐스팅 콜이라는 행사를 하는데, 디자인이 뛰어난 신인 디자이너에게 트렁크 쇼의 기회를 주는 행사이다.

홈페이지 ★ www.saksfifthavenue.com
위치 ★ 611 5th Avenue, New York, NY 10022
영업시간 ★ 월~토요일 오전 10시~오후 8시,
일요일 낮 12시~오후 6시

무려 25개 주에 지점을 두고 있는 대형 백화점 체인이면서 고급 백화점으로도 유명하다. 온라인으로 주문하면 37개국으로 배송을 해주고 있으나 아쉽게도 아직 한국은 포함되어 있지 않다. 백화점에서 시즌 오프된 것들은 아웃렛 매장 OFF Saks Fifth Avenue로 흘러 들어가니 맘에 드는데 비싸다 싶은 것들은 아웃렛 매장을 노려 보자!

● 삭스 피프스 애비뉴
(Saks Fifth Avenue)

the magic of
★macy's
● 메이시즈(Macy's)

홈페이지 ★ www.saksfifthavenue.com
위치 ★ 151 West 34th Street New York, NY 10001
시간 ★ 월~일요일 오전 10시~오후 9시 30분

맨해튼의 헤럴드 스퀘어에 자리 잡고 있는 메이시즈는 미국 전역에 800개의 지점을 둔 대형 백화점이다. 1976년부터 시작된 7월 4일 불꽃놀이의 공식 후원 사이며 1924년부터 맨해튼 추수감사절 퍼레이드(Macy's Thanksgiving Parade)를 주최하고 있다. 맨해튼 헤럴드 스퀘어 지점에 일부 남아 있는 나무 에스컬레이터만 봐도 알 수 있듯이 150년이 넘는 역사를 지니고 있다. 고급 브랜드만 취급하는 것이 아니어서 다양한 브랜드를 찾아볼 수 있으며, 방문자 센터(Visitor's center)에 여권을 보여 주면 할인 쿠폰을 받을 수 있다.

Episode
March ❶

맨발을 보여 줘도 될 만큼 편한 친구와 우유 한 잔씩을 사이에 두고 마주 앉아
마음껏 수다를 떨 수 있는 맨해튼의 컵케이크 가게들을 찾아가 보면, 집에서 만든 듯한 사랑스러운 컵케이크에 취해
오랫동안 자리를 뜰 수 없을 것이다.

달콤한 뉴욕, 맨해튼의
컵케이크 투어

뉴욕에서 처음으로 빵집을 찾아갔을 때 나는 아프리카 오지를 탐험하는 기분이었다.

한국에서는 어느 빵집을 가도 곰보빵, 단팥빵, 소시지빵 등 정겨운 기본 빵들을 쉽게 만날 수 있지만, 이곳에는 이름부터 낯선 빵들로 가득했기 때문이다. 뉴욕에서 뒤섞여 살아가는 다양한 인종만큼이나 수많은 종류의 빵들과 유럽에서 들어와 발음하기도 쉽지 않은 패스트리Pastry류는 내 머릿속에 기억되어 있는 빵들과 너무 달랐다. 물론 지금은 많이 듣고 먹어 봤기에 충분히 익숙해졌지만, 한동안은 이름을 외우기보다 그 많은 종류의 빵을 하나씩 맛본 후 먹으면 안 되는 엑스^{x}와 먹어도 되는 오^{o}만으로 기억하던 시절도 있었다. 그리고 그런 낯선 빵들 사이에서 가장 만만하게 고를 수 있는 카테고리가 바로 컵케이크였다.

그 옛날 컵을 사용해서 계량을 하고, 정말 컵에 재료를 넣어 구웠기 때문에 이름 붙여진 컵케이크. 그러나 요즘에는 머핀을 포함하여 작은 컵만 한 크기의 케이크를 모두 뭉뚱그려 컵케이크라고 부른다. 애초부터 1인용으로 나왔기에 혼자 먹어도 이기적으로 보이지 않으며, 특히 자르거나 설거지를 할 필요가 없다는 장점이 있어 파티 등의 행사 때마다 단골 메뉴로 오른다. 하지만 뉴욕의 유명한 컵케이크들을 먹어 보면 1인용으로 만들어져 크기가 작은 본연의 장점이 오히려 원망스러워진다. 눈을 감고 한입 베어 물면 핑크색과 하늘색 풍선들이 아른거리고, 솜사탕을 머금고 있는 듯 달콤함이 입안 가득

Sugar Sweet Sunshine
BAKERY

126 Rivington Street NYC 10002
tel: 212.995.1960 fax: 212.995.1962
www.sugarsweetsunshine.com

Corporate delivery available

퍼지는 것을 더 많이 느끼고 싶어지기 때문이다. 길을 걷다 보면 눈길을 끄는 베이커리 안 형형색색의 앙증맞은 컵케이크들은 그렇게 뉴욕 여성들의 마음을 빼앗아 버렸다.

하지만 뉴욕에서는 컵케이크의 세계마저 그리 단순하지 않았다.

서울에서 LAMB 베이커리를 운영하고 있는 하나 언니가 처음 맨해튼의 컵케이크 투어를 제안했을 때 컵케이크에 대해 아무것도 모르던 나는 별로 흥미를 느끼지 못했다. 게다가 길치인 나에게 길 안내까지 부탁하자 무거운 마음으로 자신 없이 집을 나서야 했다.

우리는 맨해튼에서 각 동네를 대표하는 컵케이크 집들을 찾아다녔고 바닐라, 초콜릿 등으로 만든 스펀지빵에 구름이 내려앉은 듯한 프로스팅과 가지각색 고명으로 멋을 부린 컵케이크들을 수도 없이 만났다. 아기자기하고 예쁜 컵케이크들을 보고 있자니 처음 투덜거리던 마음은 어느새 멀리 날아가

버렸다. 게다가 각 동네의 빵집마다 조금씩 다른 달콤함은 컵케이크를 잘 모르는 사람이라도 즐거움, 아니 감동을 느끼기에 충분했다.

미국 드라마 '섹스 앤 더 시티'에 등장하여 유명세를 탄 매그놀리아 Magnolia의 컵케이크는 그리니치 빌리지의 소탈함과 신선함이 버무려져 아찔한 달콤함을 선물해 준다.

만나고 헤어지는 사람들로 가득한 그랜드 센트럴 역의 자로스 베이커리 Zaro's Bakery는 늘 새로운 손님을 맞이하기 위해 분주하다.

맨해튼 42번가의 오래된 컵케이크 카페Cup cake Cafe에서는 버터크림 위로 수놓아진 꽃들이 추억과 향수를 느끼게 한다.

첼시 마켓 안에 위치한 엘레니즈Eleni's Cookies의 컵케이크는 차마 떠먹기 아까울 정도로 예쁜 모양을 하고 있다.

오후 햇살이 나무 위로 늘어져 걸릴 때 즈음 행복한 컵케이크 투어도 어느새 마지막 한 장소만을 남겨 두고 있었다. 때마침 지하철이 끊겨 우리는 버스를 타고 어퍼 이스트사이드의 아기자기한 레스토랑이 모여 있는 요크빌 Yorkvill로 향했다. 이미 유명하다는 컵케이크를 잔뜩 먹어 이제는 금가루가 들

어간 것이라도 사양하고 싶었기에 요크빌로 가는 길은 맨해튼 컵케이크 투어를 성공적으로 마치기 위한 마지막 관문 정도로 생각했다.

그렇게 도착한 '투 리틀 레드 헨스Two Little Red Hens' 컵케이크 가게.

하지만 숨 쉬기조차 힘들 정도로 부른 배를 달래며 한국인의 뚝심으로 도착한 그곳에는 마지막 천국의 맛이 우리를 기다리고 있었다. 이 가게의 명물인 '크림치즈 레드 벨벳' 컵케이크를 한입 베어 물었을 때, 우리는 눈만 동그랗게 뜨고 말없이 서로를 쳐다보다가 웃음을 빵~ 터트려 버렸다. '투 리틀 레드 헨스'의 컵케이크들은 톡 치면 부서질 듯 부드러운 빵 위에 크림치즈를 올려 시원하면서도 깔끔한 맛을 완벽하게 느낄 수 있었으며, 포근하고 느릿한 어퍼 이스트사이드의 매력적인 맛이 가득 담겨 있었다.

맨발을 보여 줘도 될 만큼 편한 친구와 우유 한 잔씩을 사이에 두고 마주 앉아 마음껏 수다를 떨 수 있는 맨해튼의 컵케이크 가게들을 찾아가 보면, 집에서 만든 듯한 사랑스러운 컵케이크에 취해 오랫동안 자리를 뜰 수 없을 것이다.

뉴욕에서의 어느 달달한 하루는 그렇게 지나가고 있었다.

맨해튼의 행복한 컵케이크 가게 BEST 10

좋은 사람과 함께하며 우유 한 잔을 곁들이며 먹는 컵케이크에는 사람들에게 희망을 주는 힘이 있다. 맨해튼에는 내로라하는 컵케이크 가게가 즐비한데, 그중 절대 빼놓지 말고 가봐야 하는 10곳을 소개한다.

● 투 리틀 레드 헨스(Two Little Red Hens)

홈페이지 ★ www.twolittleredhens.com
위치 ★ 1652 2nd Ave
New York, NY 10028 (어퍼 이스트사이드의 요크빌)
전화번호 ★ 212-452-0476

어퍼 이스트사이드의 요크빌에 위치한 아담하고 소박한 컵케이크 숍이다. 동네 어귀에서 흔히 볼 수 있는 작은 가게지만 맛은 단연 최고. 특히 '레드 벨벳 컵케이크'는 산과 알칼리를 반응시켜 만든 붉은색의 부드러운 빵 위에 살포시 올린 크림치즈의 조화가 환상적이다.

홈페이지 ★ www.buttercupbakeshop.com
위치 ★ 141 W 72nd St
New York, NY 10023 (어퍼 웨스트사이드)
전화번호 ★ 212-787-3800

귀여운 노란 지붕을 찾아 떠나는 어퍼 웨스트의 홈메이드 아메리칸 컵케이크 숍. 가정 살림의 최고 권위자로 평가받는 마사 스튜어트와 힐러리 클린턴이 사랑하는 유명한 컵케이크 가게이기도 하다. 기분 전환이 필요한 날 이곳에서 상큼한 레몬 컵케이크를 한입 베어 물며 하루를 시작해 보는 건 어떨까.

● 버터컵 베이크 숍(Buttercup Bake Shop)

홈페이지 ★ www.sugarsweetsunshine.com
위치 ★ 126 Rivington St, New York, NY 10002
전화번호 ★ 212-995-1960

기대어 앉으면 아늑함이 느껴지는 폭신폭신한 소파가
인상적인 컵케이크 숍이다. 언제 찾아가도 가게 앞
벤치에 옹기종기 모여 앉아 도란도란 얘기를 나누는
사람들이 반가운 곳이다. 언뜻 보기에 평범한 컵케
이크들을 판매하는 것 같지만, 특유의 달콤함으로
각종 상을 휩쓸었다는 소문이 자자하다.

● 슈거 스위트 선사인 베이커리
(Sugar Sweet Sunshine Bakery)

● 매그놀리아 베이커리(Magnolia Bakery)

홈페이지 ★ www.magnoliacupcakes.com
위치 ★ 401 Bleecker St
New York, NY 10014(그리니치 빌리지)
전화번호 ★ 212-462-2572

여기에 가 보지 않고는 컵케이크를 먹어 봤다고 할 수 없을
정도로 뉴욕에서 굉장히 유명한 곳이다. '섹스 앤 더 시티'
에 나온 이후로는 더욱 많은 사람이 찾아 매우 긴 줄을 서
야만 겨우 맛볼 수 있을 정도. 머리가 띵할 정도의 달콤함
을 좋아한다면 단연 이곳을 추천한다. 어퍼 웨스트와 미드
타운에 분점이 있지만 역시 그리니치 빌리지에서 먹어야
제맛이다.

● 에레니스 쿠키스(Eleni's Cookies)

홈페이지 ★ www.elenis.com
위치 ★ 75 9th Ave, New York, NY 10011(첼시 마켓 안)
전화번호 ★ 212-255-7990

먹기 아까울 정도로 예쁜 쿠키와 컵케이크를 파는 곳으로 가격이 좀 비싼데도 불구하고 인기가 무척 많다. 화이트와 핑크 톤으로 잘 정돈된 매장에는 뉴욕을 상징하는 여러 가지 쿠키와 컵케이크로 가득 차 있는데, 매장 내에서는 사진 촬영이 금지되어 있다. 유명 백화점에 입점해 있으며 선물용으로도 제격이다.

홈페이지 ★ www.ruthys.com
위치 ★ 75 9th Ave, New York, NY 10011(첼시 마켓 안)
전화번호 ★ 212-463-8800

미리 알고 찾아가지 않으면 그냥 지나칠 만큼 주변 베이커리 사이에 묻혀 있지만, 쇼윈도에 앉아 있는 깜찍한 캐릭터들이 지나는 사람의 발길을 끌어당기는 곳이다. 다소 느끼할 수도 있는 버터 케이크를 위트와 유머로 유쾌하게 포장한 독특함이 있다. 어느 파티에나 잘 어울릴 스펀지 밥 케이크, 바비 인형 케이크 등을 판매한다.

● 루스 베이커리(Ruth's Bakery)

● 컵케이크 카페(Cupcake Cafe)

홈페이지 ★ www.cupcakecafe.com
위치 ★ 545 9th Ave, New York, NY 10018(미드타운)
전화번호 ★ 212-465-1530

주인장의 소탈함이 묻어나는 운치 있는 카페 매장이 어둑어둑해서 화사한 컵케이크와 어울리지 않을 것 같지만, 느끼하지 않고 담백한 맛이 가게의 분위기와 정말 잘 어울리는 곳이다. 미대 학생들의 손재주가 담긴 이곳의 컵케이크에는 결코 화려하지 않은 꽃무늬가 은은한 감동을 준다.

홈페이지 ★ www.zaro.com
위치 ★ (그랜드 센트럴 역의 베이커리)
Grand central station 1 – Across from track 34
Grand central station 2 – @ track 19
Grand central station 3 – @ the new market place
Grand central station 4 – Across from track 103

그랜드 센트럴 역의 활기가 묻어나는 베이커리로 정식 매장
외에도 그랜드 센트럴 마켓 안에 작은 판매대가 3곳이나 있
다. 그랜드 센트럴 역 지하의 푸드 코트로 내려가 밥을 먹고
후식으로 먹기에 안성맞춤인 컵케이크를 판매하는 곳.

● 자로스 베이커리(Zaro's Bakery)

홈페이지 ★ www.crumbs.com
위치 및 전화번호 ★ (맨해튼 전역)
1371 3rd Ave, New York, NY 10021 / 212-794-9800
43 W 42nd St, New York, NY 10079 / 212-221-1500

미국 전역에 매장이 있어 컵케이크 마니아들에게 행복을 주
는 크럼즈 베이커리, 맨해튼 안에만 매장이 10개 정도 있으니
오히려 모르는 사람이 있다면 이상할 정도이다. 주먹만 한
컵케이크 위에 풍성히 올린 크림으로 유명하며, 초콜릿이 듬
뿍 들어간 민트 맛 그라스호퍼(Grasshopper) 컵케이크가
이곳의 대표 메뉴이다.

● 크럼즈 베이크 숍(Crumbs Bakeshop)

홈페이지 ★ www.billysbakerynyc.com
위치 ★ 184 9th Ave, New York, NY 10011(첼시 마켓
안)
전화번호 ★ 212-647-9956

파스텔 톤의 아기자기한 빌리스 베이커리에는 오래된 부
엌의 정취가 느껴진다. 따듯한 냄새와 아늑한 분위기로 비
오는 날 몸을 녹일 수 있는 곳!

● 빌리스 베이커리(Billy's Bakery)

Episode
March

2

그 옛날 월스트리트의 무화과나무 아래에서 시작된 주식 시장이 발전을 거듭하여 오늘날 주식 거래장으로
자리를 대신하게 되었다는 사실을 알고 나면, 아마도 금융가가 더 이상 회색빛으로 보이진 않을 것이다.

조용히 물들어 가는 석양과 환상적인 조화를 이루는 Pier17의 야경을 바라보고 있으니
잊고 있던 옛 추억들이 방울방울 아롱진다.

한 폭의 낭만을 선물해
주는 로어 맨해튼

파이낸셜 디스트릭트, 월 스트리트, 9·11 테러 이후 그 자리에 세워지는 프리덤 타워, 그리고 쇼핑 마니아들에게는 센트리21Century 21의 저렴한 명품을 먼저 떠오르게 하는 로어 맨해튼Lower Manhattan. 하지만 로어 맨해튼이 자전거를 무료로 대여해 주고, 스테이튼 아일랜드로 가는 페리 위에서 24시간 동안 자유의 여신상을 만끽할 수 있으며, 인공 모래사장과 플라스틱 야자수 밑에서 해변가 기분을 만끽할 수 있는 동네라는 사실을 아는 사람은 극히 드물 것이다.

로어 맨해튼은 뾰족하게 튀어나온 지형 탓에 역사의 오랜 시간 동안 톡톡히 항구 역할을 해온 도시다. 로어 맨해튼의 월 스트리트란 이름은 이곳을 처음 정복한 네덜란드인이 영국인의 침략을 막기 위해 세워 놓은 방어벽에서 유래했다고 알려져 있다. 그 옛날 월스트리트의 무화과나무 아래에서 시작된 주식 시장이 발전을 거듭하여 오늘날 주식 거래장Stock Exchange으로 자리를 대신하게 되었다는 사실을 알고 나면, 아마도 금융가가 더 이상 회색빛으로 보이진 않을 것이다.

오랜 역사를 간직한 로어 맨해튼에는 쑥쑥 자란 빌딩들 사이로 19세기 코블스톤cobble stone의 들쑥날쑥한 도로와 골목들이 개성 넘치게 뻗어 있다. 대부분이 그리드화되어 있는 맨해튼의 계획 도로에 익숙한 사람들에게는 아마도 무척 생소한 모습일 것이다. 강변을 따라 조성한 배터리 파크 최남단의 끝에는 숨 막히게 아름다운 노을을 감상할 수 있는 레스토랑 배터리 가든스Battery Gardens가 자리하고 있는데, 해질 무렵이면 그림을 그리는 사람들이 붓과 캔버스를 들고 나와 강가에 서서 그날의 노을을 그림으로 담아내는 낭만적인 풍경이 연출된다.

1983년에는 이곳에 수산시장이 세워져 활발한 항구 역할을 톡톡히 하기도 했으나 지금은 사라지고 없다. 대신 지금 그 자리에는 관광객을 위한 쇼핑몰과 구경하는 것만으로도 배부를 것 같은 예쁜 먹자골목이 들어서 있다. 이

렁듯 지금은 거대한 관광지로 탈바꿈하여 무척 세련된 항구 도시지만, 그 속에는 옛날부터 이곳을 찾은 사람들의 휴식처가 되어 준 '더 파리스 카페The Paris Cal' 같은 곳이 아직 남아 있어 항구 도시의 정취를 조금이나마 느낄 수 있다는 점이 위안거리이다.

금요일과 토요일에는 작은 장Fulton Stall market도 열리는데, 여기에서 정겨운 뉴욕 현지 생산물들을 접할 수 있다. 걷다가 지쳤을 때는 마치 바닷가에 온 착각을 불러일으키는 워터 택시 비치에서 모래성을 쌓으며 어린 시절로 돌아가 보는 것도 좋다. 야릇한 바다 비린내가 기분 나쁘지 않을 정도로 적당히 나기 시작하면 강 건너 브루클린 브리지가 한눈에 들어온다. 조용히 물들어 가는 석양과 환상적인 조화를 이루는 Pier17의 야경을 바라보고 있으니 잊고 있던 옛 추억들이 방울방울 아롱진다.

로어 맨해튼의 강변과 월스트리트

다운타운 홍보 사이트(www.downtownny.com)에 들어가 보면 행사, 무료 공연, 먹을 곳과 즐길 곳 소개 등 다양한 정보가 올라와 있다. 방문하기 전에 꼭 한번 들러 보는 것이 좋다.

● 배터리 가든(Battery Gardens)

위치 ★ 17 State St
New York, NY 10004(배터리 파크 내)

맨해튼에서도 노을 지는 풍경이 아름다운 곳으로 손꼽히는 유명한 레스토랑. 배터리 파크(Battery Park) 남단의 끝에 있으며 밤마다 이벤트가 열려 항상 손님으로 북적거린다. 주말이면 종종 야외 약혼식과 결혼식을 볼 수 있다. 지친 하루 일과를 잊어버리고 마치 그림 속 주인공이 될 수 있는 곳!

위치 ★ Pier17의 북쪽 코너, South St와 Fulton St 사이

Pier 17을 구경한 후 쇼핑몰 바닥에 그려진 발바닥과 해변 표시를 따라가면 가짜 야자수가 늘어서 있는 인공 해변에 도착한다. 이곳에서는 햄버거, 버펄로 윙, 굴 등 해변에서 즐길 수 있는 먹을거리들을 만날 수 있다. 300톤의 모래로 뒤덮인 도심 속 작은 바닷가 안에는 미니 골프장, 스키볼, 탁구대 등이 있어 잠시나마 더운 여름을 식힐 수 있다. 해마다 조금씩 다르지만 대체로 이곳의 개장 기간은 메모리얼 데이부터 9월 초 사이다. 워터 택시(Water Taxi)나 서클 라인(Circle Line)의 관광 배를 타고 강 위에서 맨해튼을 구경해 보는 것도 좋다. 매일매일 다양한 관광 프로그램이 준비되어 있으니 자세한 사항은 부스에 문의해 보자.

● 피어 17 & 워터 택시 비치
(Pier 17 & Water Taxi Beach)

위치 ★ Beekman St 근처의 South St 선상,
New York, NY 10038

원래 이곳에 위치하던 수산물 시장이 브롱스로 이사
간 후 이곳에는 생선뿐 아니라 와인, 꽃 등 뉴욕 현지
의 생산물을 파는 주말 장이 선다. 금요일과 토요일,
오전 8시면 하나 둘씩 매대를 열기 시작해 시간과
관계없이 물건을 다 팔면 장을 마친다. 그러므로 아
침에 서둘러 가는 것이 좋다.

● 풀튼 스톨 마켓(Fulton Stall Market)

● 프런트 스트리트 / 풀튼 스트리트
(Front Street / Fulton Street)

위치 ★ Beekman St & Peck Slip 사이의 Front St /
Fulton St, New York, NY 10038

관광지의 매력이란 이런 것이 아닐까? 알록달록 화사하고
예쁜 먹자골목의 프런트 스트리트, 플튼 스트리트의 지역
뮤지엄과 그 주변 상점들에서는 다양한 관광 상품이 눈길을
끈다. 들뜬 관광객의 기분을 만끽하기에도 좋은 곳이다.

위치 ★ 119 South St
New York, NY 10038(Peck Slip 입구)
전화번호 ★ 212-240-9797
홈페이지 ★ www.theparistavern.com

항구 도시의 역사를 깊게 간직하고 있는 곳이자 뉴욕의 가
장 오래된 카페 중 하나인 이곳은 1873년부터 오랫동안
많은 사람들의 사랑을 받아 왔다.

● 더 페리스 카페(The Paris Café)

● 볼링 그린 파크(Bowling Green Park)

위치 ★ Broadway와 Whitehall Street, New York, NY 10004
전화번호 ★ 212-639-9675

1733년 피터 미닛(Peter Minuit)은 맨해튼 섬을 겨우 24달러어치의 구슬을 주고 구입했는데, 볼링 그린 파크는 바로 그 거래가
이루어진 장소다. 뉴욕시에서 가장 오래된 공원 중 하나며, 주식 브로커들의 인기 점심 장소이자 브로드웨이와 오프브로드웨
이 티켓을 구매할 수 있는 곳이다.

● 그라운드 제로(Ground Zero)

위치 ★ Liberty Street, New York, NY 10007(센트리 21 맞은편)
전화번호 ★ 800-225-5697

너무나 끔찍한 이유로 유명해진 그라운드 제로는 바로 9·11 테러 사건의 부지이다. 월드 트레이드 센터가 있었던 이곳에서
3,000명이라는 어마어마한 사람들이 희생되었는데, 그들을 추모하는 시설물과 새롭게 지어지는 프리덤 타워에서 미국인들의
결연한 의지를 읽을 수 있다.

위치 ★ Wall Street, New York, NY 10005

네덜란드인들이 맨해튼을 소유했던 먼 옛날. 영국과의 마찰로 인해 전쟁이 일어났고, 당시 맨해튼의 통치자 피터 스타이벤센트 총독은 마치 요새를 방불케 하는 긴 담을 세웠는데, 월 스트리트라는 이름은 바로 여기서 유래되었다. 지금은 그 담을 찾아볼 수 없지만, 매일같이 진짜 전쟁 대신 주식 전쟁이 이루어지고 있다. 11 Wall St에 위치한 뉴욕의 증권거래소(New York Stock Exchange)는 꼭 한번 들러 보자!

● 월 스트리트(Wall Street)

위치 ★ Wall Street, New York, NY 10005

게릴라 아트의 행위로 한밤중 트럭에 실어 옮겨 놓았다는 청동 황소상. 아티스트 디 모디카(Di Modica)의 작품으로 그가 뉴욕 시민에게 보낸 크리스마스 선물이다. 또 1987년 미국 주식 시장의 몰락 시점 즈음에 미국인의 힘과 파워를 상징하고자 제작된 동상이기도 하다. 하루에도 수천 명의 관광객이 와서 사진을 찍어 가고, 황소의 중요 부위를 만지면 부귀가 따라온다고 하여 더더욱 인기가 좋다.

● 황금 청동상(The Charging Bull)

Episode
April ①

브루클린의 최남단에는 이름만 들어도 애잔한 향수가 풍겨 오는 코니아일랜드(Coney Island)가 위치해 있는데,
'아일랜드'라고 하니 '섬'이라고 생각할 수도 있으나 중단된 운하 계획 때문에 반도가 되어 버린 곳이다.

한 걸음 내딛을 때마다 정겹게 삐걱거리는 널빤지 소리와 맛있는 튀김, 시원한 맥주를 파는 가게의 간판들에 눈이 지칠 줄 모른다.
세계의 중심이라고 해도 과언이 아닌 뉴욕에서 이렇게 정겹고 촌스러운 간판들을 볼 수 있다는 것이 신기했고,
20세기 초 전성기를 보냈던 코니아일랜드의 숨결을 그대로 느낄 수 있었다.

뉴욕의 월미도
코니아일랜드

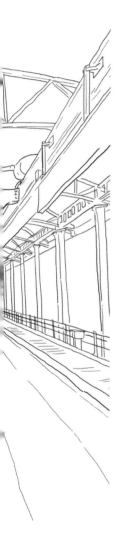

브루클린은 미국에서 인구 밀도가 맨해튼 다음으로 높은 도시답게 긴 역사를 간직하고 있다. 그래서인지 타 지역에 대해 선입견을 가지고 있는 맨해튼의 뉴요커들조차 브루클린에 대해서만큼은 관대한 편이다. 브루클린의 최남단에는 이름만 들어도 애잔한 향수가 풍겨 오는 코니아일랜드Coney Island가 위치해 있는데, '아일랜드'라고 하니 '섬'이라고 생각할 수도 있으나 중단된 운하 계획 때문에 반도가 되어버린 곳이다. 얼마 전부터 이곳에서는 개발과 관련된 흉흉한 소문이 들려왔고, 내 친구 유경이는 이틀에 한 번씩 코니아일랜드에 놀러 가자며 조르기 시작했다.

맨해튼에서 코니아일랜드까지는 지하철익스프레스을 타고 30분이면 도착할 정도로 멀지 않다. 그럼에도 불구하고 발걸음하기가 쉽지 않아 몇 주를 미루기만 하다가 따가운 여름 소리가 조금씩 들려오던 4월의 어느 토요일 드디어 우리는 그곳으로 향했다. 코니아일랜드에서 가장 큰 테마파크이자 놀이동산은 '애스트로랜드Astroland'인데, 곧 재개발이 시작될 예정이란다. 친구 유경이는 예전에 이곳에서 롤러코스터를 탔던 기억을 떠올리며 재개발로 사라지는 것을 못내 안타까워했고, 자신의 기억에 남겨진 장소가 사라진다는 생각에 째진 눈을 더욱 가늘게 뜨고서는 코니아일랜드에 대한 향수를 더듬었다. 사실 그날 아침, 나는 목을 삐끗하여 계획을 취소할까 잠시 망설였으나 재개발로 인해 테마파크의 많은 놀이 기구들이 이미 운행을 중단했다는 소식을

들은 터라 부담이 없었다. 또 그곳에 가면 미국의 축제 때 볼 수 있는 인형 따
기 게임들이 월미도처럼 쭉~ 늘어서 있기에 그중 가장 큰 인형을 따겠노라며
의기양양하게 집을 나섰다.

코니아일랜드에 도착하니 쨍하다 못해 이글거리는 햇살 아래 구름처럼
많은 사람들이 백사장에 누워 일광욕을 즐기고 있었다. 나는 햇볕을 피해 해
변 옆의 뉴욕 아쿠아리움New York Aquarium을 둘러보고 싶었지만, 함께 간 경현 언
니와 유경이는 벌써 저 멀리 놀이동산을 향해 걸어가고 있었다. 한 걸음 내
딛을 때마다 정겹게 삐걱거리는 널빤지 소리와 맛있는 튀김, 시원한
맥주를 파는 가게의 간판들에 눈이 지칠 줄 모른다. 세계의 중심이라
고 해도 과언이 아닌 뉴욕에서 이렇게 정겹고 촌스러운 간판들을 볼 수 있다
는 것이 신기했고, 20세기 초 전성기를 보냈던 코니아일랜드의 숨결을 그대

로 느낄 수 있었다.

아스트로랜드에 들어서면서 난 배신감에 휩싸였다. 신문 기사와 달리 이번 여름 시즌에도 문을 열 듯 많은 놀이 기구들이 정상적으로 운행하고 있는 것이 아닌가. 목을 삐었다는 내 말을 귓등으로 가볍게 흘리며 롤러코스터를 타야 한다고 앵무새처럼 재잘거리는 유경이. 그녀를 보니 놀이 기구를 타지 않고서는 집에 갈 방법이 없을 것 같았으나 시간이라도 벌어 볼 생각으로 한 바퀴 돌며 이곳저곳을 구경했다. 차라리 거대한 대관람차 the wonder wheel라면 주저 없이 탔을 텐데…….

일단 독립기념일마다 핫도그 먹기 대회가 열리는 것으로 유명한 네이슨스 핫도그Nathan's Hotdog 가게에서 핫도그를 먹어 본다. 핫도그 먹기 대회는 1916년 독립기념일, 애국심을 증명하기 위해 4명의 이민자가 시작한 것으로 전해

지고 있다. 우린 대회에 출전한 선수들처럼 핫도그 하나씩을 순식간에 해치우고는 한국의 월미도 느낌이 물씬 풍기는 놀이동산으로 향했다.

스릴 없는 놀이 기구는 거들떠보지도 않는 경현 언니, 겁은 많으나 추억 때문에 롤러코스터만은 타야겠다는 유경이. 그녀들의 관심을 돌리기 위해 인형, 금붕어를 상으로 주는 게임장에 들어갔다. 2달러를 내고 12개의 공을 어항으로 던져 하나라도 들어가면 금붕어를 주는 게임이었는데, 정작 의기양양했던 나는 단 한 개도 성공하지 못했고, 오히려 유경이만 금붕어 한 마리를 따냈다. 사실 어항의 주둥이가 공의 지름만큼이나 작아 넣을 수 있을 거라고는 기대도 하지 않은 터라 상으로 받은 금붕어는 우리를 매우 당혹스럽게 만들었다. 한 손에 금붕어가 헤엄치는 비닐봉지를 들고 처치 곤란해 하는 유경이, 벌써부터 먹이와 어항 걱정을 대신해 주는 경

현 언니, 그녀들의 '오버'스러운 대화를 재미있게 듣는 동안 어느새 우리는 '사이클론^{Cyclone}' 앞에 도착해 버리고 말았다. 머리가 터져라 소리 지르는 사람들을 태우고 쌩쌩 달리는 사이클론, 그리고 손에 든 금붕어는 까맣게 잊은 채 표를 끊기도 전부터 흥분으로 말이 빨라진 유경이의 부추김에 마음과 달리 내 손은 지갑을 찾고 있었다.

개인적으로 놀이 기구를 별로 안 좋아해서 타지 않으려고 했지만, 한국의 월미도에 디스코가 있다면 코니아일랜드에는 사이클론이 있다고 할 만큼 이곳의 명물이다. 사이클론은 1927년에 세워져 미국 내에서 현재 운행 중인 몇 개 안 되는 나무 롤러코스터로 360도 회전은커녕 높이나 경사가 최근 만들어진 것들에 비해 한참이나 약하기에 타 볼 만하다며 백번도 넘게 다짐을 하고, 내 선택을 정당화하고 있었다. 그러나 이내 열차가 들어오자 널빤지가 삐걱거리는 소리, 다소 조악해 보이는 의자와 안전 장치는 내 가슴의 콩닥콩닥 소리를 더욱 크게 만들었다.

하지만 후회하기에는 이미 늦은 시간.

100살 가까이 된 나무 롤러코스터 사이클론의 위력은 실로 대단했다. 무서운 속도로 회전하는 사이클론 안에서 '휙~' 하고 꺾여 버린 내 목은 그 후로 며칠 동안이나 고개를 가누기조차 어려울 정도였다. 또 사이클론은 뻣뻣하게 굳어 버려 거만해 보이는 자세는 둘째치더라도 박장대소라도 하면 목의 근육을 타고 등까지 아파 와 웃으면서 울어야 하는 특별한 경험을 선물해 주었다.

코니아일랜드 즐기기

홈페이지 ★ www.coneyislandfunguide.com
위치 ★ Stillwell Ave, Brooklyn, NY 11224
찾아가기 ★ Via Subway! 지하철 D, F, N, Q 선을 타고 Stillwell Avenue 역에서 하차 / Via Brooklyn Buses
브루클린 버스 B36, B64, B68, B74, B82 / Via Manhattan Express Buses! 익스프레스 버스 X28, X38

위치 ★ 1000 Surf Ave, at W. 10th St
Coney Island, Brooklyn, NY 11224

미국에서 가장 오래된 롤러코스터 중 하나이다. 80년 묵은 놀이 기구에 도전하기!

● 사이클론(Cyclone)

홈페이지 ★ www.wonderwheel.com
위치 ★ 3059 Denos Vourderis Pl, at W. 12th St
Coney Island, Brooklyn, NY 11224

사이클론보다 오래된 원더 월. 대롱대롱 매달리는 두려움만 감수한다면
코니아일랜드를 한눈에 내려다볼 수 있다.

● 원더 월-대관람차
(Deno's Wonder Wheel)

● 코니 아일랜드 뮤지엄(Coney Island Museum)
& 서커스 사이드쇼(Circus Sideshow)

홈페이지 ★ www.coneyisland.com
위치 ★ 1208 Surf Ave, at W. 12th St, Coney Island
Brooklyn, NY 11224

불을 삼켜대는 우람한 광대, 뱀을 유혹하는 요부 등 마치 컬트
영화에서나 볼 듯한 분위기의 서커스 쇼. 입장료는 사이드 쇼
$5, 뮤지엄 $1.

코니아일랜드 위치 지도

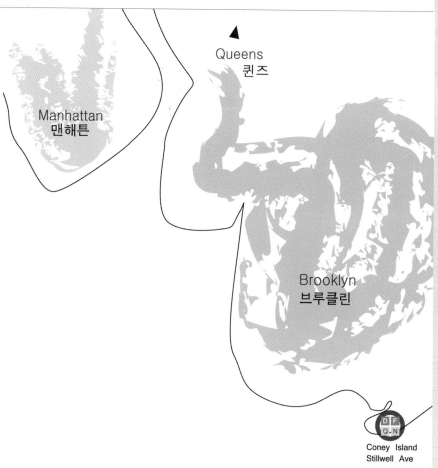

Queens
퀸즈

Manhattan
맨해튼

Brooklyn
브루클린

Coney Island
Stillwell Ave

Episode
April ②

우리를 기다리던 할렘은 거친 현실의 단편들, 그리고 길거리 행상의 손끝에서 묻어 나오는 일상의 고됨에 가려져 있는 곳이었다.

아폴로 극장에 들어서자 전성기 때의 화려함은 없었지만, 공연장을 가득 메운 사람들의 열정으로 가득 채워져 있었다.

그렇게 아폴로 극장은 세계에서 몰려든 관중으로 살아 있었다.

할렘, 절찬리 상영 중

검은 피부가 아닌 사람들에겐 낯선 도시 할렘.

언젠가 지하철을 타고 가다가 중학생 정도로 보이는 한 흑인 형제를 만난 적이 있다. 앳된 얼굴의 형제는 지하철을 타자마자 열심히 연습한 노래와 춤을 선보였다. 게릴라 공연이 끝나고 그들은 나와 같은 정거장에서 내렸는데, 공연할 때의 밝은 모습과 달리 실수를 지적하는 형의 모습에서 내도 그만, 안 내도 그만인 1달러짜리 길거리 표 공연이 그들에게는 무척 숭고한 일이라는 것을 느낄 수 있었다.

그 형제에 대한 기억이 희미해졌을 무렵, 할렘의 전설적인 극장 아폴로에서 매주 수요일 밤마다 열리는 아마추어 나이트Amateur Night 표 두 장을 선물 받았다. 아마추어 나이트 쇼는 미국에서 선풍적인 인기를 끌고 있는 '아메리칸 아이돌'의 원조 격인 공연으로, 나와 경현 언니는 돌아오는 수요일에 당장 보러 가기로 했다.

어느새 수요일. 우리는 손에 사진기를 들고, 가슴엔 설렘을 한가득 안고서 할렘으로 향했다. 나는 할렘 근처에 살고 있는 친구 지연이를 통해 지난 미국 대선에서 오바마가 당선되던 날, 이곳에서는 천지가 흔들릴 만큼의 환호성이 끊이지 않았다는 얘기를 들은 적이 있었다. 그랬기에 '마틴 루터 킹 주니어 블러바드'라고도 불리는 할렘의 심장부 125번가에 도착하면 역사 속의 진한 감동을 느낄 수 있을 거라고 생각했다. 하지만 상상했던 것과 다르게 우리를 기다리던 할렘은 거친 현실의 단편들, 그리고 길거리 행상 손끝에서 묻어 나오는 일상의 고됨에 가려져 기대했던 감동은 잠시뿐이었다. 어설픈 동양인 둘이 구경 온 것에 불쾌한 듯 카메라를 꺼내기만 해도 화를 내는 거리의 사람들을 보며, 난 열심히 춤을 추던 지하철의 형제가 왜 갑자기 떠올랐는지 모르겠다.

　계속되는 눈총에 카메라를 아예 가방 깊숙이 집어넣고 본능적
으로 할렘의 남단으로 연결된 안전지대, 맨해튼의 어퍼 이스트 방향
으로 발걸음을 옮겼다. 할렘의 중심부를 벗어나니 저소득층을 위한 도시
계획의 일환으로 지은 '프로젝트'라 불리는 건물들이 주를 이룬다. 그들은 따
뜻한 봄 햇살을 받기에는 너무 좁은 창문과 차가운 갈색 벽이 녹지 않는 겨울
을 말하고 있었다. 어퍼 이스트에 가까워질수록 개발 붐을 타고 변화되어 가
는 할렘의 모습을 볼 수 있는데, 새롭게 들어서는 고급 아파트와 부티크 빌딩
들은 어쩐지 조금 불편해 보인다. 사실 할렘이 마음 편히 다닐 수 있는 동네
는 아니기에 환경이 좋아지는 것은 쌍수를 들고 환영할 일이지만, 이제 추억
으로만 남아야 할 건물들처럼 세월의 흔적을 간직하고 있는 사람들 역시 사

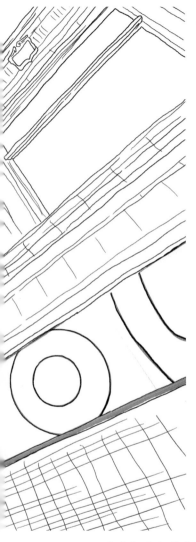

라진다는 게 못내 안타깝다.

　우리는 한참 동안 이곳저곳을 구경하다가 시간에 맞춰 아폴로 극장에 들어섰다. 전성기 때의 화려함은 없었지만 공연장을 가득 메운 사람들이 객석을 열정으로 가득 채우고 있었다. 그렇다. 세계에서 몰려든 아폴로 극장의 관중은 살아 있었다. 조용하고 점잔빼는 공연장의 분위기와는 다르게, 생동감 넘치는 공연을 느끼는 그대로 표현하는 자세가 새삼 부럽게 느껴졌다.

　2시간이 넘는 아이들의 공연을 즐기다 보니 어김없이 배꼽시계가 울린다. 공연 중간 휴식 시간이 되어 잽싸게 음식점으로 들어가려는데, 문 앞에 서 있던 한 흑인이 갑자기 내 쪽으로 손을 쑥 내미는 게 아닌가. 난 몸을 움츠리며 "윽!" 하고 소리를 질러 버렸다. 어둠이 깔린 할렘에서 낯선 이에 대한 공포심을 가지고 있던 차에 예상치 못한 상황이 닥치자 반사적으로 내뱉은 소리였다. 하지만 그의 행동이 친절하게 문을 열어 주려던 것이었다는 걸 알게 된 후 그가 나의 반응에 상처라도 받았을까봐 걱정이 되었고, 무척 미안했다. 선입견이란 나이가 들수록 버리기 힘든가 보다.

하지만 이런 생각을 하다가도 눈앞에 방탄유리로 보호된 계산대가 들어오자 방금까지의 반성은 멀리 저편으로 사라진다.

겁 많은 나는 튀김 닭 한 마리 먹어 보자고 하나밖에 없는 내 생명을 담보로 하는 것은 아닌지 경직되어 버렸다.

단 하루 동안임에도 나에게 많은 모습을 보여 준 할렘. 그곳 사람들처럼 까만 피부색을 가지고 있지 않다면 솔직히 발걸음을 하기가 조금 망설여지는 동네인 것은 사실이다. 110번가 위로는 음식점에서 배달마저 하지 않을 정도

로 위험하다지만, 그들에게는 삶의 터전이자 더없이 아늑한 동네일 것은 틀림없다. 절찬리 상영 중인 할렘이 몇 년 후에는 많이도 바뀌어 있을 것을 생각하니 누군가의 공연이 막을 내리는 것처럼 아쉽다. 변화하는 할렘의 작은 구석에나마 지하철에서 보았던 형제가 쉴 수 있는 공간이 마련되었으면 하는 바람을 가져 본다.

할렘에서 꼭 가 봐야 할 장소

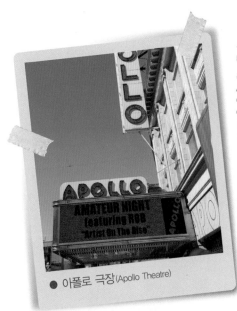

● 아폴로 극장(Apollo Theatre)

위치 ★ 253 West 125th Street
New York, NY 10027

라디오로 시작하여 화제가 된 〈Amateur Nite Hour at the Apollo™〉라는 프로그램이 1934년부터 아폴로 극장에서 라이브로 상영하자 폭발적인 인기를 끌게 된다. 그 후 50년 이상 방송되면서 빌리 홀리데이, 스티비 원더, 제임스 브라운 등의 전설적인 스타들을 배출한다. 그러면서 사람들로부터 "Where Stars are Born and Legends are Made™" (스타가 탄생하고 전설이 만들어지는 곳)이라 불린다. 비록 더 이상 공중파 방송으로는 방영되지 않는 아마추어 나이트이지만, 아직도 수요일이면 뜨거운 관심 속에 미래의 대스타들이 무대에 오른다. 인터넷으로 예매가 가능하고, 가격은 35달러 안팎으로 공연 당일에 극장에서 구매하려면 꽤 긴 줄을 서서 기다려야 한다. 아폴로 극장은 할렘의 번화가인 125번가에 위치해 있으니 안심하고 다녀와도 될 것 같다.

● 마틴 루터 킹 블러바드(Martin Luther King Jr. Blvd)

할렘은 센트럴 파크가 끝나는 110번가부터 북쪽으로 155번가까지 뻗어 있는데, 처음엔 네덜란드인의 거주 지역이었다고 한다. 그래서 '할렘' 이름의 유래 역시 네덜란드 도시 'Haarlem'에서 따온 것으로 전해진다. 할렘의 중심가는 5애비뉴 상으로 110번가부터 시작해 125번가에서 절정을 이루는데, 125번가를 '마틴 루터 킹 주니어 블러바드'라고도 부른다. 마틴 루터 킹은 미국의 흑인 인권 운동가이자 'I have a dream'이란 연설을 통해 많은 이들에게 희망을 준 목사이며, 남자 중 최연소로 노벨 평화상을 수상한 인물이다. 할렘의 중심부를 벗어나면 위험할 수 있으므로 되도록이면 낮에 방문하는 것이 좋겠다.

홈페이지 ★ www.spoonbreadinc.com
위치 ★ 366 W. 110th St., Manhattan Valley
NY 10025. Columbus & Manhattan Ave 사이
전화번호 ★ 212-865-6744

'소울 뮤직(Soul Music)'과 같은 말에서 유추할 수 있듯이 '소울 푸드(Soul Food)'는 아프리카계 미국인들의 음식을 일컫는 말이다. 할렘가의 음식점에 가면 이 단어가 적힌 것을 종종 볼 수 있는데, 이 말의 기원은 아프리카에서부터 유래되었고, 노예 거래 시대를 거치면서 현재는 미국 남부의 전통 음식 문화까지 포괄하는 의미로 쓰인다. 음식은 한 민족을 대변하는데, 소울 푸드 역시 그 안에는 아프지만 길고 긴 그들만의 역사가 고스란히 녹아 있다. 노예들에게 글을 가르치는 것이 불법이었던 주가 많았던 때를 거쳤기 때문에 근대 사회에 들어서기 전까지는 입에서 입으로 전해진 요리법이 대부분이다.

● 미스 마미스 스푼 브레드 투
(Miss Mamie's Spoonbread Too)

'미스 마미스 스푼 브레드 투'는 소울 푸드를 이야기할 때 빼놓을 수 없는 닭 튀김, 돼지 갈비 등이 빼어나게 맛있다는 평을 듣는 음식점으로 알록달록한 분위기가 정겹다. 빌 클린턴 전 대통령이 자주 찾았다고 하는데, 앨라배마 주의 전통 음식들을 맛볼 수 있으며 분위기가 아늑하고 친절해 먹는 이의 마음까지도 따듯하게 녹여 준다. 이곳을 찾을 예정이라면 샘플러를 시켜 이것저것 맛보길 권한다.

● 실비아스 레스토랑 오브 할렘
(Sylvia's Restaurant of Harlem)

홈페이지 ★ www.sylviasrestaurant.com
위치 ★ 328 Lenox Ave New York, NY 10027
전화번호 ★ 212-996-2669

1962년 '실비아 우드'가 오픈한 이후 빌 클린턴, 넬슨 만델라, 매직 존슨, 캐롤린 케네디 등 유명 인사들의 발길이 끊이지 않는 곳이다. 현재는 실비아의 딸이 운영하고 있으며, 소울 푸드에 대한 얘기가 나올 때마다 빠지지 않을 정도로 유명하다. 알맞게 튀겨져 감칠맛 나는 닭 튀김, 윤기가 좌르르 흐르는 베이비 립, 바삭한 와플, 쓴 것 같으면서도 묘한 매력이 있는 콜라드 그린, 블랙 아이드 피스, 감자 샐러드, 맥앤 치즈와 으깬 감자 등이 인기 메뉴. 주말에 가면 관광객들로 발 디딜 틈이 없다.

● 마더 에이엠이 자이온(시온) 교회(Mother A.M.E Zion Church)

위치 ★ 140-7 W. 137th St, New York, NY 10027(Adam Clayton Powell Blvd와 Lenox Ave 사이)
전화번호 ★ 212-234-1544

우피 골드버그 주연의 영화 '시스터 액트'를 본 사람이라면 흑인계 교회들의 분위기를 짐작할 수 있을 것이다. 흥겨운 율동에 맞춰 목청껏 노래 부르는 성가대는 할렘 교회의 특징인데, 마더 자이온 교회도 예외가 아니다. 1796년에 세워진 이 교회는 뉴욕주에서 가장 오래된 흑인계 교회로서 '언더그라운드 레일로드' 시절 중심 역할을 하여 프리덤 교회라 불리기도 했다. 1925년 지금의 위치로 이전했고, 주일 본 예배가 오전 11시에 진행된다.

홈페이지 ★ www.lenoxlounge.com
위치 ★ 288 Malcolm X Boulevard
New York, NY 10027
전화번호 ★ 212-427-0253

허름한 외관에서부터 세월의 흔적을 느낄 수 있는 레녹스 라운지는 1939년 이후 할렘의 재즈와 호흡을 같이해 왔다. 빌리 홀리데이, 마일스 데이비드, 존 콜트레인 등 재즈의 거장들이 거쳐 간 곳으로 유명하다. 말콤 엑스가 자주 찾았던 레녹스 라운지와 안쪽의 지브라 룸(Zebra Room)은 뉴욕에서 드물게 아트데코 스타일이 그대로 보존되어 지난 역사의 파편으로 남아 있다. 40년대의 재즈 클럽으로 시간 여행을 한 것 같은 착각에 빠져 감미로운 라이브 재즈를 즐기고 싶다면 이곳을 찾아라. 주말 입장료가 1인당 20달러이고, 입장 후에는 16달러 이상의 음료를 시켜야 한다는 점을 유의하자. 계산서에 18%의 서비스비가 포함되니 팁은 따로 지불하지 않아도 된다.

● 레녹스 라운지(Lenox Lounge)

Spoonbread Too

Restaurants
Authentic Southern Cuisine

"Ribs, Chicken And Collard Greens So Good They Bring Tears To The Eyes".
ZAGAT

Miss Mamie's
366 West 110th Street
Morningside Heights
(212) 865-6744

 Miss Maude's
547 Lenox Ave., @ 138th St.
Harlem
(212) 690-3100

www.spoonbreadinc.com

Sylvia's
Queen of Soul Food™

Bedelia Woods
Co-Owner/Catering Director

328 Lenox Avenue
New York, NY 10027
p. 212.996.0660
f. 212.427.6389
c. 914.772.2957
www.sylviasrestaurant.com
bwoods@sylviasrestaurant.com

Episode May ❶

길 양옆으로 늘어선 나무에는 벚꽃들이 흐드러지게 피어 있고, 오전에 내린 비는 바닥을 온통 그 소중한 분홍빛으로 물들였다.

재밌는 점은 왜색 짙은 행사에 뉴요커들이 인산인해를 이루고 있었다는 것이다. 그뿐만 아니라 일본의 대중문화로 자리매김한 코스프레(Cosplay)에 빠진 뉴요커들이 만화에 나오는 의상을 입고 벚꽃 놀이를 즐기는 모습은 참 놀라운 일이었다.

가라오케든 벚꽃 축제든 뉴욕 내에서 존재감이 큰 일본이란 나라는 '문화'를 '상품'화하는 데 성공했다는 느낌이 강하게 들었다.

살랑살랑 흩날리는
뉴욕의 벚꽃 놀이

살랑살랑 봄이 올 무렵에는 데운 정종과 도시락을 준비해 가 즐기던 서울 여의도의 벚꽃 놀이가 생각난다. 밤 시간에 가면 사람들로 북적이지 않아 오롯이 축제를 만끽할 수 있었는데, 눈처럼 날리는 벚꽃 잎에 취하던 그 거리가 그리워 구글^{Google}에서 벚꽃 축제를 찾아보니 브루클린의 보테니컬 가든^{Brooklyn Botanical} ^{Garden; 브루클린 식물원}에서 벌써 25년째 매년 5월 한 주 동안 짧은 벚꽃 축제^{Sakura Matsuri}가 열리고 있다는 정보가 검색된다. 역시 없는 것을 찾기 힘든 뉴욕이다. 마침 그 주말은 룸메이트 경현 언니의 생일이기도 해서 우리는 겸사겸사 나들이를 가기로 했다.

나들이 당일. 우리의 설렌 마음을 차분히 가라앉혀 주려는 듯 아침부터 보슬비가 내려 불안했지만, 브루클린 보테니컬 가든에 도착하니 어느새 해가 쨍하다. 이곳은 브루클린 뮤지엄^{Brooklyn Museum} 바로 뒤에 붙어 있는데, 입구부터 끝이 보이지 않을 정도로 줄을 선 사람들 모습에 입이 떡 벌어졌다. 다행히 오래 기다리지 않아 차례가 왔고, 난 학생 할인을 받아서 절반 가격인 6달러를 내고 입장할 수 있었다. 지도를 보지 않았는데도 띵~ 띵~ 울리는 동양적인 풍악 소리에 이끌려 다다른 벚꽃 축제의 거리. 길 양옆으로 늘어선 벚나무에는 꽃들이 흐드러지게 피어 있고, 오전에 내린 비는 바닥을 온통 그 소중한 분홍빛으로 물들였다.

축제의 한복판으로 들어선 우리는 일본 전통 음악에 맞춰 춤을 선보이는 무대와 J-pop 가수도 볼 수 있

었다. 무대의 뒤쪽에서는 일본식 도시락^{벤토}과 술^{사케}을 팔고 있었는데, 재밌는 점은 왜색 짙은 행사에 뉴요커들이 인산인해를 이루고 있었다는 것이다. 그뿐만 아니라 일본의 대중문화로 자리매김한 코스프레^{cosplay}에 빠진 뉴요커들이 만화에 나오는 의상을 입고 벚꽃 놀이를 즐기는 모습은 참 놀라운 일이었다. 금발의 젊은 아가씨들이 기모노를 입고 있거나, 일본 만화 속의 캐릭터로 분장한 채 작은 단백질 인형을 가슴에 안고 있는 모습은 신주쿠 거리에서나 볼 수 있을 법한 풍경이었다.

풀밭 위에 앉아 경현 언니의 생일 축하 기념으로 사케를 마시며 축제를 지켜보고 있자니 한편으로 아쉬운 마음이 들었다. 브루클린 보테니컬처럼 큰 규모의 가든에서 우리나라의 벚꽃 놀이가 아닌, 일본의 벚꽃 놀이를 즐겨야 한다는 게 조금 씁쓸했던 것이다. 그 속에서나마 한국의 냄새를 찾으며

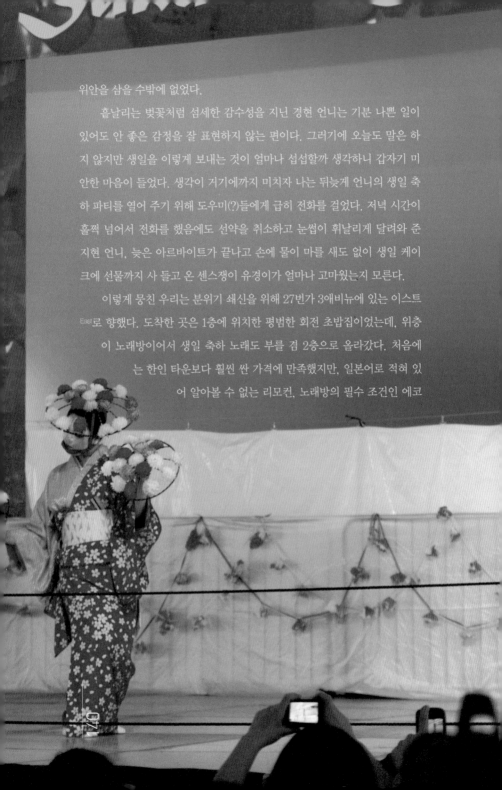

위안을 삼을 수밖에 없었다.

흩날리는 벚꽃처럼 섬세한 감수성을 지닌 경현 언니는 기분 나쁜 일이 있어도 안 좋은 감정을 잘 표현하지 않는 편이다. 그러기에 오늘도 말은 하지 않지만 생일을 이렇게 보내는 것이 얼마나 섭섭할까 생각하니 갑자기 미안한 마음이 들었다. 생각이 거기에까지 미치자 나는 뒤늦게 언니의 생일 축하 파티를 열어 주기 위해 도우미(?)들에게 급히 전화를 걸었다. 저녁 시간이 훌쩍 넘어서 전화를 했음에도 선약을 취소하고 눈썹이 휘날리게 달려와 준 지현 언니, 늦은 아르바이트가 끝나고 손에 물이 마를 새도 없이 생일 케이크에 선물까지 사 들고 온 센스쟁이 유경이가 얼마나 고마웠는지 모른다.

이렇게 뭉친 우리는 분위기 쇄신을 위해 27번가 3애비뉴에 있는 이스트 East로 향했다. 도착한 곳은 1층에 위치한 평범한 회전 초밥집이었는데, 위층이 노래방이어서 생일 축하 노래도 부를 겸 2층으로 올라갔다. 처음에는 한인 타운보다 훨씬 싼 가격에 만족했지만, 일본어로 적혀 있어 알아볼 수 없는 리모컨, 노래방의 필수 조건인 에코

마저 없는 사운드에 아쉬운 마음이 들었다. 그래도 옆
방에서는 어떻게 알고 찾아왔는지 금발의 뉴요커들이
목에 핏대를 세우며 노래를 열창하고 있었다. 2층 라
운지에서 회전 초밥을 즐기는 사람들은 그런 뉴요커들
의 부담스러운 고음까지도 마냥 좋기만 한 것 같다.

　가라오케든 벚꽃 축제든 뉴욕 내에서 존재감이
큰 일본이란 나라는 '문화'를 '상품'화하는 데 성공했다
는 느낌이 강하게 들었다. 무형의 문화를 파는 나라 일
본, 그들이 은근히 부러워졌다. 팝콘처럼 툭툭 터져 아
름다웠던 보테니컬 가든의 벚꽃, 룸메이트 언니의 조
촐한 생일 파티로 살랑살랑 봄바람 가득한 뉴욕에서의
하루가 가슴에 깊이 새겨진 하루였다.

뉴욕의 동·식물원

뉴욕처럼 도심 속에 이렇게 크고 넓은 동·식물원이, 그것도 여기저기에 있는 도시는 많지 않을 것이다. 일 년에 몇 번이라도 뉴욕의 동·식물원을 방문할 계획이 있다면 WCS(Wildlife Conservatory Society : 야생 자연환경과 동식물 보존을 위해 세워진 미국 비영리 단체) 회원권을 끊는 것이 좋다. 회원(동반 1인 포함)은 WCS에서 운영하거나 연계된 뉴욕의 5개 동물원, 수족관(Bronx Zoo, New York Aquarium, Central Park Zoo, Prospect Park Zoo, Queens Zoo)을 이용 횟수 제한 없이 일 년 내내 공짜로 입장할 수 있다. 이뿐만 아니라 아무리 붐빌 때 가더라도 줄을 서지 않고 들어갈 수 있으며, 시즌마다 열리는 특별전 입장료 면제 등 많은 혜택이 주어진다.

회원권 정보 ★ www.bronxzoo.org/become-a-member.aspxt

● 브롱스 동물원(Bronx Zoo)

홈페이지 ★ www.bronxzoo.com
위치 ★ 2300 Southern Boulevard Bronx NY 10460
전화번호 ★ 718-220-5100
개장 시간 ★ 월~금요일 오전 10시~오후 5시, 주말·공휴일 오전 10시~오후 5시 30분
입장료 ★ 어른 $15, 3세 이상~12세 미만 $11, 노인(65세 이상) $13 ※ 단, 매주 수요일은 기부하고 싶은 만큼만 내고 입장할 수 있다(정해진 입장료 없음).
대중교통 ★ 익스프레스 버스 : BxM11(맨해튼), Bx9/Bx19(브롱스), Q44(퀸즈)
지하철 : 2, 5호선 East Tremont Avenue/West Farms Square 역에서 하차. 도보로 10분 거리(Gate A)

브롱스에 위치한 브롱스 동물원은 세계적으로 명성이 자자한 미국 최대 규모의 동물원이다. 무려 4000마리의 동물이 260에이커의 부지에 서식하고 있다. 시즌마다 특별한 기획전을 선보이는 데다, 동물원을 대각선으로 가로지르는 케이블카에서 아래를 내려다보는 재미는 브롱스 동물원만의 매력이다. 방문하기 전 홈페이지의 '오늘의 일정' 메뉴를 통해 그날의 특별 일정을 알고 가면 편리하다.

● **뉴욕 보태니컬 가든**(The New York Botanical Garden)

홈페이지 ★ www.nybg.org
위치 ★ 2900 Southern Blvd. Bronx, NY 10458.
전화번호 ★ 718-817-8700
개장 시간 ★ 화~일요일 오전 10시~오후 6시(공휴일 제외)
입장료 ★ 어른 $20, 학생(학생증 지참)과 노인 $18, 12세 미만 $8(2세 미만 무료)
대중교통 ★ Metro-North Railroad(기차) : 그랜드 센트럴 역에서 Metro North Harlem 로컬 선을 타고 Botanical Garden 역에서 하차(그랜드 센트럴에서 약 20분 소요)
지하철 : B, D선이나 4호선을 타고 Bedford Park 역에서 하차. Bx26 버스로 환승해 Botanical Garden의 Mosholu 게이트에서 하차

브롱스 동물원 바로 옆에 위치한 브롱스 보테니컬 가든은 브롱스 공원 내에 250에이커가 넘는 부지를 차지하고 있어 미국에서도 손꼽히는 식물원이다. 희귀한 식물들이 가득해 연간 80만 명이 방문하는 대규모 식물원이면서 앞서 나가는 식물 연구소들의 집이기도 하다.

홈페이지 ★ www.bbg.org
위치 ★ 1000 Washington Avenue
Brooklyn, NY 11225
전화번호 ★ 718-623-7200
개장 시간 ★ 화~금요일 오전 8시~오후 6시,
토·일요일 오전 10시~오후 6시
입장료 ★ 어른 $8, 노인(65세 이상) $4,
12세 이상의 학생(학생증 지참) $4
※ 12세 미만 어린이, 토요일 오전 10시~밤 12시, 11월
20일~2월 27일 사이의 월~금요일 무료 입장. 단,
벚꽃 놀이(사쿠라 마츠리) 기간은 예외
대중교통 ★ 2, 3호선 : Eastern Parkway · Broo
klyn Museum 역에서 하차
B, Q선 : Prospect Park 역에서 하차(B선은 주말
에 운행하지 않음)
4호선 : Franklin Avenue 역에서 하차
S shuttle : Prospect Park 역에서 하차
버스 : B48, B41, B43, B71, b45, B16
럴(LIRR) : 'Flatbush Avenue', 'Atlantic Avenue' 역에서 하차해 지하철 Q 혹은 2호선으로 환승하거나 버스
B41로 갈아탄다.

● **브루클린 보태니컬 가든**
(Brooklyn Botanical Garden)

● **뉴욕 아쿠아리움**(New York Aquarium)

홈페이지 ★ www.nyaquarium.com
위치 ★ Surf Avenue & West 8th Street
Brooklyn, NY 11224
전화번호 ★ 718-265-3474
개장 시간 ★ 화~금요일 오전 10시~오후 6시,
주말·공휴일 오전 10시~오후 7시, 연중무휴
입장료 ★ 어른 $13, 12세 미만 $9, 65세 이상 $10
대중교통 ★ 지하철 : F, Q선을 타고 West 8th Stre
et 역에서 하차. 다시 N, D선을 타고 Coney Island
Stilwell Avenue 역에서 하차하여 Surf Ave 선상
남쪽으로 2블록 도보 이동 / 버스 : B36, B68

코니아일랜드 놀이 동산 바로 옆에 위치한 뉴욕 아
쿠아리움에는 8000여 마리의 해양 동물이 살고 있
다. 동물들에게 먹이 주는 시간을 미리 확인하고 가
면 귀엽게 먹이를 받아먹는 펭귄 등을 볼 수 있다.

Episode May ❷

햇볕만 좋으면 정말 어디라도 자리를 펴고 누워 일광욕을 즐기는 뉴요커들에게 해수욕은 빼놓을 수 없는 유혹이기에 여름철이면 뉴욕 내의 가까운 해변은 사람들로 붐비기 마련이다.

롱비치와 존스비치는 아름다운 백사장으로도 유명하지만 계절에 따라 광어 낚시, 게 낚시를 하거나 맥주 한잔하면서 지는 해를 느긋하게 즐길 수 있는 예쁜 카페들이 바닷가 주변에 늘어서 있다.

내 뉴욕 생활의 스트레스를 잡았다 놓아 준 게들이 집게발로 콕 집어 갔는지 마음은 한결 가벼워져 있었다.

롱비치에서
세월을 낚다

　　뉴욕에서 살기 시작한 초기부터 이곳을 바라보는 나의 시선은 늘 제3자
입장에서였고, 스스로를 뉴요커라고 생각해 본 적도 없다. 그럼에도 불구하
고 이곳에서의 생활이 햇수를 더해 갈수록 나는 유학생으로서 흔히 겪는 실
수들을 겪으며 조금씩 뉴요커의 모습이 되어 갔다. 뉴욕에는 워낙 다양한 국
가의 동양인들이 살아가고 있는데 어느 동양인을 보고 뚱뚱하다며 소곤
거렸다가 "저 한국 사람이에요."라는 말을 듣고 얼굴에 불이 붙었던
일, 미국인의 농담을 알아듣지 못해 동문서답을 했던 일 등 실수도 많이 하
고, 눈물이 핑~ 돌 정도로 서러웠던 사연도 많았다. 비단 뉴욕뿐만이 아니라

낯선 곳에서 위축되지 않고 살아가기 위해서는 작은 실수에 목매지 않고 빨리 잊어버리는 방법을 찾는 것이 무척 중요할 것이다. 친구들과 어울려 스스럼없이 이야기를 나눔으로써 마음의 평안을 찾는다는 친구 유진이, 안 좋은 일이 생기면 냅다 잠을 잔다는 경현 언니 등 저마다 스트레스를 풀기 위한 방법을 가지고 있지만, 내 경우는 좀 특이하다. 한적한 곳에 가서 혼잣말을 중얼거리면서 푸는데, 룸메이트가 있어 이것마저도 쉽지 않기에 여름이면 가까운 곳으로 여행을 다녀오는 것이 내 유학 생활에서의 여유이다.

　3개월이 넘는 긴 여름 방학 동안 미국에 연고가 없는 유학생들은 한국에 다녀오거나 다음 학기를 준비하며 시간을 보낸다. 뉴욕에 남은 학생들의 경우 가까운 유럽이나 멕시코로 저렴한 여행을 떠나기도 하는데, 맨해튼과 1시간 남짓한 거리에 있어 부담 없이 피서를 즐길 수 있는 곳으로 뉴욕의 존스비치Jones beach, 롱비치Long beach 등이 있다.

　또 드라마 '섹스 앤 더 시티'나 '가십 걸' 등에서 피서지로 자주 등장하는 뉴욕의 햄튼스Hamptons, 대서양을 즐길 수 있는 뉴저지 해안 등은 학생보다 오히려 휴가가 짧은 직장인들이 더 즐겨 찾는 곳이기도 하다. 햇볕만 좋으면 정말 어디라도 자리를 펴고 누워 일광욕을 즐기는 뉴요커들에게 해수욕은 빼놓을 수 없는 유혹이기에 여름철이면 뉴욕 내의 가까운 해변은 사람들로 붐비기 마련이다.

　5월 말, 우리나라의 현충일 같은 메모리얼 데이Memorial Day: 전몰장병 추모일, 5월 마지막 월요일로 공휴일가 찾아왔고, 나날이 뜨거워지는 햇빛을 핑계 삼아 미국 친구들

과 낚시 팀을 결성해 가까운 롱비치로 훌쩍 떠났다. '럴' 혹은 '엘아이알알 LIRR: 롱아일랜드를 가로지르는 기차편'이라 부르는 기차를 타고 한 시간 남짓 낭만적인 열차 여행을 즐기노라면 어느새 롱비치에 도착한다. 4km가 넘는 백사장, 코를 간 질이는 바닷바람, 물기를 머금어 보석처럼 빛나는 조개껍데기가 반갑게 맞아 주는 이곳. 롱비치와 존스비치는 아름다운 백사장으로도 유명하지만 계절에 따라 광어 낚시, 게 낚시를 할 수 있으며, 바닷가 주변에 늘어서 있는 예쁜 카 페에서 맥주 한잔하면서 지는 해를 느긋하게 즐길 수 있다.

우리는 수영할 수 있는 구역을 벗어나 낚시꾼들에게 다가갔다. 그들은 우리에게 고기의 종에 따라 가져갈 수 있는 길이가 법으로 정해져 있으니 직 접 잡았어도 기준치 이상의 것들만 가져가라는 설명을 해주었다. 그러는 도 중 빨간 모자 낚시꾼이 광어Fluke를 잡아 올렸으나 광어의 기준 21인치에 아주 조금 못 미치자 그대로 놓아 주는 모습을 보며 미국인들의 환경에 대한 선진 의식을 느낄 수 있었다.

우리는 한참 동안 수영을 하며 놀다가 주변 사람들의 도움을 받아 전날 사 놓은 게 낚싯망을 바다에 내리는 데 성공했다. 처음에는 미끼가 번번이 물살에 쓸려 내려가 허탕을 쳤지만, 여럿의 머리를 맞대고 궁리한 끝에 이내 방법을 찾아내 망을 끌어올리는 족족 싱싱한 게의 몸짓을 구경할 수 있었다.

그렇게 게 낚는 재미에 푹 빠져 한참을 보냈더니 어느새 해가 질 무렵이 되었고, 우린 화가 머리끝까지 치밀어 하얗게 거품을 만들고 있는 게들을 다시 돌려보내 줘야 했다. 게의 경우 등딱지 길이가 4인치를 넘지 않으면 방생해야 하기 때문인데, 아쉽지만 본격적인 게 낚시 시즌인 8~9월에 다시 도전하기로 했다. 그러나 아쉬운 마음도 잠시, 내 뉴욕 생활의 스트레스를 잡았다 놓아 준 게들이 집게발로 콕 집어 갔는지 마음은 한결 가벼워져 있었다. 그 게들을 올여름에 다시 만나면 그들이 품고 간 내 고민은 혹시 진주로 바뀌어 있지 않을까.

끝없는 백사장의 바다 롱비치 즐기기

홈페이지 ★ www.longbeachny.org

맨해튼에서 뉴욕의 동쪽으로 기차를 타고 1시간을 달려야 만날 수 있는 롱비치는 동서로 길게 늘어선 반도이다. 여름이면 관광객과 휴가를 즐기는 사람들에게 인기가 높은데, 백사장 관리가 잘 되어 있으며 고운 모래로도 유명하다. 바다를 따라 끝없이 보드 워크가 펼쳐지고, 바닷가 주변으로 잘 정돈된 비치 하우스에는 여름마다 손님들의 예약이 끊이지 않을 정도. 존스비치와 함께 뉴요커가 뉴욕 내에서 가장 많이, 그리고 부담 없이 갈 수 있는 바닷가로 손꼽힌다.

찾아가기 ★ 맨해튼 펜 스테이션(Penn Station)에서 롱비치행 기차를 타면 롱비치 역(Long Beach Station)까지 약 1시간여 소요된다. 직행도 있고, 자메이카(Jamaica) 역에서 환승하는 노선도 있으니 확인하고 발권하도록 한다.

출발 시간 및 요금 ★ www.lirr.org/lirr/html/ttn/longbeac.htm24
맨해튼에서 24시간 내내 운행하는 롱비치행 버스는 한 시간에 1대(오프 피크) 혹은 2대(피크)꼴로 출발한다. 표의 가격도 어디서 구매하느냐에 따라 천차만별이다. 매표소에서는 편도에 10.75달러인 반면, 기차 내에서 살 경우에는 17달러를 지불해야 한다. 인터넷의 MTA 홈페이지에서 구매하는 것이 가장 저렴하다.

기타 정보 ★ www.lirr.org/lirr/html/ttn/longbeac.htm24

- 롱비치 역에서 내려 에드워드 블러바드(Edward Blvd)나 내셔널 블러바드(National Blvd)를 따라 약 3분 정도 직진하면 바닷가가 나오는데, 길쭉하게 생긴 롱비치의 남단은 모두 바다와 맞닿아 있다. 기차역에서 서쪽으로 갈수록 사람이 적어지고, 기다란 섬의 북단에는 게 낚시 등을 편하게 할 수 있도록 둑을 만들어 놓았다.
- 1인당 10달러의 바닷가 이용료를 내고 비치 패스(Beach Pass)를 사도록 되어 있다. 바닷가의 입구에서도 팔지만 근처 델리나 구멍가게에서도 구입할 수 있다. 특히 펜 스테이션에서 기차표를 끊을 때 구매하면 할인된 가격에 비치 패스를 살 수 있다.
- 라이프 가드가 지키고 있는 초록색 깃발 안에서만 수영해야 한다는 점을 유의한다.

 뉴욕의 바다

뉴욕에서 쉽게 피서를 즐길 만한 뉴욕 내 바다를 소개한다.

홈페이지 ★ www.jonesbeach.com
위치 ★ Seaford, NY 11783
전화번호 ★ 516-221-1000
입장료 ★ 어른 $15, 3세 이상~12세 미만 $11, 노인(65세 이상) $13
※ 단, 매주 수요일은 기부하고 싶은 만큼만 내고 입장할 수 있다(정해진 입장료 없음).

대중교통　맨해튼 34번가에 위치한 펜 스테이션에서 출발해 롱아일랜드 레일로드(LIRR)를 타고 프리포트(Freeport) 역에서 하차. 다시 존스비치행 버스 JB88을 타면 10분 후 도착. 버스 JB88번은 5월 말에서 9월 초까지 운행하는 여름 피서객용 노선이므로 뉴욕 메트로 홈페이지(mta.info/libus/)에서 존스 비치행 버스 노선을 클릭해 확인한 후 여행을 계획하자.

뉴욕 나소(Nassau) 카운티에 속해 있는 존스비치는 뉴욕 주립 공원의 일부이다. 아름다운 백사장도 존스비치의 자랑이지만 매년 여름이면 우리에게 잘 알려진 리에나, 키스, 머룬 5 등의 가수들이 공연하는 콘서트의 배경이 된다. 무료로 콘서트를 여는 해변가의 무대들과 1만5천 명의 관람객을 수용하는 니콘 존스비치 시어터(Nikon at Jones Beach Theater)가 있다. 인터넷 예매 가능.

● 존스 비치(Jones Beach)

● 캡트리(Captree)

위치 ★ West Slip Long Island, New York
공원 위치 ★ Captree Park 3500 E.Ocean Parkway Babylon, NY 11702
대중교통 ★ 맨해튼 34번가에 위치한 펜 스테이션에서 출발해 롱아일랜드 레일로드(LIRR)를 타고 바빌론(Babylon) 역에서 하차. 다시 버스 S47을 타면 20분 후 도착. 기차와 버스 스케줄은 뉴욕 메트로 홈페이지(www.mta.info/lirr)를 참고하면 된다.
배낚시 정보 ★ 캡트리 플릿 홈페이지(www.captreefleet.com)

낚시광들의 천국인 캡트리는 존스비치의 동쪽 끝에 위치해 있다. 해변에서 낚시를 하는 게 아니라 배를 타고 바다낚시를 즐길 수 있도록 하루 종일 배들이 캡트리 부두에서 출발한다. 철마다 바뀌는 어종을 자세히 안내해 주고 그에 맞는 미끼와 낚싯대까지 준비해 주므로 필요한 것은 의지와 체력뿐이다. 주의할 점은 캡트리에서 낚시를 하려면 라이선스(허가증)가 있어야 한다. 단, 배낚시의 경우 배낚시 가격에 포함되어 있는 경우가 대부분이므로 안심해도 된다.

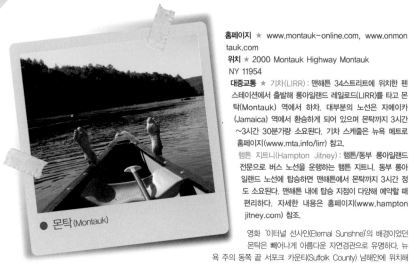

홈페이지 ★ www.montauk-online.com, www.onmon tauk.com

위치 ★ 2000 Montauk Highway Montauk NY 11954

대중교통 ★ 기차(LIRR) : 맨해튼 34스트리트에 위치한 펜 스테이션에서 출발해 롱아일랜드 레일로드(LIRR)를 타고 몬 탁(Montauk) 역에 하차. 대부분의 노선은 자메이카 (Jamaica) 역에서 환승하게 되어 있으며 몬탁까지 3시간 ~3시간 30분가량 소요된다. 기차 스케줄은 뉴욕 메트로 홈페이지(www.mta.info/lirr) 참고.

햄튼 지트니(Hampton Jitney) : 햄튼/동부 롱아일랜드 전문으로 버스 노선을 운행하는 햄튼 지트니. 동부 롱아 일랜드 노선에 탑승하면 맨해튼에서 몬탁까지 3시간 정 도 소요된다. 맨해튼 내에 탑승 지점이 다양해 예약할 때 편리하다. 자세한 내용은 홈페이지(www.hampton jitney.com) 참조.

영화 '이터널 선샤인(Eternal Sunshne)'의 배경이었던 몬탁은 빼어나게 아름다운 자연경관으로 유명하다. 뉴 욕 주의 동쪽 끝 서포크 카운티(Suffolk County) 남해안에 위치해 있으며, 커네티컷 주 해안으로부터 32km 거리에 있다. 몬탁의 자랑거리로는 몬탁 포인트 라이트 (Montauk Point light)라는 등대가 있는데, 뉴욕 최초의 등대로 알려져 있다. 고래 탐험 크루즈와 배낚시, 서핑으로도 유명하 여 여름이면 피서객이 미국 전역에서 몰려든다.

167274045

Long Island Rail Road

| 1 | 2 | 3 | 4 | 5 | 6 | 7 |

Woodside 1
Great Neck 4

Good for 1 ride in either direction. Not valid or refundable after six months from date of purchase.

DW Off Peak

Subject to applicable tariff regulations and conditions of use.

h $6.75

14:26

3942 08/18?/09
417058
167274045

뉴욕주 인근 지도

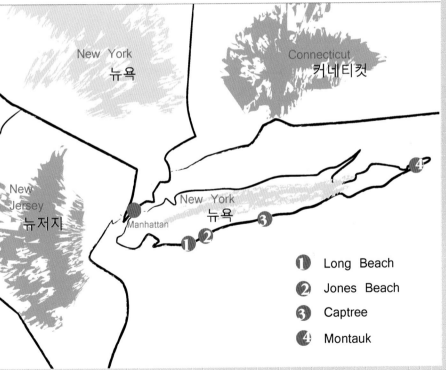

Episode
June ❶

기회의 땅 뉴욕에서는 나 같은 이들의 마음을 뒤흔들려는 듯 연일 방송에 로또 복권 광고를 내보낸다.
그뿐만 아니라 TV를 보지 않는 사람들을 위해 고속도로 옆 대형 전광판에는 매주 당첨 금액을 문맹도 알 수 있을 정도로 크게 써놓는다.

"Hey, you never know!"

유혹에 약한 사람의 마음을 담보로 꿈을 파는 카지노는 참 재미있는 곳이다. 카지노에 있는 동안만큼은
혈기왕성한 청년도, 80세의 노인도 똑같은 희망의 행복을 누린다.

당신에게 일어날 수
있는 일

맨해튼은 그 작은 땅덩이에서 극과 극의 모습을 보여 준다.

친구 애니Annie의 말을 빌리자면 이곳 맨해튼에는 500억 원을 호가하는 브라운 스톤에 살면서 2500달러짜리 코스 요리를 즐기고 주말을 이용해 요트 여행을 떠나는 'Shamelessly wealthy 더럽게 잘사는' 사람들도 있지만, 카트에 단출한 짐을 싣고 다니며 길바닥에서 잠을 청하는 홈리스들에게도 꿈으로 가득한 보금자리가 되어 주는 곳이 바로 맨해튼이다. "Rags to the Riches거적때기에서 부자가 된다"는 말처럼 인생 역전의 전설적인 얘기들이 심심찮게 뉴스에 보도될 정도로 뉴욕에서는 경제관념과 부에 대한 욕망이 없는 사람을 찾기가 어렵다. 마치 평생 맨해튼에서 나고 자란 토종 뉴요커를 찾는 것만큼이나 말이다. 나 역시 그 틈바구니에서 살고 있자면 가끔은 마음이 급해지고 한숨이 나오곤 한다.

기회의 땅 뉴욕에서는 나 같은 이들의 마음을 뒤흔들려는 듯 연일 방송에 로또 복권 광고를 내보낸다. 그뿐만 아니라 TV를 보지 않는 사람들을 위해 고속도로 옆 대형 전광판에는 매주 당첨 금액을 문맹도 알 수 있을 정도로 크게 써놓는다. "Hey, you never know!혹시 모르는 거잖아"라는 의미심장한 카피 문구와 함께 말이다. 몇 주간 당첨자가 없어 1천억 원이 넘게 누적된 당첨 액수를 볼 때면 잠시나마 행복한 상상 속으로 빠져들곤 한다. 그러다가 최면에 걸린 듯 어느새 로또 대열에 동참해 보지만, 매번 숫자 하나도 못 맞히는 재주 아닌 재주를 부리는 나를 본 후 일찌감치 미련을 버렸다. 꿈꿀 때가 가장 행복하다는 누군가의 말이 참 마음에 와 닿는다.

로또 복권 광고 간판이 세워진 고속도로를 쭉 따라가다 보면 얼마 지나지 않아 우후죽순처럼 늘어선 카지노 광고들을 만날 수 있다. 꿈을 꿀 수 있게 해주는 그 간판들에 가끔은 기분 전환이 되기도 하지만, 어떤 때는 애처롭게 느껴지기도 한다. 아마도 이루어지기 어려운 것을 꿈꾸는

OFFICIAL VISITORS MAP

Atlantic City
always turned on
www.atlanticcity.com

BOAT RIDES
Dolphin Watching
Happy Hour Cruises
Private Parties

A.C.'s
FAVORITE
CRUISES

Atlantic City Cruises
FUN-FILLED CRUISES

INFORMATION

All of the information & brochures are
provided free of charge, courtesy of the
businesses and casinos of the
Special Improvement District, Inc.

Atlantic City
always turned on ™

사람들의 마음 때문이 아닐까.

　나는 카지노 광고 간판을 볼 때마다 친구 애니가 떠오른다. 그녀는 뉴욕에 살고 있는 성실한 직장인이다. 뉴저지에서 집을 임대하여 살 수 있는 적당한 수입에, 주말이면 친구들과 브런치를 즐기고, 전형적인 9 to 5^{nine to five: 오전 9시에 출근해서 오후 5시면 퇴근하는 것} 직장을 다니는 그녀. 한파가 몰아칠 거라는 어느 겨울의 주말을 앞두고 애니에게서 전화가 왔다. 긴 수다를 요약하면 카지노에 놀러 가자는 것이었는데, 무미건조한 일상생활에 그만한 활력소는 없다고 강조하면서, 특히 버스를 타고 갈 경우 버스비를 환불해 줄 뿐만 아니라 덤으로 얼마간의 돈까지 준다며 나를 유혹한 대목에서 내 머릿속은 이미 카지노로 출발하고 있었다. 게다가 마침 한국에서 동생이 놀러 왔는데도 바쁜 걸 핑계로 집에만 머물도록 하는 게 미안했기에 우리는 주말로 날을 잡아 애

틀랜틱 시티 카지노에 놀러 가기로 했다.

꼼꼼한 은행원인 애니는 카지노까지 가장 저렴하게 갈 수 있는 방법을 알아내더니 말도 안 통하는 차이나타운의 바우어리 스트리트Bowery street로 우리를 데려갔다. 중국어 한마디 못하는 그녀지만 막강한 인터넷 검색 실력을 바탕으로 알아낸 정보는 35달러를 내고 타야 하는 버스를 18달러만 내고 왕복으로 이용하는 방법이었다. 정확하게 말하자면 애틀랜틱 시티행 포트 어소리티Port Authority 출발 미국 버스를 이용하지 않고 중국인들의 버스를 이용하는 것인데, 이 버스를 타고 AC의 힐튼 호텔에 도착하면 곧바로 현금 교환 바우처를 받을 수 있다.

나는 적어도 일확천금을 노리고 카지노행을 결정한 것이 아니었다. 18달러라는 저렴한 차비를 내고 2시간 30분 동안의 버스 여행 후 카지노에 도착하면 그마저도 돌려받을 수 있다는 사실이 왠지 공짜로 무언가를 얻는 기분이었으며, '희망 버스'를 타고 부자가 되는 꿈을 꾸는 것만으로도 행복했다. 출발 전 우리는 마치 베테랑 도박사들처럼 간식을 사서 차에 올랐다. 희망 버스 안에는 중국인들을 위한 드라마가 틀어져 있고, 꽤나 푹신한 의자에 비닐봉지도 한 개씩 걸

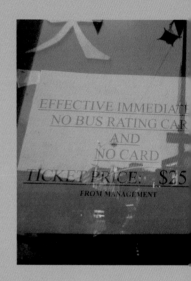

려 있었는데, 그것을 본 나는 토할 정도로 길이 험한가 싶어 덜컥 겁이 나기도 했다. 그러나 그 비닐봉지를 의자의 머리 닿는 부분에 씌우는 사람들을 보고 안도의 숨을 내쉬었다.

답답한 일상과 걱정거리를 털어놓으며 이야기꽃을 피우는 사이 차창 밖으로는 어느새 뉴저지의 시골 풍경이 펼쳐지고 있었다. 애틀랜틱 시티에 가까워지자 고민 얘기로 내내 찡그리던 애니의 얼굴에는 설렘이 가득 차고,

입꼬리가 양옆으로 올라간다. 버스가 출발한 지 2시간쯤 지나자 멀리서 AC
가 보이기 시작하는데, 과연 관광 명소로 유명한 만큼 화려하다. 힐튼 호텔
에 도착하자 우리는 캐시어Cashier: 칩을 돈으로 바꿔 주는 곳로 달려가 바우처를 현금으
로 바꾼 후 아름답기로 소문난 보드 워크Board walk를 걸었다.

　내로라하는 호텔 카지노들이 아름다운 애틀랜틱 해변에 줄줄이 늘어서

있고, 도저히 그냥 지나칠 수 없을 만큼 화려하게 꾸며진 호텔 입구가 보드 워크를 따라 입을 쩍쩍 벌리고 있다. 바닷가를 따라 즐비하게 늘어선 길거리 예술인들의 신나는 원맨쇼가 한창이다. 한 아저씨가 자신의 나이만큼이나 유행이 지나간 노래를 틀어놓고 멋들어진 선글라스가 떨어질 정도로 신나게 흔들어 댄다. 가히 '미스터 트위스트'라고 해도 손색없을 모습에 그냥 지나칠 수 없어 1달러를 팁 통에 넣자 그는 답례로 마이클 잭슨의 문 워킹을 선보였고, 우리는 한바탕 웃음을 터트렸다.

발걸음을 옮겨 'The Shops at Pier'라는 쇼핑몰에 들어서니 명품들이 줄을 지어 빽빽이 늘어서 있다. 밥을 먹기위해 3층으로 올라가자 한쪽 벽면 전체가 통유리로 되어 있어 AC의 아름다운 풍경이 한눈에 들어온다. 유리 앞으로 조그맣게 인공 모래사장을 만들어 놓고, 해변에 있는 것과 똑같은 벤치들을 설치해 마치 쇼핑몰이 바닷가를 연장해 놓은 듯한 분위기를 연출했다.

이 밖에도 볼 것이 많아 관광만으로 하루가 거의 다 지나갔는데, 애니는 카지노의 화려한 유혹에 이끌려 꼭 들어가 보자고 조른다. 여기까지 왔으니 한번 가 봐야겠다 싶어 카지노에 입장, 일단 만만한 1센트짜리 슬롯머신에 5달러씩을 넣고 손잡이를 당겼다. 그런데 이게 웬일? 애니에게 덜컥 80달러가 떨어지는 게 아닌가! 몇 달러를 투자해 100달러 가까운 돈을 벌자 그녀는 어깨에 힘을 주더니 우리를 테이블 게임이 있는 곳으로 데리고 가 속성으로 강습까지 해준다. 그러나 정작 테이블에 앉자 과거에 돈을 잃었던 기억이 떠올랐는지 손을 바들바들 떨면서 베팅하는 그녀를 보며 터져 나오는 웃음을 참느라

애써야 했다. 반면 내 동생 유경이는 'Beginner's Luck^{초보자의 운}'이라는 말을 입증이라도 하듯이 처음 해보는 게임임에도 불구하고 꼼꼼하게 확률을 계산하여 베팅하는 족족 돈을 따는 기염을 토했다. 덕분에 돌아갈 버스를 정해진 시간에 타야 한다는 생각 따위는 우리의 머릿속에서 하얗게 지워져 버렸다. 밤이 깊어지면서 유경이와 애니의 두둑했던 주머니에는 어느새 돈 대신 먼지가 쌓여 갔고, 동이 틀 무렵이 되자 애니는 받았던 과자를 빼앗긴 아이처럼 울먹이는 듯한 표정으로 대박의 꿈을 공허하게 좇고 있었다. 공짜로 주는 거품 가득한 커피 라테로 잠을 쫓으며 밤을 지새워 명태 눈이 되어 버린 나는 그녀를 끌다시피 데리고 버스 정류장으로 돌아와야 했다.

유혹에 약한 사람의 마음을 담보로 꿈을 파는 카지노는 참 재미있는 곳이다. 카지노에 있는 동안만큼은 혈기 왕성한 청년도, 80세의 노인도 똑같은 희망의 행복을 누린다. 버스 정류장 한편의 작은 의자에 몸을 구겨 넣고 잠이 든 초라한 행색의 사람들, 그들도 카지노에 처음 도착했을 때는 달콤한

꿈을 꾸었겠지만, 지금 그들의 얼굴에는 깊은 주름이 패어 있다. 그러나 나는 그 사람들이 불쌍하지 않다. 또 그들을 비난하지도 않으며, 오히려 그들이 너무 인간적이어서 안쓰럽고 아름답기까지 하다. 사람은 누구나 유혹에 흔들리고 실수를 하기도 하면서 살아간다. 오늘 하루 스트레스를 풀기 위해, 호기심을 충족하기 위해 카지노를 찾은 우리나 애처롭게 잠든 그들이나 단지 다양한 인생을 살아가는 사람들의 단편일 뿐인 것이다. 물론 도박에 빠져 모든 것을 잃어버리는 것은 자신의 삶에 용서받을 수 없는 죄가 되겠지만, 말도 안 되는 일은 거들떠보지도 않는 지극히 이성적인 사람보다 조금 어리석더라도 인간적인 면을 가진 사람이 나는 좋다.

오늘 우리는 주머니가 가득 찰 만큼의 선물을 받고 카지노를 떠난다. 도박으로 돈을 날리고 길에서 잠을 자는 신세가 된 사람들, 비록 허황된 것이었을지라도 그들 역시 꿈이 있었기에 무작정 욕하고 비난하지 않을 아량을 넉넉히 선물 받고 말이다.

뉴욕에서 즐기는 대표적인 카지노

● 애틀랜틱 시티(Atlantic City: AC)

홈페이지 ★ www.atlanticcitynj.com
위치 ★ 114 South Indiana Avenue Atlantic City
NJ 08401

뉴욕시에서 차로 두 시간 반 정도 떨어진 위치에 있는 뉴저지 남부의 거대한 관광 명소 애틀랜틱 시티(AC)는 '동부의 라스베이거스'라고 불릴 정도로 유명하다. 보가타(Borgata), 시저(Caesars), 트로피카나(Tropicana), 트럼프(Trump), 발리스(Bally's) 등 유수의 카지노 리조트들과 아름다운 대서양 해안을 따라 펼쳐진 보드 워크는 빼놓을 수 없는 구경거리다. 모노폴리(Monopoly)라는 보드게임이 이곳을 모델로 삼아 만들어졌다는 얘기가 있는데, 그만큼 흥미진진한 곳이기도 하다. 꼭 카지노에서 도박을 하지 않더라도 6킬로미터가 넘는 보드 워크를 따라 걷다 보면 뮤지엄, 쇼핑몰, 에어쇼 등 이벤트가 넘쳐나고, 아름다운 해변이 일 년 내내 사람들을 유혹한다.

● 폭스우드 리조트 카지노(Foxwood Resort Casino)

홈페이지 ★ www.foxwoods.com
위치 ★ 39 Norwich-Westerly Road Ledyard, CT 06339

마카오의 베네시안 카지노와 자웅을 겨루며 세계에서 가장 큰 카지노 호텔로 우뚝 선 폭스 우드 카지노. 이곳은 뉴욕시에서 차량으로 두 시간 반 거리인 커네티컷 주에 위치해 있다. 5000명이 동시에 즐길 수 있는 빙고 게임장, 아이들이 할 수 있는 아케이드 게임, 아름다운 골프장과 실내 수영장 등을 갖추고 있다.

홈페이지 ★ www.mohegansun.com
위치 ★ 1 Mohegan Sun Boulevard, Uncasville
CT 06382

마치 쇼핑몰 안에 카지노가 있는 착각이 들 정도로 인테리어와 상점들이 예쁘게 꾸며져 있다. 세 가지의 테마로 플로어가 구성되어 있으며 베팅 액수도 5달러부터 가능할 때가 많다. 마이클 조던이 운영하는 스포츠 카페를 비롯해 먹을거리가 다양하고 티파니 매장 등 유명 상점들도 입점해 있다.

● 모히간 선(Mohegan Sun)

👍 뉴욕에서 카지노 찾아가기

뉴욕에서 카지노까지 저렴하게 찾아가는 방법은 여러 가지가 있다. 먼저 피터팬(PeterPan), 그레이하운드(Greyhound) 등 맨해튼의 펜 스테이션과 포트 어소리티에서 25~35달러의 요금을 내고 직행 버스를 이용하는 방법이 있다. 만약 그보다 더 저렴하게 가려면 차이나타운에서 출발하는 중국 버스들을 타면 된다. 보스턴까지도 왕복 30달러면 다녀올 수 있는 무척 저렴한 요금 때문에 유학생들이 가장 선호하는 이동 수단인데, 인터넷으로 쉽게 노선을 찾아볼 수 없다는 게 단점이다. 카지노 버스를 이용할 경우에는 지정된 시간에 돌아오는 버스를 타야 한다는 것을 잊지 않도록 하자. 이때 한 곳에만 내려 주는 폭스우드행 버스들과 달리 애틀랜틱 시티행 버스들은 미리 정해진 호텔마다 내려 준다는 것도 알아 두면 좋은 정보다.

● 차이나타운 버스 회사 정보

홈페이지 ★ www.nychinatown.org/directory/m_bus.html

- Fung Wah Bus : 보스턴 등 타주 노선
  ★ www.nwww.fungwahbus.com
  ★ 139 Canal St @ Bowery St에 매표소가 위치해 있다.

- Lucky Star : 보스턴행 전문
  ★ www.luckystarbus.com
  ★ 55 Chrystie Street(Hester와 Canal Street 사이)

● 카지노 버스 정보

- Foxwood Casino Bus
  플러싱 발권 장소 ★ 136-18 39th Ave Fayda Bakery, Flushing, NY 11373
  버스 회사 이름 ★ Lucky Angel Inc.
  전화번호 ★ 718-321-8761
  출발 장소 ★ 138 St. 37th Ave Flushing(Fayda Bakery 맞은편 39th Ave 파리 바게트 앞)
  출발 시간 ★ 오전 8시 30분, 9시 30분 , 10시, 11시, 오후 1시, 1시 30분, 8시 30분, 9시 30분, 밤 12시 30분

- Atlantic City Bus
  발권 장소 ★ 139 Canal St @ Bowery St. 노란 간판에 'Atlantic City'라고 적혀 있다. 매표 창구가 닫혀 있는 경우 15 Division Street 3층에서 발권한다.
  전화번호 ★ 212-966-8433
  출발 장소 ★ 5 Chatham Square 앞
  출발 시간 ★ 오전 9시부터 낮 12시 30분까지 30분 간격으로 버스가 있고, 그 이후에는 오후 3시, 오후 6시 15분, 오후 8시 30분, 오후 11시 15분과 다음 날 새벽 1시에 차가 있다.
  소요 시간 ★ 2시간~2시간 반

A tip from a New Yorker 카지노에서 현실로 돌아오는 방법

정해진 시간에 돌아오는 버스를 타지 않으면 만석으로 버스를 못 탈 수도 있으니 유의하자. 돌아올 때는 1인당 2달러의 팁을 줘야 하며, 버스 노선마다 목적지 호텔이 다르고 버스표환불 제도가 다르므로 확인하고 발권하도록 한다. 카지노 플레이어 카드(Player's card)를 만들면 훨씬 저렴하게 버스표를 구입할 수 있다. 게임할 때마다 이 카드를 건네어 주면 포인트로 적립해준다.

Kingly Bus Company

TICKET AGENT	CONF #	PICKUP	ETA	DPT	DROP OFF	DAYS	GATE	PICK UP LOCATIONS
ssica Holding	L0000078	9:00 AM	11:00 AM	4:45 PM	8:00 PM	7 DAYS	2	40th Rd Between Prince & Main
Flushing	L0000079	9:30 AM	12:00 PM	5:30 PM	8:15 PM	7 DAYS	6	Flushing NY 11354
18-460-2628	L0000080	10:30 AM	12:30 PM	6:30 PM	9:00 PM	7 DAYS	2	
	L0000081	12:00 PM	2:30 PM	8:00 PM	10:30 PM	7 DAYS	2	
	L0000430	1:00 PM	3:30 PM	9:00 PM	11:30 PM	7 DAYS	6	
	L0000093	2:00 PM	4:30 PM	10:30 PM	12:30 AM	7 DAYS	3	
	L0000419	3:30 PM	6:00 PM	11:30 PM	1:15 AM	7 DAYS	4	
	L0000222	7:00 PM	9:30 PM	3:30 AM	6:00 AM	7 DAYS	2	
	L0000082	9:00 PM	11:00 PM	4:30 AM	8:00 AM	7 DAYS	7	
	L0000283	11:15 PM	1:30 AM	6:15 AM	8:30 AM	7 DAYS	5	

Kingly Bus Company

TICKET AGENT	CONF #	PICKUP	ETA	DPT	DROP OFF	DAYS	GATE	PICK UP LOCATIONS
y Entertainment	L0000068	9:15 AM	12:15 PM	4:45 PM	7:30 PM	7 DAYS	10	5516 8TH AVE
Brooklyn	L0000337	10:15 AM	1:00 PM	5:45 PM	8:45 PM	7 DAYS	7	Brooklyn, NY 11220
18-686-0740	L0000333	11:30 AM	2:45 PM	7:15 PM	10:30 PM	7 DAYS	10	
	L0000423	8:30 PM	11:00 PM	4:00 AM	7:00 AM	7 DAYS	10	
	L0000069	9:15 PM	11:30 PM	4:45 AM	7:30 AM	7 DAYS	5	

Star Tag Bus Company

TICKET AGENT	CONF #	PICKUP	ETA	DPT	DROP OFF	DAYS	GATE	PICK UP LOCATIONS
Lucky Angel	L0000417	12:30 AM	3:00 AM	7:30 AM	10:00 AM	7 DAYS	9	138 St Between 38th & 39th Ave
Flushing	L0000431	8:30 AM	11:00 AM	4:00PM	6:30PM	7 DAYS	6	Flushing, NY 11354
18-788-8393	L0000066	9:30 AM	12:15 PM	5:00 PM	8:15 PM	7 DAYS	6	
	L0000075	10:00 AM	12:30 PM	6:00 PM	9:30 PM	7 DAYS	8	
	L0000076	11:00 AM	1:30 PM	7:00 PM	9:30 PM	7 DAYS	7	
	L0000202	1:00 PM	3:30 PM	8:30 PM	11:00 PM	7 DAYS	6	
	L0000223	1:30 PM	4:00 PM	9:30 PM	12:30 AM	7 DAYS	7	
	L0000077	8:30 PM	11:30 PM	4:15 AM	7:30 AM	7 DAYS	5	
	L0000284	9:30 PM	12:00 AM	4:45 AM	7:15 AM	7 DAYS	5	

Star Tag Bus Company

TICKET AGENT	CONF #	PICKUP	ETA	DPT	DROP OFF	DAYS	GATE	PICK UP LOCATIONS
ucky Angel	L0000074	9:30 AM	12:00 PM	4:45 PM	7:15 PM	7 DAYS	5	Grand St. Corner of Chrystie
inatown NY	L0000067	8:30 PM	11:30 PM	4:15 AM	7:00 AM	7 DAYS	6	Corner of Bowery St., NY

Jovial Bus Company

TICKET AGENT	CONF #	PICKUP	ETA	DPT	DROP OFF	DAYS	GATE	PICK UP LOCATIONS
&L USA Travel	L0000432	8:45 AM	11:15 AM	4:15 PM	6:45 PM	7 DAYS	6	Franklin Ave Corner of Main St
Flushing	L0000335	9:30 AM	12:00 PM	5:00 PM	7:45 PM	7 DAYS	7	Flushing, NY 11355
18-888-1919	L0000368	11:30 AM	2:00 PM	7:30 PM	10:00 PM	7 DAYS	8	
	L0000338	3:00 PM	5:30 PM	11:00 PM	1:30 AM	7 DAYS	7	
	L0000418	7:30 PM	10:00 PM	4:00 AM	6:15 AM	7 DAYS	9	
	L0000367	9:30 PM	11:45 PM	4:45 AM	7:30 AM	7 DAYS	10	
	L0000385	11:30 PM	1:30 AM	6:15 AM	8:30 AM	7 DAYS	7	

Sky Express Bus Company

TICKET AGENT	CONF #	PICKUP	ETA	DPT	DROP OFF	DAYS	GATE	PICK UP LOCATIONS
SAFEWAY	L0000070	9:15 AM	12:00 PM	4:45 PM	8:30 PM	7 DAYS	7	15 Bowery Confusius Plaza
atown New York	L0000071	10:15 AM	1:15 PM	5:45 PM	10:30 PM	7 DAYS	8	New York, NY 10002
: 212-966-5751	L0000072	12:00 PM	2:45 PM	8:00 PM	10:45 PM	7 DAYS	5	
	L0000073	9:00 PM	11:45 PM	4:30 AM	7:15 AM	7 DAYS	6	
	L0000282	11:15 PM	1:15 AM	6:30 AM	8:45 AM	7 DAYS	6	

Episode

June ②

하늘 높은 줄 모르고 솟아 시시각각 화려하게 변신하는 뉴욕의 건물들과 달리, 널찍하고 평퍼짐하게 지어져 진득하게
계절의 변화를 기다리는 뉴저지의 모습은 언제 봐도 평화롭고 여유롭다.

사람도 차도 햇살도 조금 느리게 흘러가는 이곳. 우리의 모습도 어느새 뉴저지의 풍경 속에 담긴다.
맨해튼보다는 넓게, 그리고 좀 더 좋은 환경에서 아이들을 키울 수 있기에 뉴저지를 선택한 사람들의 여유로움이 Pier A의
잔디밭 위에서 뒹구는 것을 쉽게 볼 수 있다.

숨 막히는 뉴욕,
느릿느릿 뉴저지

Photographer | 문유정

Photographer | 정아름

Photographer | 문유정

어딜 가도 사람 사는 모양새는 비슷한가 보다. 서울에 사는 사람들끼리도 어느 동네에 사느냐는 질문에 민감할 수 있듯이 뉴요커 역시 어디 사느냐는 질문을 받고 답하는 얼굴에서 많은 것을 읽을 수 있다. 맨해튼 중심가에 산다고 말하는 사람들의 얼굴에서는 묘한 자부심이 배어 나오지만, 사는 곳이 맨해튼에서 멀어질수록 대답에 약간의 망설임이 섞이고, 뒤에 이런저런 설명을 동반하기 때문이다. 하지만 뉴저지는 그런 반응이 모호한 회색지대라고 할 수 있다. 뉴저지에 대해 잘 아는 사람도 드물 뿐더러 뉴욕과는 조금 다른 분위기를 품고 있다는 점이 그 이유이다.

나는 개인적으로 뉴저지를 무척 좋아한다. 하늘 높은 줄 모르고 솟아 시시각각 화려하게 변신하는 뉴욕의 건물들과 달리, 널찍하고 펑퍼짐하게 지어져 진득하게 계절의 변화를 기다리는 뉴저지의 모습은 언제 봐도 평화롭고 여유롭다. 맨해튼과 가까워 버스나 패스Path를 타고 왔다 갔다 할 수 있는 뉴저지의 몇몇 동네를 제외하면 차를 타고 찾아가야 하는 동네가 많아 방문하기 쉽지 않다. 그러나 맨해튼 42가의 포트 어소리티에서 출발하는 버스를 타면 어렵지 않게 찾아갈 수 있으며, 트라이 스테이트Tri-State: 뉴욕시를 둘러싼 세 개의 주—뉴욕 주, 뉴저지 주, 커네티컷 주를 통칭하는 말에서 가장 크다는 아웃렛 쇼핑몰까지도 30여 분이면 도착할 수 있다.

봄을 지나 여름의 더위가 풍겨 오기 시작하던 6월의 화창한 일요일. 룸 메이트 경현 언니, 사진작가 친구 유경이와 나는 뉴저지 나들이 팀을 급결성 했다. 우선 우리는 피크닉 도시락을 준비하기 위해 에지워터Edge Water의 미즈 와 마켓 플레이스Mizuwa Market Place로 출발하는 버스에 몸을 실었다. 미즈와 마켓 플레이스는 일본의 대형 슈퍼마켓으로 좋은 품질의 상품이 다양하게 구비되 어 있고, 특히 한국 사람의 입맛에 맞는 다양한 식재료를 판매하고 있다. 우 리는 초등학생들처럼 호기심 어린 눈으로 이것저것 구경하다가 피 크닉에 어울릴 음식들을 잔뜩 구입했다. 그리고 즐거운 수다와 함께 빵 빵한 도시락을 먹으러 오늘의 목적지인 뉴저지의 번화가 호보큰Hoboken으로 향했다.

맨해튼에서 패스Path를 타고 크리스토퍼 스트리트Christopher Street에 도착한 후 한 정거장만 이동하면 갈 수 있는 호보큰은 사실 뉴욕보다 덜 이국적 인 분위기의 도시이다. 하지만 약간의 촌스러움이 더 정겹게 느껴지는 아 기자기한 동네이기도 하다. 특히 중부나 남부 뉴저지에서 보기 힘든, 다닥다 닥 붙은 타운하우스들이 호보큰의 오래된 세월을 말해 주고 있었고, 중심가

인 워싱턴 스트리트Washington Street를 따라 길게 늘어선 상점들은 유경 이의 말을 빌리면 '맨해튼의 미니 어처'처럼 귀여웠다. 버스를 타고 이동하던 우리는 복잡한 건물들 속에 어렵사리 주차한 차들 사이 에서 내렸다. 재잘재잘 지저귀며 상점들을 구경하던 중 본연의 사 진작가 모습으로 돌아간 유경이가

호보큰의 해지는 풍경을 찍기 위해 엉덩이를 실룩거리며 바삐 사라져 버렸

다. 총총걸음으로 달려가는 유경이의 뒷모습이 유쾌하다.

여유로운 뉴저지보다 숨 막히게 돌아가는 뉴욕이 훨씬 더 좋다는 친구 유경이. 하지만 워싱턴 스트리트를 걷다가 냄새의 유혹에 못 이겨 들어간 멕시칸 음식점의 맛없는 파히타를 먹으며 지난밤 풀어놓았던 슬픈 이야기들을 담백하게 말하는 모습에서, 그녀의 카메라에 담긴 사람을 향한 이해심과 따듯한 시선에서 뉴저지의 넉넉함이 느껴진다.

비록 맛없는 파히타를 먹어야 했지만, 우리에게는 마치 비밀 식량과 같은 맛있는 수다가 있었기에 아쉬움은 뒤로한 채 발걸음을 호보큰 터미널이 우뚝 서 있는 Pier A로 옮겼다. 사람도 차도 햇살도 조금 느리게 흘러가는 이곳. 우리의 모습도 어느새 뉴저지의 풍경 속에 담긴다. 맨해튼보다는 넓게, 그리고 좀 더 좋은 환경에서 아이들을 키울 수 있기에 뉴저지를 선택한 사람들의 여유로움이 Pier A의 잔디밭 위에서 뒹구는 것을 쉽게 볼 수 있다. 카메라에 거칠게 반응하는 마음 바쁜 도시 사람들과 대조적으로, 따뜻한 웃음으로 우리를 맞아주는 뉴저지의 호보큰. 내 친구 유경이를 닮은 뉴저지 끝자락에서 맨해튼을 바라보고 있자니 내 마음도 살랑거리는 초여름의 강바람을 따라 느슨하게 풀려 온다.

Photographer | 문유경

뉴저지의 여유로움 즐기기

● 호보큰(Hoboken)

홈페이지 ★ www.hobokennj.org
위치 ★ Hoboken, NJ 07030

호보큰은 뉴욕에서 가깝고, 터미널이 자리 잡고 있어 교통의 허브 역할을 하는 곳이다. 여유로움과 생동감이 공존하여 뉴요커들 사이에서는 살기 좋은 동네로 소문이 자자하다. 또한 호보큰은 미국 역사에 기록된 최초의 야구 경기가 펼쳐졌던 곳이기도 하다.

홈페이지 ★ www.mitsuwanj.com/en/index.htm
위치 ★ 595 River Road Edgewater, NJ 07020
전화번호 ★ 201-941-9113
영업시간 ★ 슈퍼마켓 월~일요일 오전 9시 30분~오후 9시, 푸드 코트 월~일요일 오전 11시~오후 8시

미즈와 마켓 플레이스는 일본의 백화점 체인으로 포트 어소리티에서 출발하는 미즈와 왕복 셔틀을 타면 갈 수 있다. 요금은 편도 3달러인데, 따로 표를 판매하지 않으니 버스 기사에게 현금으로 건네야 한다. 차편은 오전 8시 15분부터 한 시간에 1번꼴로 뉴욕에서 출발한다.
이곳의 푸드 코트에서는 한국인의 입맛에 맞는 음식들을 저렴한 가격에 판매하고 있어 한국인들이 음식을 먹기 위해 일부러 들르기도 한다. 또 스페셜 플라자에는 화장품 가게, 일본 서점, 잡화상 등이 있을 뿐만 아니라 주말이 되면 일본의 문화를 선보이는 축제 등을 열어 볼거리도 제공한다.

● 미즈와 마켓 플레이스
(Mitsuwa Market Place)

홈페이지 ★ www.jerseygardens.com
위치 ★ 651 Kapkowski Road Elizabeth, NJ 07201
전화번호 ★ 908-354-5900
영업시간 ★ 월~토요일 오전 10시~오후 9시,
일요일 오전 11시~오후 7시

브랜드 아웃렛 매장은 물론 Off Saks Fifth Avenue,
Nieman Marcus Last Call 등 백화점의 아웃렛 매장까
지도 입점해 있는 뉴저지에서 가장 큰 아웃렛 몰이다.
뉴욕에서 의류를 사면 세금이 붙지만 뉴저지에서는 세
금이 붙지 않아 뉴욕에 비해 저렴하게 구입할 수 있다
는 장점이 있다. 포트 어소리티에서 111번을 타면 30여
분 정도 소요된다. 티켓은 매표소에서 구입할 수 있으
며 왕복 차비는 10.5달러이다.

● 저지 가든스 몰(Jersey Gardens Mall)

● 쇼트 힐스 몰(The Mall at Short Hills)

위치 ★ 1200 Morris Tpke. Short Hills, NJ 07078
전화번호 ★ 973-376-7350
영업시간 ★ 오전 10시~오후 9시

맨해튼에 5 Ave가 있다면 뉴저지에는 쇼트 힐스 몰이 있다. 맨해튼에서 직행 교통편이 없어 차가 없다면 가기 어려운 게 단
점이지만, 조금 부족한 교통편 외에는 모든 것을 다 갖추고 있는 쇼핑몰이다. 미국의 5대 백화점이 모두 입점해 있으며 카르
티에, 티파니 등 다른 몰에서 찾아보기 힘든 매장들도 이곳에서 만날 수 있다.

● 매도랜즈 레이스 트랙
(Meadowlands Racetrack)

홈페이지 ★ www.thebigm.com
위치 ★ Meadowlands Racetrack-50 State Route
120-East Rutherford, NJ 07073
전화번호 ★ 201-843-2446

뉴저지에 위치한 대형 경마장으로 매주 수요일부터 일요일
까지 경기가 펼쳐진다. 경주 스케줄은 매년 그리고 달마다
조금씩 바뀌는데, 보통 수요일부터 토요일까지는 오후 7시
부터 11시, 일요일에는 오후 2시부터 경주가 시작된다. 뉴
욕으로 갈 때 교통편으로는 포트 어소리티에서 NJ transit
버스 164번, Coach 351번 버스를 이용하는 방법이 있다.
요금은 왕복 10달러 안팎.

Episode
July ❶

여름이 되면 공원 한쪽 끝에 자리 잡은 워커 택시 비치(Water Taxi beach)가 개장을 하고, 인공 모래사장 위에 불이
깜빡깜빡 들어오는 인공 야자수와 비치 발리볼 네트까지 설치하여 사람들을 바닷가 분위기로 빠져들게 한다.

실험 정신이 강한 예술가들의 작품을 전시하는 곳이기에 예술에 대한 전문 지식이 없어도 누구나 쉽게
관람할 수 있다는 점이 PS1의 가장 큰 장점이라고 할 수 있다.

LIC(Long Island City)와
MOMA PS1

데이지는 내 뉴요커 친구인데, 아직 미혼인 그녀가 얼마 전에 딸을 하나 입양했다. 나는 바쁘게 돌아가는 뉴욕 생활에 너무 섣부른 선택이 아닐까 하고 걱정했으나, 기뻐하는 그녀의 얼굴을 보자 차마 그 말이 떨어지지 않았다. 데이지는 딸의 이름을 '이자벨라'로 짓고 함께 생활하게 된 첫날부터 사진을 찍어 사무실 벽에 걸어 두었다. 그뿐만 아니라 자신의 아파트 벽은 딸의 사진을 담은 고가 액자로 도배하고, 앨범을 만들기도 했다.

데이지가 그토록 애지중지하는 딸 이자벨라는 다름 아닌 미니어처 불독. 그러나 아무리 미니어처라고 해도 맨해튼에서 개를 키운다는 것은 가뜩이나 좁은 아파트를 더 좁게 만들고, 비싼 사료 값을 감당해야 하기에 난 한사코 그녀를 말리고 싶었다. 하지만 그녀에 의하면 맨해튼에는 강아지 운동장, 강아지 호텔, 강아지 공원 등 다양한 시설이 있으며, 대부분의 장소에 개를 데리고 갈 수 있으니 애완견을 키우기에 무척 좋은 환경이라는 것이었다. 하긴 여기 뉴욕에는 사람들의 동정심을 자극하기 위해 개나 고양이를 데리고 다니는 홈리스들이 꽤 있는데, 홈리스보다 애완동물이 불쌍해서 지갑을 열 정도로 뉴요커들의 애완동물 사랑은 꽤 정평이 나 있다.

더 재미있는 것은 맨해튼 내 작은 동네들의 분위기가 애완견에도 반영된다는 것이다. 뉴욕 게이들의 주 무대인 첼시에서는 화려하거나 귀엽게 단장한 개들을 만나는가 하면, 맨해튼에서 가장 비싼 미드타운의 5 애비뉴에서는 개주인 대신 개를 산책시켜 주는 도그 워커Dog Walker들을 쉽게 만날 수 있다. 그들은 사람보다 잘 먹어 털의 윤기가 반지르르한 그레이트 데인Great Dane같은 개들의 시중을 드는 일을 한다. 그렇게 자신의 소중한 애완견을 데리고 맨해튼 여기저기를 쏘다니던 데이지였지만, 내가 유학 온 이후로는 롱 아일랜드 시티Long Island City ; 줄여서 LIC에 자주 나타나기 시작했다.

처음 우리 동네에 놀러 오던 날은 롱 아일랜드Long Island ; 뉴욕의 북동부에 위치한 지역 명칭와 헷갈린다고, 맨해튼에 10년 넘게 살았지만 한번도 들어보지 못한 동네

라며 따라나서는 눈초리가 의심으로 가득 차 있었다. 하지만 버논 잭슨 Vernon-Jackson Ave 역에서 내려 LIC에 첫 발을 내딛은 이후로 요즘 그녀는 이자벨라와 함께 이곳을 자기 집 드나들 듯하고 있다. 그녀 말에 의하면 "이자벨라가 쾌적한 환경에서 산책할 수 있고 나도 이것저것 하러……."가 그 이유였다. 그러나 평소 맨해튼의 밖에는 생명체가 존재하지 않는다며 도도하게 굴던 데이지가 LIC를 자주 찾는 것은 이자벨라 때문이 아니라 '이것저것'에 더 재미가 있어서라는 것을 나는 알고 있다.

사실 롱 아일랜드 시티는 원래 그리 유명한 동네가 아니었다. 맨해튼의 월세가 폭등하자 등 떠밀려 이주한 공장들이 밀집해 있었고, 가난한 예술가들이 작업실을 꾸미기에도 부담 없는 지역이었다. 그러나 밤 시간이면 인적 드문 공장 거리에서 범죄가 자주 일어났기에 간이

부운 예술인이 아니면 드나들기 힘든 동네라는 소문이 자자했다. 하지만 겨우 강 하나를 사이에 두고 있어 아찔한 맨해튼의 스카이라인을 가장 가까이서 볼 수 있는 요지를 대형 개발업체들이 가만히 둘 리 없었고, 내가 정착할 때쯤 본격적인 개발이 이루어졌다. 허술한 공장들을 없앤 후 새로 태어난 LIC에는 현대식 건물과 넓은 도로 그리고 강변을 따라 아름다운 공원이 들어섰고, 이제 허드슨 강의 갑판 위에서는 낚시하는 사람도 심심찮게 만날 수 있다. 맨해튼 동쪽에서 강 건너로 보이는 유명한 펩시콜라^{Pepsi Cola} 간판이 있는 곳, 거기가 바로 LIC이다.

여름이 되면 공원 한쪽 끝에 자리 잡은 워터 택시 비치^{Water Taxi Beach}가 개장을 하고, 인공 모래사장 위에 불이 깜빡깜빡 들어오는 인공 야자수와 비치발리볼 네트까지 설치하여 사람들을 바닷가 분위기로 빠져들게 한다. 게다가 비록 물에 들어갈 수는 없지만, 비키니를 입고 선탠을 즐기는 아름다운 여성들과 멋진 근육질의 남성들을 보고 있으면 따로 피서 떠날 필요성을 느끼지

못할 정도이다.

이곳에서도 우리의 얌전한 데이지 아가씨는 이자벨라를 옆에 끼고 벤치에 앉아 생맥주를 홀짝홀짝 마시곤 한다. 멀리서는 그녀가 백사장 건너편 맨해튼의 절경을 즐기는 것처럼 보이겠지만, 사실 그녀의 눈은 나랑 얘기하면서도 비치 발리볼을 즐기는 잘생긴 남자들을 연신 힐끗거리고 있었다. 지금은 널리 알려져 여름만 되면 내 친구 데이지와 같은 의도로 이곳을 찾는 사람들이 많아졌으나, 불과 몇 년 전만 해도 대부분이 지인을 통해 이곳을 알게 되었기 때문에 이렇게 북적거리지는 않았다. 그러다가 결혼 기념 촬영, 잡지 및 영화 촬영이 잦아지면서 입소문을 타고 유명해져 독립기념일이면 강변을 따라 설치된 나무 갑판들이 발 디딜 틈 없을 정도로 사람들로 붐빈다.

또 한 군데 데이지가 자주 찾는 곳은 LIC의 상징적인 건물인 모마 피에스원MOMA PS1이다. 강변에서 지하철 방향으로 나온 후 우체국을 지나 걷다 보

면 나타나는데, 나는 이 동네에 살면서도 거대한 콘크리트 벽에 'PS1'이라고 크게 적힌 이곳을 미술관이라고 전혀 생각하지 못했다. 가끔 높은 담장 너머로 알록달록한 무언가가 설치되어 있긴 했지만, 여름이면 음악 소리가 쿵쿵 들리고, 벌겋게 술에 취한 사람들이 서성거렸기에 '미술관은 이럴 것이다.'라는 나의 편견에 의하면 이곳은 미술관이 아니었던 것이다.

내 친구 데이지 아가씨가 약간 재미있는 캐릭터이긴 하지만, 그녀는 전시회 전문 큐레이터로 이 PS1이 미국에서 손꼽히는 현대 미술관이라는 것 외에도 해박한 지식을 가지고 있었다. 그러나 맨해튼에는 오죽하면 'Museum of Sex'까지 있을 정도로 널린 것이 박물관, 미술관이기에 나는 데이지의 말에도 별다른 흥미를 느끼지 못했다. 내가 그다지 관심을 보이지 않자 그녀는 내 호기심을 자극하기 위해 매년 여름이면 유명 디제이들을 초대하여 대낮부터 파티를 한다는 것부터 원래 100년 된 초등학교 건물을 개조해 새로운 장르와 혁신적인 예술

가들을 위한 무대로 재탄생시켰다는 것 등 PS1에 대한 많은 얘기들을 들려주었다. 입장료 10달러를 내면 파티와 미술관 내의 모든 전시를 볼 수 있는데, 그 지역 주민은 입장료가 무료라는 말까지 듣고서야 나는 결국 그녀를 따라 나섰다.

줄이 길다.

우리 앞에 서 있던 사람은 맨해튼에 살고 있는데, 매년 이 파티를 손꼽아 기다린다며 그동안 자신이 경험한 이곳의 파티 평을 들려주었다. 들어 보니 꽤 그럴싸하다. 등이 시원하게 파인 여름 원피스를 입은 데이지는 앞 사람과 이야기를 하는 동안에도 데려오지 못한 이자벨라 걱정에 안절부절못했지만, 막상 입장을 한 후 흥겨움에 춤추는 사람들 사이에 섞여 홀짝홀짝 맥주를 마시고 나니 이자벨라 생각은 이미 안중에도 없는 듯 보였다.

낡고 투박한 학교의 질감은 그대로 살리고, MOMA의 현대적인 콘셉트를 잘 표현해 놓은 PS1. 이곳은 과거와 현재, 미래가 함께 공존하는 공간이었다. 실험 정신이 강한 예술가들의 작품을 전시하는 곳이기에 예술에 대한 전문 지식이 없어도 누구나 쉽게 관람할 수 있다는 점이 PS1의 가장 큰 장점이라고 할 수 있다.

미술관을 차근차근 둘러보는 내내 DJ들은 알 수 없는 광란의 음악들을 틀어 댔고, 놀기 좋아하는 젊은 뉴요커들은 대낮부터 엉덩이를 흔들어 대느라 정신이 없었다. 뜨거운 여름날 시원한 맥주 한 잔과 탁 트인 하늘, 개성 넘치는 현대 미술 작품과 컨템포러리 뮤지션들의 신나는 음악이 있는 파티는 정말 오감 만족 그 자체였다. 직접 몸으로 부딪치며 즐기는 예술의 파티는 뉴욕에서 꼭 한번 경험해 봐야 할 아이템이다.

롱아일랜드 시티만의 매력

홈페이지 ★ nysparks.state.ny.us/parks/149/
details.aspx
위치 ★ 474 48th Avenue, Long Island City
NY 11101

7번 노선을 타고 퀸즈 방향으로 첫 번째 정거장인 'Vernon
Jackson' 역에서 하차. Vernon Ave와 교차하는 48Ave를
따라 내려가면 강변에 넓은 공원이 펼쳐져 있다. 뉴욕시의
상징물 중 하나인 펩시콜라 광고판이 이 공원 한쪽에 자리
잡고 있는데, 잡지 촬영하는 무리들과 웨딩 사진 촬영으로
도 인기가 있어 카메라를 든 사람들을 심심치 않게 만나
볼 수 있다. 여름이면 강 쪽으로 길게 뻗은 데크 위에서
낚시를 하는 사람들, 넓은 잔디에서 선탠하는 사람들로
북적이는 곳, 맨해튼을 감상하기에는 손꼽히게 좋은 장
소이다.

1 갠트리 플라자 스테이트 파크
(Gantry Plaza State Park)

홈페이지 ★ www.watertaxibeach.com/long
_is land_city
위치 ★ 54-34 2nd Street, LIC, NY 11101

바다를 그리워하는 뉴요커를 위해 만들어 놓은 인공
바다. 물에 들어갈 수는 없지만 바다처럼 백사장을 만
들어 놓고, 인공 야자수를 설치해 놓아 마치 도심 속
의 작은 섬인 듯한 착각이 든다. 매년 여름 메모리얼
데이 주말(5월 마지막 주)부터 컬럼버스 데이(10월 21
일)까지 개장하며 주류를 팔기 때문에 신분증 없이는
입장 자체가 불가능하다는 점을 유의하자.

2 워터 택시 비치(Water Taxi Beach)

홈페이지 ★ www.bellaviarestaurant.com
위치 ★ 4746 Vernon Boulevard, Long Island City NY 11101
전화번호 ★ 718-361-7510
영업시간 ★ 월~목요일 낮 12시~오후 10시,
금·토요일 낮 12시~오후 10시 30분,
일요일 오후 3시~10시

롱 아일랜드 시티에서 터줏대감 격인 이탈리언 레스토랑으로 주말에는 예약을 하지 않으면 들어갈 수 없을 정도로 인기가 많은 곳이다. 맛과 서비스가 좋을 뿐만 아니라 가격도 저렴한 편이어서 찬사가 끊이질 않는다. 화덕에서 구워 나오는 피자와 시그니처 스테이크가 가장 인기 메뉴이다.

3 벨라 비아(Bella Via)

4 커뮤니티(Communitea)

홈페이지 ★ www.communitea.net
위치 ★ 47-02 Vernon Blvd. Long Island City, NY 11101
전화번호 ★ 718-729-7708
영업시간 ★ 월~금요일 오전 7시 30분~오후 7시,
토·일요일 오전 9시~오후 7시

롱 아일랜드 시티에서 가장 번화한 거리인 버논을 따라 걷다 보면 마주치는 정겨운 커피숍 커뮤니티. 밝고 명랑한 분위기가 고스란히 담긴 재미있는 제목의 스무디가 이곳의 주요 메뉴지만, 켄젠 센차(Kenzan Sencha)라고 이름 붙인 그린 티를 뉴욕 최고라고 꼽는 사람들도 있다. 현금만 받기에 플라스틱 판타스틱(plastic fantastic; 신용카드를 두고 하는 말)은 이곳에서 통하지 않는다.

5 브레드박스 카페(Bread Box Cafe)

위치 ★ 47-11 11th Street. between 47th Ave. and 47th Rd. Long Island City, NY 11101
전화번호 ★ 718-389-9700
영업시간 ★ 월~일요일 오전 7시~오후 7시

오래된 가게는 아니지만, 현대적인 인테리어와 간단히 요기할 수 있는 핑거 푸드가 다양하게 준비되어 있어 쉬어 가기 좋은 베이커리 카페이다. 쫀득거리는 베이글 등으로 구성된 브런치는 예쁜 모양만큼이나 맛있어서 주말 아침이면 사람들로 북적거리는 곳이다.

홈페이지 ★ www.ps1.org/www.ps1.org/warmup
위치 ★ P.S.1 Contemporary Art Center 22-25 Jackson Ave at the intersection of 46th Ave, Long Island City, NY 11101
전화번호 ★ 718-784-2084
관람 시간 ★ 낮 12시~오후 6시(매주 화·수요일 휴무)
웜 업 파티 입장료 ★ $15(이 기간에는 관람 시간 오후 9시까지로 연장)

오래된 학교 건물을 개조해서 만든 미술관으로 현대 미술을 어렵지 않고 즐겁게 관람할 수 있는 곳이다. 매년 여름이면 국제적인 DJ들이 참가하는 PS1 웜 업 파티가 널찍한 PS1 앞마당에서 열리는데, 현시대의 가장 앞서 나가는 컨템포리 아티스트들이 즉석에서 들려주는 음악 파티는 뉴요커들 사이에서 가장 기다려지는 행사 중 하나로 꼽힌다. 주류도 판매하니 입장권을 살 때부터 신분증 지참은 필수!

6 피에스원
(PS1 현대미술센터 / PS1 warm up party)

홈페이지 ★ www.dutchkillsbar.com
위치 ★ 27-24 Jackson Ave, Long Island City, NY 11101
전화번호 ★ 718-383-2724
영업시간 ★ 오후 5시~오전 2시

미국에 금주령이 내렸던 1920~1933년경 몰래 술을 팔던 곳을 스피키지(Speakeasy)라고 불렀다. 더치 킬스는 그 시절 그 분위기를 재현한 술집이다. 밖에서 보면 영업을 하는 곳인지 알 수 없도록 하여 아는 사람들만 입소문을 듣고 찾아오는 비밀스러운 장소로, 최근 뉴요커들 사이에서는 최고의 인기를 누리고 있다. 이곳을 찾아가려면 너무 작아서 그냥 지나치기 쉬운 흑백의 BAR 사인과 문에 적힌 Dutch Kills 글자를 놓치지 말아야 한다.
여기서 판매하는 칵테일은 뉴욕의 전설적인 멤버십 바인 밀크 앤 허니(Milk and Honey)만큼이나 알아준다고 하니 마리 앙투아네트라고 하는 인기 칵테일을 마시며 금주령 시대를 만끽해 보는 것은 어떨까?

7 더치 킬스(Dutch Kills)

LIC 주변 지도

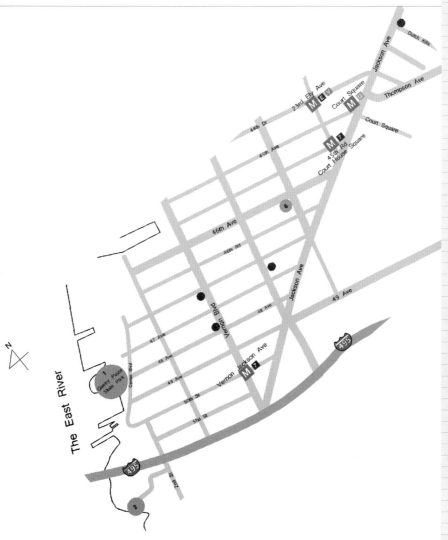

Episode
July ②

맨해튼을 삐딱하게 가로지르는 '브로드웨이 애비뉴'가 지나면서 만나는 애비뉴와 스트리트는 정사각형이 아닌 자유로운 공간을
만들어 내는데, 이를 유니온 스퀘어, 메디슨 스퀘어 등처럼 '스퀘어'라고 부른다.

어둠이 내려앉은 공원에서 와인과 피자를 즐기며 삼삼오오 모여 즐기는 흑백 영화, 스크린 너머의 잠들지 않는
뉴욕의 풍경은 무엇과도 바꿀 수 없는 추억이 된다.

미드타운 42번가의
기적

우리의 밤의 당신의 낮보다 아름답다(타임 스퀘어)

타임 스퀘어를 갈 때마다 내가 한국에 있을 때 유학 간 친구가 타임 스퀘어에서 찍었다고 보내 온 사진 한 장이 떠오른다. 한 번도 그곳에 가 본 적이 없던 나는 사진 속에서 숨은 그림 찾기를 하듯이 시계탑을 한참이나 찾곤 했다. '타임'이라는 단어가 들어가기에 마치 강남역의 '뉴욕제과'처럼 많은 사람들이 만남의 장소로 이용하는 그런 곳인 줄 알았던 거다. 그러기 위해서는 반드시 큰 시계탑이 중간에 턱~ 하니 서 있어야 어울리기에. 그런 생각은 뉴욕으로 유학을 오고 나서 몇 달이 지난 후에도 변함이 없었다. 유학 전 이곳에 여행을 왔을 때도 타임 스퀘어에 가 본 적이 있긴 하지만, 바쁜 일정으로 브로드웨이 쇼만 허둥지둥 보고 가서 미처 확인하지 못했기 때문이다.

맨해튼을 삐딱하게 가로지르는 '브로드웨이 애비뉴'가 지나면서 만나는 애비뉴와 스트리트는 정사각형이 아닌 자유로운 공간을 만들어 내는데, 이를 유니온 스퀘어, 메디슨 스퀘어 등처럼 '스퀘어'라고 부른다. 원래 타임 스퀘어는 1900년 초까지도 롱에이커 스퀘어Long acre square라 불렸으며, 몇 개의 극장 외에는 그다지 특별할 게 없는 곳이었다. 그런데 〈뉴욕 타임스〉의 발행인 아돌프 옥스가 타임스 타워를 짓고 본사를 이곳으로 옮겨와 빌딩 이름을 '원 타임스 스퀘어'라 부른 것을 시작으로, 결국

지금의 '타임 스퀘어'라는 이름이 만들어진 것이다. 세계의 교차로라 불리며 전 세계인들이 열광하는 뉴욕의 상징적인 거리가 된 타임 스퀘어. 화려한 불빛 뒤의 어둠이 더 짙듯이 1990대 이전 이곳은 화려한 네온사인의 뒤로 마약, 범죄, 그리고 성매매가 만연했지만 지금은 낮보다 더 밝은 밤을 즐길 수 있는 건강한 곳으로 바뀌었다.

1년 365일, 밤낮을 가리지 않고 관광객들로 넘쳐나는 타임 스퀘어의 즐길 거리는 화려한 네온사인뿐만이 아니다. 전 세계인이 모여들어 극찬하는 브로드웨이 쇼와 최대와 최고를 모아 놓은 이곳은 뉴욕의 또 다른 얼굴이다.

스폿 in 타임 스퀘어

홈페이지 ★ www.timessquare.com
위치 ★ 42nd St & Broadway, New York, NY

● 콜로니 레코드(Colony Records)

홈페이지 ★ www.colonymusic.com
위치 ★ 1619 Broadway, New York, NY 10019

60년 넘게 한곳에서 브로드웨이 쇼 음반들을 취급한 곳이다. 쇼 음반뿐 아니라 희귀 음반도 찾을 수 있어 마니아층의 사랑을 받는 레코드 숍.

홈페이지 ★ www.hersheys.com
위치 ★ 48th St & Broadway, New York, NY

초콜릿을 좋아하는 사람이라면 허시 스토어를 놓치지 말 것. 문을 열고 들어서면 '찰리와 초콜릿 공장'에 나올 법한 달콤한 세상이 펼쳐진다. 맞은편의 M&M 스토어도 꼭 한번 들러 보자.

● 허시 스토어(Hershey Store)

● 마담 투사즈(Madame Tussuads)

홈페이지 ★ www.madametussauds.com
/NewYork
자유 관람권 ★ 어른 $35.50, 어린이 $28.50

유명 인사들의 밀랍인형 박물관으로 홈페이지에 한국말 안내가 있다. 4D 극장과 공포 체험 등 볼거리가 풍부하다.

위치 ★ 타임 스퀘어 광장 7애비뉴와 브로드웨이 사이

뉴욕에 왔다면 쇼를 봐야 한다. 홈페이지를 방문하면 현재 개막한 쇼를 확인할 수 있고, TKTS 부스를 방문하면 당일 공연의 할인표를 구할 수 있다.

● TKTS 부스

● 더 뷰(The View)

홈페이지 ★ www.theviewnyc.com
위치 ★ 1535 Broadway, New York, NY 10036 (New York Marriott Marquis 내 위치)

맨해튼을 한눈에 보고 싶다면 뉴욕 메리어트 호텔의 더 뷰로 가야 한다. 더 뷰는 맨해튼 상공 48층에 위치하고 있으며 1시간에 360도 회전하는 라운지이다. 일요일 오전에는 브런치를 맛볼 수 있고, 저녁이 되면 칵테일까지 포함된 프리픽스 디너(Pre-fixe dinner), 프리 시어터 디너(Pre-theater dinner) 등의 저녁 뷔페를 판매한다. 레스토랑이나 호텔에 투숙하는 손님이 아니라면 8달러의 커버 차지가 붙는다.

홈페이지 ★ cafeundeuxtrois.biz
위치 ★ 123 West 44th St, New York, NY 10036
전화번호 ★ 212-345-4148

타임 스퀘어의 북쪽에 위치한 프랑스 레스토랑 엉 두 투아. 안락한 분위기에 베이징 덕 샌드위치, 송아지 간 요리 등 다른 곳에서는 쉽게 보기 어려운 메뉴들이 있어 즐겁다. 프리픽스 시어터 메뉴 Pre-fixe theater menu(극장 관람 전의 식사 세트)가 28달러

● 카페 엉 두 투와(Cafe Un Deux Trois)

작은 거인 (브라이언 파크)

늘 관광객으로 붐비는 타임 스퀘어에서 조금만 벗어나면 하늘을 찌를 듯 솟은 건물 사이로 믿을 수 없는 비밀의 정원, 브라이언 파크가 나온다. 시끄러운 도시의 소음과 삭막하고 거대한 빌딩들 사이에서 발견하는 여유로움은 굳이 뉴요커가 아니라도 사랑스러워할 수밖에 없을 것이다. 한국에서는 놀이공원이나 가야 볼 수 있는 회전목마가 빙글빙글 돌아가고, 그보다 더 편할 수 없을 것 같은 자세로 벤치에 앉아 책 읽는 사람들을 볼 수 있는 이곳. 맨해튼의 빠른 시간마저 길을 잃고 잠시 쉬었다 가는 곳이 바로 브라이언 파크이다.

이렇듯 많은 사람들에게 사랑받는 브라이언 파크에서는 여름만 되면 특별한 축제가 열린다. 뉴요커라면 동네 반상회처럼 친숙하고 경험이 없을 수 없는 HBO 서머 필름 페스티벌Summer Film Festival. 나 역시 여름 시즌에 빼먹지 않고 챙기는 뉴욕과의 낭만 데이트 중 하나이다. 한여름의 월요일 저녁, 한국에서는 치열한 일주일을 시작하는 첫날로 모두가 지친 시간이겠지만, 이곳에서는 피크닉 가방과 돗자리, 담요를 들고 잔디밭의 좋은 자리를 차지하기 위한 눈치 싸움이 기다려지는 시간이다. 대부분의 영화제가 티켓을 예매하는 것으로 시작하는 것과 다르게 HBO 서머 필름 페스티벌은 해가 지면 상영될 영화를 기다리며 오후 5시부터 사람들이 모여 잔디 위를 뒹굴고 떠드는 특이한 영화제다. 이곳에서는 옆자리의 낯선 사람들도 모두가 이웃이자 친구가 된다.

브라이언 파크에서 상영하는 영화의 스폰서가 HBO 방송국이기 때문에 간헐적으로 광고를 보여 주긴 하지만 그 시간이 지루하지는 않다. 광고 타임이 되면 자리에서 일어나 춤을 추는 사람들, 입을 맞추는 연인들, 새로운 만남을 갖는 싱글들로 가득하기 때문이다. 이곳에서는 보통 1930년대부터 70년대 사이에 제작된 고전 영화를 상영하는데, 어둠이 내려앉은 공원에서 와인과 피자를 즐기며 삼삼오오 모여 즐기는 흑백 영화, 스크린 너머의 잠들지 않는 뉴욕의 풍경은 무엇과도 바꿀 수 없는 추억이 된다.

스폿 in 브라이언 파크

● 브라이언 파크(Bryant Park)

홈페이지 ★ www.bryantpark.org
위치 ★ 42nd St, between 5th Ave & 6th Ave
New York, NY 10018

여름에는 영화제, 겨울에는 아이스링크와 동절기 임시
상점들로 꾸며져 계절에 따라 다른 매력을 발산한다.
영화제, 아이스링크 이용, 체스판 및 책 대여, 무선 인
터넷은 모두 무료지만 1년 내내 돌아가는 회전목마는
2달러!

홈페이지 ★ www.kinokuniya.com
위치 ★ 1073 Avenue of the Americas,
New York, NY 10018(40번가와 41번가 사이)

3층으로 이루어진 일본 서점이다. 일본 책들이 대부
분이지만 엄선된 여행 책자, 요리 책자들과 미술 관
련 서적들이 쉬어 가는 공간을 더욱 풍요롭게 해준
다. 2층에 있는 작은 카페에서 책을 볼 수는 없지만
간단히 허기를 달랠 수 있어서 좋다.

● 키노쿠니야 서점(Kinokuniya Book Store)

홈페이지 ★ www.arkrestaurants.com/bryant_park.html
위치 ★ 25 West 40th St
New York, NY 10018(브라이언 파크 동쪽 끝)

뉴욕 공중 도서관 뒤쪽에 위치한 브라이언 파크 그릴은 카페와 바를 겸비한 레스토랑이다. 점심시간에는 멋지게 정장을 차려입고 비즈니스 런치를 즐기는 뉴요커들을 볼 수 있으며, 저녁에는 2층의 오픈 바에서 도심 속 여유를 만끽할 수 있다.

● 브라이언 파크 그릴(Bryant Park Grill)

● 러 팽 쿼티디엔(Le Pain Quotidien)

홈페이지 ★ www.lepainquotidien.com
위치 ★ 70 West 40th St, New York, NY 10018

돌로 빻은 오거닉 밀가루를 손으로 반죽해 만드는 전통 빵집 러 팡 쿼티디엔, 뉴요커들 사이에서는 올바른 음식으로 소문이 자자하다. 빵뿐 아니라 커피, 간단한 식사에도 정성이 깃들어 있는 뉴욕의 쉼표라고 할 수 있다.

● 뉴욕 공중 도서관(New York Public Library)

홈페이지 ★ www.nypl.org/locations/schwarzman
위치 ★ Stephen A. Schwarzman Building. 5th Ave @ 42nd St, New York, NY 10018

1911년에 완공된 웅장한 보아트(Beaux Art) 양식의 도서관으로, 이곳을 지키는 두 마리 사자의 이름은 'Patience'와 'Fortitude'이다. 브라이언 파크의 체스판 앞에서 고심하던 은발의 뉴요커와 눈을 반짝이며 책 읽는 아이들이 공존하는 편안한 공간이다.

비밀의 장소(그랜드 센트럴 터미널)

42번가와 파크 애비뉴가 만나는 지점에는 서울역을 떠오르게 하는 세계 최대의 기차역 그랜드 센트럴 터미널이 위치해 있다. 이 기차역은 오래된 역사로 유명한 곳이지만, 사실 나는 처음 갔을 때 세월의 흔적을 그리 느끼지 못했다. 기차를 타 볼 일이 없기 때문인지도 모르겠으나 1층에 쭉 늘어서 향수보다 상업적인 냄새를 풍기는 상점들에서 그런 이미지를 받았던 것 같다. 지혜의 여신 미네르바, 힘의 신 헤라클레스, 상업과 교역의 신 머큐리 조각이 터미널 외부의 시계를 중심으로 지붕머리를 장식하고 있다는 걸 빼면, 너무 붐비는 도로 위에 자리 잡고 있어 추억과 거리가 좀 있어 보였다.

하지만 그랜드 센트럴 터미널에는 몇 가지 비밀이 숨겨져 있다.

탁 트인 중앙 광장 입구에 들어서면 높이 솟아 있는 천장에 그려진 아름다운 벽화를 볼 수 있다. 벽화를 자세히 살펴보면 별자리가 거꾸로 그려졌다는 걸 알 수 있는데, 하나님의 시각에서 봤기 때문이라는 얘기도 있지만, 실수로 그랬다고 믿는 사람들이 대부분이다. 물론 그에 대한 답은 아직도 의문으로 남겨져 있다.

중앙 광장의 사방 시계는 별것 아닌 것처럼 생각하기 쉬운데, 시계 면이 모두 오팔로 이루어져 있어서 감정 시가가 무려 120억~240억 원이나 된다.

천장에 있는 미국 국기는 9·11 테러 이후부터 걸린 것이다.

그랜드 센트럴 역의 지하에는 군사 용어로 'M42'라는 비밀 공간이 있는데, 이곳에는 제2차 세계 대전 때 회전 변류기Rotary converter가 있었다고 한다. 당시 이 사실을 알게 된 히틀러가 스파이를 보내는 등 몇 차례 파괴 계획을 세웠지만 번번이 실패했다고 전해진다. 이 비밀 공간의 실내 사진은 몇 번 공개되었지만, 아직까지도 그 위치가 정확하게 알려지지 않고 있다.

이렇듯 비밀과 사연을 간직한 그랜드 센트럴 역도 한때 없어질 위기에 처한 적이 있었다. 점점 줄어드는 기차 이용객, 상대적으로 비중이 커지는 고속도로와 항공기 이용의 급증으로 1968년 파산 위기에 놓인 것이다. 그러자 이곳의 주인인 펜 센트럴Penn Central은 급기야 그랜드 센트럴을 허물고 그 위에 엠파이어 스테이트 빌딩보다 높은 건물을 짓자고 제안한다. 하지만 오랜 세월 많은 이들의 추억 속에 살아 숨 쉬던 그랜드 센트럴 역을 허물기에는 이곳을 사랑하는 사람들이 무척 많았다. 특히 당시 영부인이던 제클린 케네디제클린 오나시스는 필사적으로 그랜드 센트럴 역의 보존에 힘을 쏟아 부었고, 뉴욕을 아끼는 많은 뉴요커들은 열렬히 그녀를 지지했다. 그러자 대법원 역시 그랜드 센트럴 역의 보존에 손을 들어 주었고, 결국 오늘날까지 우리에게 추억을 선물하는 명소가 되었다.

스폿 in 그랜드 센트럴

● 그랜드 센트럴 터미널(Grand Central Terminal)

홈페이지 ★ www.grandcentralterminal.com
위치 ★ 42nd St & Lexington Ave, New York, NY 10017

1층에는 기차 터미널, 중앙 광장, 상점, 그랜드 센트럴 마켓이 있어 구경하다 보면 시간 가는 줄 모를 정도이다. 뉴욕 교통 박물관(New York Transit Museum)에도 들러 보자. 지하에는 먹을거리 식당들이 모여 있다.

홈페이지 ★ www.oysterbarny.com
위치 ★ 89 E. 42nd St, New York, NY 10017
(그랜드 센트럴 터미널 내 지하 1층)

미국 동부와 서부에서 가져온 해산물에 고소한 클램 차 우더까지 맛볼 수 있는 레스토랑이다. 마치 지하 요새에서 식사하는 듯한 느낌을 주는 그랜드 센트럴의 오이스터 바는 기차를 기다리는 지루함을 잊게 해준다.

● 오이스터 바(Oyster Bar)

● 퍼싱 스퀘어 카페(Pershing Square Café)

홈페이지 ★ www.pershingsquare.com
위치 ★ 90 East 42nd Street
New York, NY 10017

파크 애비뷰 고가 밑에 위치해 머리 위로 차가 지나가는 것을 들을 수 있는 퍼싱 스퀘어 카페. 환하게 맞아 주는 미소와 알록달록한 인테리어가 쉬어 가는 여행객들의 마음에 여유를 불어 넣어 준다.

위치 ★ 42nd St & Lexington Ave, New York NY 10174

전형적인 아트 데코(Art Deco) 양식으로 지어진 건물로 맨해튼 42번가에 위치해 있다. 높이도 그렇지만 외관이나 일반인에게 개방된 1층의 벽화 등 디자인 면에서 빼놓을 수 없는 문화재이다. 1931년 엠파이어 스테이스 빌딩이 지어지기 전까지 약 11개월 동안 세계에게 가장 높은 건물이었으며, 현재는 뉴욕 타임스 건물과 함께 뉴욕시에서 3번째로 높은 뉴욕의 아이콘이다. 그렇기에 뉴욕을 배경으로 한 영화에 빠지지 않고 등장하기도 한다. 또 크라이슬러 빌딩 곳곳에서는 크라이슬러 자동차 제품을 모티브로 한 것들을 쉽게 찾아볼 수 있다.

● 크라이슬러 빌딩(Chrysler Building)

● 공항 버스 정거장

홈페이지 ★ www.nyairportservice.com
위치 ★ 125 Park Avenue
New York, NY 10017(41번가와 42번가 사이)
버스 요금 ★ 편도 $12, 왕복 $21

라구아디아 공항과 케네디 공항으로 가는 버스가 30분에 한 대씩 출발한다. 포트 어소리티, 그랜드 센트럴, 펜스테이션에 정차하며 오전 5시부터 오후 10시까지 운행한다.

홈페이지 ★ www.zaiyany.com
위치 ★ 18 East 41st St, New York, NY 10017

미드타운에서 작은 일본을 만날 수 있는 카페 자이야. 달콤한 제과와 도시락 그리고 점심, 저녁에 하는 미니 뷔페가 인기다. 일본 서점 키노쿠야에서도 볼 수 있는 도시락은 맛도 가격도 만족스럽다.

● 카페 자이야(Cafe Zaiya)

Episode
August ❶

세계에서 가장 유명한 도시 공원인 센트럴 파크는 단순히 한여름 피서 떠나는 사람들을 붙잡는 것이 아니라,
이곳을 찾는 모든 이에게 추억을 만들어 준다.

센트럴 파크에 어둠이 내리기 시작하면 노랗게 빛나는 조명을 받으며 노래를 부르는 가수들의 감칠맛 나는 멜로디가 모든 시름을 잊게 해준다.

Central Park
Summer Stage

만약 맨해튼에 센트럴 파크 대신 하늘을 찌를 듯 높이 솟은 건물들이 들어섰다면 과연 맨해튼은 지금보다 더 발전할 수 있었을까? 세계에서 가장 유명한 도시 공원인 센트럴 파크는 단순히 한여름 피서 떠나는 사람들을 붙잡는 것이 아니라, 이곳을 찾는 모든 이에게 돈으로 환산할 수 없는 추억을 만들어 준다.

여름이면 울창한 녹색의 푸름이 곳곳에 넘쳐나고, 거리 사이사이 잔디가 깔린 곳이라면 어디든 일광욕을 즐기는 뉴요커들을 볼 수 있는 센트럴 파

크가 있어서 맨해튼이 그저 삭막한 여느 도시와는 다르게 로맨틱하고 애틋해진 것이라고 해도 과언이 아니다. 항상 대중교통을 이용해야 하는 맨해튼의 겨울은 고역스러울 정도로 춥기에 투정을 부리곤 하지만, 무더운 여름 아이스크림 차의 정겨운 멜로디가 들려올 때면 금방 뉴욕을 세상에서 마지막 남은 낙원이라고 치켜세우곤 한다.

뉴욕에는 조금의 부지런함만 있으면 부담 없이 즐길 수 있는 것들이 많다. 어느 여름날의 금요일 저녁, 와인 한 병을 들고 친구들과 함께 찾아가는 센트럴 파크의 서머 스테이지 Summer stage도 그중 하나이다.

센트럴 파크는 1858년에 열린 디자인 공모전을 통해 만들어졌는데, 완공까지 15년이나 걸렸으며 미국의 첫 퍼블릭 공원으로 기록되어 있다. 사실 센트럴 파크는 공원을 가로지르는 도로 때문에 몇 부분으로 나뉘어 있지만, 도심 속 공원의 효과를 극대화하기 위해 공원 내 차 도로를 공원보다 낮게 만들었고, 이런 배려로 공원 안에서는 차가 잘 보이지 않게 되었다. 이곳에는 조각배를 탈 수 있는 보트 하우스, 동물원, 계절마다 행사들을 선보이는 공연장 등이 곳곳에 숨어 있다. 마음껏 뛰어놀 수 있는 잔디밭에서는 여유롭게 선탠을 즐기는 뉴요커들을 구경할 수 있고, 가을이면 낭만적인 잔디 향기를 맡으며 반딧불을 만나 볼 수 있다.

센트럴 파크에 어둠이 내리기 시작하면 노랗게 빛나는 조명을 받으며 노래를 부르는 가수들의 감칠맛 나는 멜로디가 모든 시름을 잊게 해준다. 메트로폴리탄 오페라단의 소름끼치도록 아름다운 노랫소리가 무더운 여름마저도 조용히 숨죽이게 하는 이곳. 센트럴 파크에 가보면 누구나 이해할 수 있게 된다. 뉴요커들이 왜 뉴욕을 떠나지 못하는지 말이다.

Summer in 센트럴 파크

센트럴 파크 홈페이지 ★ www.centralpark.com

● 서머 스테이지(Summer Stage)

홈페이지 ★ www.summerstage.org
위치 ★ 센트럴 파크 동쪽의 69번가와 5애비뉴에 위치한 입구로 들어온 후 메인 도로에서 우회전하여 럼시 운동장 (Rumsey Playfield)을 찾으면 된다.

내로라하는 뉴욕의 뮤지션들뿐 아니라 전 세계 아티스트들이 참여하는 서머 스테이지의 무대. 7월과 8월이면 거의 매일같이 공연이 열린다. 숲 속 야외 공연장에서 열리는 서머 스테이지를 보기 위해 많은 사람들이 잔디에 옹기종기 앉아 있는데, 공연 도중 흥에 취해 벌떡 일어나 춤을 춰도 어색하지 않은 분위기다. 해가 질 무렵 시작하여 땅거미가 어둑해져서야 끝난다. 공연 스케줄은 해마다 바뀌므로 홈페이지를 통해 미리 확인하고 가는 것이 좋다.

이용 요금 ★ 20분 투어 $34, 45~50분 투어 $54

말발굽 소리가 경쾌한 마차를 타보자! 사계절 내내 즐길 수 있는 마차 투어는 센트럴 파크의 계절을 한눈에 만끽할 수 있다. 마부마다 가격이 조금씩 다르니 타기 전에 반드시 가격을 흥정하도록! 팁은 5~10달러 정도 주면 된다.

● 마차 타기(Carriage Ride)

● 회전목마(Central Park Carousel)

센트럴 파크의 회전목마는 동심으로 돌아가게 해준다. 오전 10시부터 해질녘까지 운행하는 겨울을 제외하면 언제나 오후 6시까지 운행한다. 센트럴 파크의 중앙 부근인 65스트리트와 6애비뉴 근처에 위치해 있다(회당 2달러).

● 셰익스피어 인 더 파크
(Shakespeare in the Park)

홈페이지 ★ www.shakespeareinthepark.org

센트럴 파크에서는 서머 스테이지 외에도 다양한 공연이 열리는데, 대표적으로 56년 동안 해마다 개최된 '셰익스피어 인 더 파크'(Shakespear in the Park), '메트로폴리탄 오페라 인 더 파크'(Metropolitan in the Park) 등이 있다. 이 공연들은 모두 무료로 당일에 줄을 서서 표를 받은 후 입장할 수 있다. 1인당 2표 원칙이며, 오전 6시부터 표를 받기 위해 모인 사람들이 줄을 설 만큼 인기다. 비 오는 날에는 공연이 취소되니 티켓을 받아도 무용지물. Delacorte Theater에서 공연이 있고, 79번가/5애비뉴 혹은 81번가/센트럴 파크 웨스트 입구에서 공원에 들어왔을 경우 공연장으로 안내하는 표지판을 따라가면 된다.

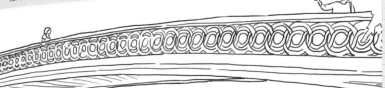

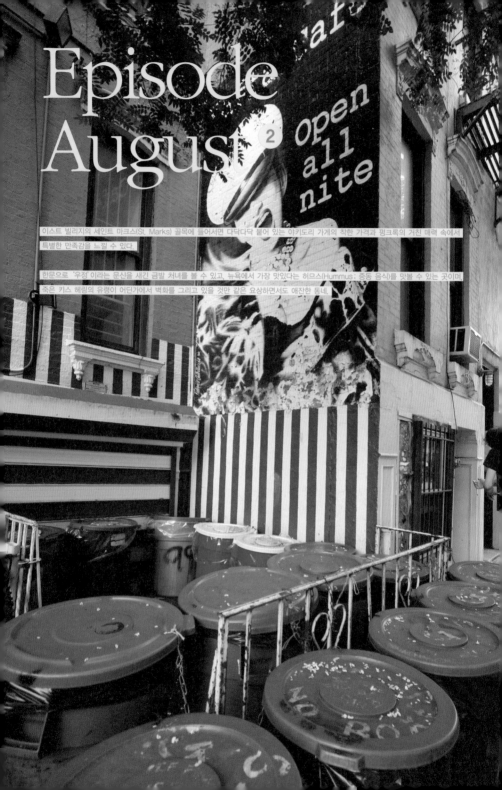

Episode
August

이스트 빌리지의 세인트 마크스(St. Marks) 골목에 들어서면 다닥다닥 붙어 있는 야키도리 가게의 착한 가격과 펑크록의 거친 매력 속에서 특별한 만족감을 느낄 수 있다.

한문으로 '우정' 이라는 문신을 새긴 금발 처녀를 볼 수 있고, 뉴욕에서 가장 맛있다는 허므스(Hummus; 중동 음식)를 맛볼 수 있는 곳이며, 죽은 키스 헤링의 유령이 어딘가에서 벽화를 그리고 있을 것만 같은 요상하면서도 애잔한 동네.

신비로운 예술 마을
이스트 빌리지

다운타운에 위치한 이스트 빌리지. 맨해튼 곳곳에 살고 있는 나와 친구들이 만나기에는 교통이 썩 편하지 않음에도 불구하고, 우리는 이곳에서 자주 만난다. 뉴욕에서 오래 살아 코리안 타운보다 맨해튼의 외진 구석이 더 편안한 친구들, 그리고 서울에 대한 향수를 조금이나마 달래고 싶은 친구들이 모이기 위해 이만한 장소가 없기 때문이다. 이스트 빌리지의 세인트 마크스St. Marks 골목에 들어서면 다닥다닥 붙어 있는 야키도리 가게의 착한 가격과 펑크록의 거친 매력 속에서 특별한 만족감을 느낄 수 있다.

이스트 빌리지는 로어 이스트 사이드맨해튼의 남동쪽의 일부로 취급하다가 1960년대에 이르러 Beatnik비트족, 히피 등이 흘러 들어와 그들만의 문화를 꽃피우면서 지금처럼 독립적인 지위를 얻게 되었다. 反문화counterculture의 중심지였던 이곳이 지금 내 눈에는 Serendipity우연히 발견한 행복와 같은 거리로 비친다. 이스트 빌리지에는 빈티지 룩을 완성하는 데 일조하는 빈티지 안경 가게, 추억의 물건들을 모아 놓은 장난감 가게, 일본 디제이들의 클럽 레코드만을 파는 가게 등 신기하고 작은 상점들이 무척 많기 때문이다.

'The Verve'의 'The drugs don't work'가 잔잔히 흘러나와 비오는 날 차 한잔 마시기에 적격인 카페도 있고, 그 옆의 예술 관련 서적을 주로 다루는 책방에 들어서면 오래된 책 냄새 대신 물감 냄새가 나는 듯하다. 동네 분위기가 이러

니 이스트 빌리지에는 항상 젊고 활기찬 무리들로 가득하며, 특히 예술혼이 불타는 친구들에게는 더더욱 추천하고 싶은 장소이다.

　　이스트 빌리지의 이곳저곳을 구경한 후 우리는 한 가게에 자리를 잡고 앉아 초밥과 우동을 시켜 먹으며 두런두런 이야기꽃을 피우기 시작했다. 뉴욕에서 삶의 거의 대부분을 살아 한국어에 서툰 친구가 나를 보며 영어로 말했다.

친구1 "그녀는 버터 페이스야."
나 "얼굴이 느끼하게 생겼어?"
친구1 "……………………."
친구2 "넌 이럴 땐 꼭 파브F.O.B 같아."
나 "파브가 뭐야???"
친구1 · 친구2 "……………………."

잊고 있었다.

이스트 빌리지에서는 친구들의 슬랭속어, 은어에도 익숙해져야 한다. 이곳은

5번가나 업타운의 고급 레스토랑에서는 어울리지 않을 법한 슬랭들이 자연스레 툭툭 튀어나오도록 만드는 동네이다. 또 적나라한 대화에도 어색함을 없애주는 마법을 부릴 줄 아는 그런 동네이다. 그래서 친구들이 술에 취해 주사를 부렸다는 이야기를 할 때면 꼭 배경으로 등장하는 단골 장소이기도 하다.

이스트 빌리지는 뉴욕시에서도 스쳐 지나가지 않은 민족이 없을 정도로 손꼽히는 멜팅 포트Melting Pot이다. 등에 한문으로 '우정'이라는 문신을 새긴 금발 처녀를 볼 수 있고, 뉴욕에서 가장 맛있다는 허므스Hummus: 중동 음식를 맛볼 수 있는 곳이며, 죽은 키스 헤링Keith Haring: 미국의 그래피티 아티스트, 하위 문화로 낙인찍힌 낙서화의 형식을 빌려 새로운 회화 양식을 창조한 인물의 유령이 어딘가에서 벽화를 그리고 있을 것만 같은 요상하면서도 애잔한 동네.

모든 것이 뒤죽박죽인 듯하지만 이스트 빌리지의 곳곳에는 1970~80년대 가난한 예술가들의 애잔한 향수와 어린 잔해들이 이제는 주류 예술 속에서 생생히 살아 숨 쉬고 있다.

A tip from a New Yorker   butter face? FOB?
버터 페이스는 But Her Face를 붙여서 발음한 것으로 몸매와 다른 조건은 다 좋지만,
얼굴이 영 아닌 '얼굴만 빼고 다 괜찮은 여성'을 뜻하는 말이다.
FOB는 Fresh Off the Boat의 약자로 방금 배에서 내린 이민자를 뜻하는 말인데, 뉴욕
뜨내기를 일컫는 말이다.

이스트 빌리지의 보석 같은 장소들

위치 ★ 500 East 9th Street, New York, NY 10009
(Tompkins Square Park 내)

작고 아담한 톰킨스 스퀘어 파크(Tompkins Square Park)
는 Avenue A에서부터 Avenue B, 동서로는 7번가에서 10
번가까지 걸쳐 있다. 가난한 예술가들의 휴식처인 이스트
빌리지에 위치해 있어 위대한 유산의 핀(Finn) 같은 화가를
심심치 않게 만날 수 있다. 그 작은 공원에서도 무심코 지
나치기 쉬울 만큼 작은 분수대가 바로 위대한 유산에서 등
장한 핀과 에스텔라의 재회 장소이다.

● 템퍼런스 파운틴(Temperance Fountain)

홈페이지 ★ www.buyusedbooksnewyork.com
위치 ★ 99 St Mark's Place
New York, NY 10009 (1애비뉴와 A애비뉴 사이)
전화번호 ★ 212-477-8647

비 오는 날 찾아가면 마음이 편안해지는 책 냄새와
아늑한 음악을 맘껏 즐길 수 있는 중고 서점이다. 구
하기 힘든 세계 각국의 책들과 영감이 반짝 떠오르
는 지나간 아트 북이 쌓여 있는 곳. 헌책과 음반들
을 매입하며, 지나간 레코드판을 2달러에 판매한다.

● 이스트 빌리지 서점
(The East Village Bookstore)

위치 ★ 55 3rd Ave,
New York, NY 10003(11번가 근처)
전화번호 ★ 212-353-2698

이스트 빌리지에서 만날 수 있는 아시안 편의점. 고작
해야 한국 라면만 살수 있는 뉴욕의 델리와 다르게
다양한 한국 물품들을 갖추고 있다.

● 엠투엠(M2M)

홈페이지 ★ www.chikalicious.com
위치 ★ 203 East 10th Street
New York, NY 10003(2애비뉴 근처)
전화번호 ★ 212-995-9511

디저트 전문점 치커리셔스는 디저트만으로 3가지 코
스 메뉴를 즐길 수 있다. 과연 디저트만으로 영업이
될까 하는 의구심이 들지만, 이런 걱정은 뛰어난 맛
과 먹기 아까울 정도의 프레젠테이션을 보는 순간
눈 녹듯 사라진다. 얼음 위에 차갑게 서빙되는 프
로마쥐 브랑(Fromage Blanc) 아일랜드 치즈 케이
크는 치커리셔스의 시그니처 메뉴. 적은 양이 문
제라면 맞은편의 베이커리에서 디저트를 먹어 보
자. 가격에 비해 양도 많고 바에서 볼 수 없는 딸
기 쇼트케이크, 컵케이크 등 맛볼 것들로 가득하
다. 베이커리는 일주일 내내 영업하지만, 바는 월~수요일
까지 휴무다.

● 치커리셔스 베이커리 & 바(ChikaLicious)

홈페이지 ★ www.robataya-ny.com
위치 ★ 231 East 9th Street
New York, NY 10003
전화번호 ★ 212-979-9674

서울 청담동에도 지점이 있는 로바타야의 뉴욕 지점.
일본의 작은 정원을 옮겨온 것처럼 아기자기하면서도
깔끔한 인테리어와 무릎 꿇고 숯불에 음식을 굽는 셰
프의 모습이 인상적이다. 진열된 재료들로 음식을 준
비해 기다리는 동안에도 눈이 심심하지 않다. 긴 나
무 막대기로 음식을 전달 받는 재미가 있으니 되도
록이면 바에 앉을 것!(월요일 휴무)

● 로바타야 뉴욕(Robataya New York)

홈페이지 ★ www.yakitoritaisho.com
위치 ★ 9 Saint Marks Place between 2nd Ave &
3rd Ave, New York, NY 10003
전화번호 ★ 212-673-1300

이스트 빌리지의 세인트 마크스 플레이스와 참 잘 어울리는
'오! 타이쇼'는 협소한 공간에 시끌벅적한 분위기로 유명한
일식 주점이다. 풍성한 꼬치가 눈앞에서 지글지글 구워지
는 모습을 볼 수 있는 곳이다.

● 오! 타이쇼(Oh! Taisho)

홈페이지 ★ www.pommesfrites.ws
위치 ★ 123 2nd Avenue, New York, NY 10003
전화번호 ★ 212-674-1234

우리가 흔히 감자튀김이라고 부르는 프렌치프라이.
많은 사람들이 프렌치프라이의 기원을 미국으로 알
고 있지만, 사실 유럽에 그 뿌리가 있는 음식이다. 영
국에서는 '칩스(chips)', 유럽에서는 '프릿츠(frites)' 혹
은 '폼 프릿츠(pommes frites)'로 불리며 그 모양 역
시 다양하다. 얇고 가는 프렌치프라이는 운동화 끈
을 닮았다고 해서 '슈레이스 프라이스(shoe lace
fries)', 동그랗게 말려 스프링처럼 생긴 프라이는
'컬리 프라이스(curly fries)'라고 부른다.
프렌치프라이는 미국의 어딜 가더라도 많이 볼 수
있지만, 그중 퀸즈 쪽의 '아이리시 팝(Irish Pub)'
이 모여 있는 우드사이드가 유명하다. 이스트 빌
리지에 위치한 벨기에 전통 프렌치프라이 전문
점 '폼 프릿츠(Pommes Frites)'에서는 자체적으
로 개발한 25가지의 소스를 맛보려는 사람들로
밤늦도록 붐빈다. 바삭바삭 방금 구워낸 프렌치
프라이는 언제 먹어도 맛있다.

● 폼 프리츠(Pommes Frites)

홈페이지 ★ www.venierospastry.com
위치 ★ 342 East 11th Street
New York, NY 10003 (1애비뉴 근처)
전화번호 ★ 212-674-7070

여기를 빼놓고 디저트를 논할 수 없을 정도로 베니에로스는 오래된 이탈리아 베이커리/카페이다. 종류도 다양하고 옛 맛을 그대로 간직해 사람들의 발길이 끊이지 않는다. 리코타 치즈로 만들어 깃털처럼 가벼운 치즈 케이크 외에도 먹어 볼 디저트가 100가지가 넘는다. 베이커리는 오전 8시에 오픈하여 일주일 내내 자정까지 영업한다.

● 베니에로스 베이커리(Venierio's)

홈페이지 ★ www.fabylousfannys.com
위치 ★ 335 East 9th Street
New York, NY 10003 (1애비뉴 근처)
전화번호 ★ 212-533-0637

이스트 빌리지에서 빈티지 가게들이 모여 있는 골목의 끝자락에 위치한 패뷸러스 패니즈. 문을 열면 눈이 돌아갈 만큼 신기하고 멋스러운 안경들이 펼쳐진다. 18세기의 귀중한 안경들을 비롯해 모던한 디자인까지 다양한 상품들을 보유하고 있다. 옆으로 연결된 빈티지 옷가게도 둘러보자.

● 패뷸러스 패니즈(Fabulous Fanny's)

Episode
September ⓵

전 세계에서 모여든 학생들과 교수들로 구성된 뉴욕의 학교에는 웃긴 이름, 어려운 이름 등 다양한 이름을 가진 사람들이 존재한다. 그래서 나와 같은 수업을 들었던 동기인데도 이름이 발음하기조차 어려워 졸업할 때까지 이름을 외우지 못한 경우도 많다.

개강 첫날에는 대부분의 수업 시간에 진도를 나가지 않는다. 이날은 보통 출석 체크를 하지 않기 때문에 자칫 중요하지 않다고 느낄 수도 있으나, 한 학기를 잘 보내기 위해서 그 어떤 날보다 중요한 수업이다.

열 사람에게 방해가 될 정도의 소리는 소음이라고 생각하는 뉴요커들에게 내가 배워야 하는 것은 패션만이 아니었다.

잊히지 않을 추억,
뉴욕의 학교생활

"히웅키웅챙? 후웅구웅챙? 휑퀭챙? 챙흐엉그겅!!!!"

"⋯⋯⋯⋯"

"h-y-u-n k-y-u-n-g-c-h-a-n-g?"

난 한참을 생각하고 나서야 그 뭉그러뜨린 소리가 내 이름 '장현경'을 부르는 말이라는 걸 알아차렸다. 학교에 간 첫날은 나도, 다른 학생들도, 교수님들도 긴장했으니 내 이름을 좀 잘못 불러도 적당히 넘어갈 수 있었다. 하지만 그 후부터 나는 출석을 부를 때마다 이름을 귀로 듣기보다 알파벳 순서를 기억했다가 대답해야 했다. 전 세계에서 모여든 학생들과 교수들로 구성된 뉴욕의 학교에는 웃긴 이름, 어려운 이름 등 다양한 이름을 가진 사람들이 존재한다. 그래서 나와 같은 수업을 들었던 동기인데도 이름이 발음하기조차 어려워 졸업할 때까지 이름을 외우지 못한 경우도 많다. 물론 내 이름 역시 외국인들이 발음하기에는 쉽지 않을 것이다. 간혹 자신의 발음이 맞지 않으면 고쳐 달라는 사람들도 있지만, 아무리 내가 교정을 해줘도 일주일만 지나면 까마귀 고기를 삶아 먹은 듯이 원점이다. 하지만 그렇다고는 해도 정말 도저히 내 이름이라고 믿기지 않게 발음하는 사람들이 다반사였기에 아무렇게나 불리는 이름을 집중해서 알아들어야 하는 것은 내 몫이 되어 버렸다.

개강 첫날에는 대부분의 수업 시간에 진도를 나가지 않는다. 교수님들은 주로 교재와 과목에 대해 전반적인 설명을 하고, 자신의 수업 방

식에 대해 알려 준다. 이날은 보통 출석 체크를 하지 않기 때문에 자칫 중요하지 않다고 느낄 수도 있으나, 한 학기를 잘 보내기 위해서 그 어떤 날보다 중요한 수업이다. 한 학기 동안 어떤 식으로 과제를 제출해야 하는지, 지각을 하면 어떤 조치가 취해지는지 세심히 알려 주기 때문이다.

첫 수업에서 과제가 주어지면 교수님의 지시를 잘 듣는 것 또한 중요한데, 예술의 역사Art History라는 과목의 과제를 제출하는 날에 이런 일이 있었다. 누가 봐도 열과 성을 다해 프레젠테이션을 준비한 한국인 친구가 있었다. 꼬박 일주일은 밤을 새워 조사했을 것 같은 엄청난 양의 자료에 프로젝터까지 동원하고, 조금의 막힘도 없이 술술 풀어 나간 발표 등은 '10점 만점의 10점'을 줘도 모자랄 정도였다. 이 수업이 아니라도 과제에 치여 죽을 정도로 각 과목마다 많은 과제를 내주기로 유명한 '파슨스 디자인 스쿨'이기

에 그녀의 이런 노력에 다들 입을 다물지 못했다.

그런데 잔뜩 칭찬을 기대하고 있는 그녀와 달리 교수님의 입이 쉽게 떨어지지 않는다. 잠시 생각에 잠겼던 교수님은 어려운 듯, 하지만 단호하게 말씀하셨다.

"네가 과제를 열심히 했다는 점은 인정해 주고 싶다. 하지만 내가 제시한 가이드라인을 따르지 않기 때문에 점수를 줄 수가 없다. 네가 외국인이라서 내 과제를 잘 이해하지 못했다는 것은 알겠다. 그러나 너는 나에게 질문을 할 수 있는 일주일 동안의 시간이 있었는데도 불구하고 네 판단대로 과제를 해 왔다. 그렇기 때문에 미안하지만, 점수를 줄 수가 없다."

머리를 뭔가로 얻어맞은 듯한 충격이 전해졌다.

사실 교수님의 말씀이 끝난 순간에는 외국인 학생이 느끼는 비애와 불리함에 대해 말하고, 그 학생을 마치 내 자식처럼 감싸 주고 싶은 마음이 들기도 했다. 그런데 가만히 생각해 보니 교수님이 원하는 방향으로 결과물을 만드는 것도 과제의 일부라는 것이 조금 이해가 됐다. 이런 일은 외국인 학생들, 특히 동양 학생들에게 의사소통의 미숙으로 인해, 겸손을 중요시하는 마인드로 인해 생기는 복합적인 실수인 경우가 많다. 아무튼 이 일을 계기로 나는 교수님에게 수시로 질문을 해서 만든 과제가 혼자서 끙끙 고심해서 해결한 과제보다 백번 낫다는 걸 알게 되었다.

영어를 유창하게 구사할 줄 알아도 적극적으로 수업에 참여한다는 것은 쉬운 일이 아니다. 발표를 해야 점수를 얻는다는

것을 머리는 알고 있으나 손이 올라갈 생각을 하지 않는다. 수업 내내 죽은 시체처럼 숨죽이던 자신이 불쌍해지기도 하지만, 매 수업 시간마다 발표를 딱 한 번만 하자고 다짐하면 학기가 끝날 무렵에는 어느 정도 발표 기피증을 극복할 수 있게 된다. 물론 얼굴이 빨개지지 않는 정도의 발전이지만 말이다.

아직 뭐가 뭔지도 모르는 상태에서 몸살과 같은 첫 중간 고사를 치르고 나면 독감이 찾아오기 일쑤다. 겨우 14명의 적은 인원으로 구성되어 바스락 소리조차 들리지 않는 강의실에서 흐르는 콧물을 조심조심 훌쩍거리는데, 미국인 친구가 조심스럽게 팁을 준다. 미국인들 사이에서는 코를 훌쩍거리는 것보다 시원하게 풀어 버리는 것이 더 예의 바른 거라나? 코를 훌쩍이는 소리가 시원하게 코를 풀어 버리는 소리보다 거슬린다는 것이 이유였다. 내가 상대를 배려해서 한 행동이 오히려 불편하게 했다는 점이 참 어이 없었지만, 배려라는 것은 내 기준이 아니라 상대의 기준에 맞춰야 한다는 것에까지 생각이 미치니 어느 정도 수긍할 수 있었다. 옆 사람에게 방해가 될 정도의 소리는 소음이라고 생각하는 뉴요커들에게 내가 배워야 하는 것은 패션만이 아니었다.

그동안 고만고만한 환경에서 비슷한 또래의 친구들과 생활하며 자랐으니, 이런 작은 에티켓 하나에 신경 쓸 일은 없었다. 누가 나의 이름을 제대로 발음하지 못해 서운했던 기억 또한 없었고. 비록 지금은 뉴욕을 남의 사회라고 느끼지만, 언젠가 나도 이곳에 섞일 것을 생각하며 집으로 돌아오는 길목에서 소중한 주위 사람들의 이름을 또박또박 불러 본다.

맨해튼의 주요 미술 대학교

맨해튼 안에만 20개가 넘는 크고 작은 대학이 있으니, 교육의 도시 맨해튼이라고 해도 과언이 아니다. 이처럼 많은 대학 중 유명 미술 학교는 어떤 곳들이 있는지 둘러보자.

● School of Visual Arts(SVA)

홈페이지 ★ www.schoolofvisualarts.edu
위치 ★ 209 East 23rd Street, New York, NY 10010
전화번호 ★ 212-592-2000
팩스번호 ★ 212-592-2166

SVA는 뉴욕의 대표적인 미술 학교이다. 4년제 학부 과정과 석사 과정을 합쳐 2,500명의 학생이 800명의 교수로부터 지도를 받는다. 교수의 95%가 현역 작가로 활동하고 있기 때문에 철저한 실기 위주로 교육이 이루어진다는 게 이 학교의 특징이다. 또 맨해튼에서 활동하는 역량 있는 작가에게 배울 수 있다는 것이 SVA의 가장 큰 매력이다.
입학 기준 중 학교 측에서 가장 중점을 두는 분야는 포트폴리오이고, 다음 순서가 고등학교 또는 대학 평점(GPA), 취득한 코스 순이다. 비록 학점은 낮더라도 강력한 포트폴리오, 추천서, 자기소개서만으로 합격이 가능하다.

홈페이지 ★ www.fitnyc.edu
위치 ★ 7th Avenue at 27th Street
New York, NY 10001
전화번호 ★ 212-217-7999
팩스번호 ★ 212-217-7481

FIT는 세계적인 패션, 예술, 디자인, 통신, 각종 제조업이 가득 모여 있는 맨해튼의 심장부에 위치해 있어 교육과 그 교육에 관련된 산업, 직종 간의 흐름을 함께 경험할 수 있다. 입학 자격은 4년제 대학 졸업자, FIT에서 인정하는 24학점을 포함하여 30학점 이상을 소지한 자이다. 좋은 학교임에도 유학생 비율이 적은 편인데, 외국 학생의 경우는 높은 토플 점수와 학과에 따라서 포트폴리오를 요구하기 때문이다.

● Fashion Institute of Technology(FIT)

홈페이지 ★ www.parsons.edu
위치 ★ 66 Fifth Avenue, New York, NY 10011
전화번호 ★ 212-229-8900
팩스번호 ★ 212-229-5166

회화, 건축, 사진, 판화, 유화 등의 미술, 산업 디자인, 패션 디자인에 이르기까지 디자인을 전문으로 교육하는 미술 디자인 학교이다. 규모로 보나 질로 보나 미술 디자인 분야에선 미국 굴지의 전문학교이다. 파슨스의 경우 예능계 학교 중에서는 비교적 드물게 교양 과목에도 치중하는 대학으로 같은 학교 시스템인 New School University(파슨스는 이 대학의 미술계 단과 대학인 셈이다)에서 전 학점의 5분의 1에 해당하는 교양 과목을 듣도록 의무화하고 있다. 입학 전형 특징은 지원자들의 고등학교 시절 생활 기록과 성적을 거의 100% 믿고 반영한다는 점이다(실기 시험이 없다). 단, 입학사정위원회의 인터뷰 절차가 있다.

● Parsons School of Design
(The New School)

 ## 맨해튼 내의 예술학과가 있는 종합 대학

홈페이지 ★ www.nyu.edu
위치 ★ 50 West 4th St Rm 123
New York, NY 10003(Admission ; 입학처)
전화번호 ★ 212-998-1212
팩스번호 ★ 212-995-4902

NYU가 위치한 맨해튼 남부는 특히 첨단 예술을 자랑하는 곳이다. 뉴욕 중 뉴욕이라 할 수 있는 이곳에는 각종 화랑, 공연장들이 밀집돼 있어 한국의 대학로를 연상시킨다. 학교 분위기도 지극히 진보적이고 개방적이라서 미국인들뿐만 아니라 선진국의 유학생들이 가장 선호하는 대학이다. 수업료만 연간 4만 달러에 달해 학비 비싼 대학 10위 안에 꼬박 선정되는 학교이다. 뉴욕대의 최고 전공 분야는 예능계, 법대, 경영대 등이지만 인문, 사회 계열은 상대적으로 약세다.

● New York University(NYU)

● Hunter College

홈페이지 ★ www.hunter.cuny.edu
위치 ★ 695 Park Avenue, New York, NY 10021
전화번호 ★ 212-772-4000

CUNY 중 2번째로 일찍 발족한 헌터 컬리지는 여대로 시작하였으나 지금은 남녀 공학으로 운영되고 있다. 전공 역시 간호대, 교육대 등 여성 중심 과목이 강세를 보이지만, 영어, 예술사, 프랑스어, 인류학 등도 수준급이다. 특히 헌터는 의료 관계학에서 어느 대학 못지 않은 수준을 자랑한다.

● Cooper Union

홈페이지 ★ www.cooper.edu
위치 ★ 30 Cooper Square, New York, NY 10003
전화번호 ★ 212-353-4101
팩스번호 ★ 212-353-4342

쿠퍼 유니온은 공과, 건축과, 미술학과 부문에서 유명한 미국 내 명문 학교이다. 성적이 좋지만 높은 수업료 때문에 고민하는 학생들에게 좋은 대학으로, 과학과 미술 분야에서 가난한 영재를 발굴하여 무료로 수업을 들을 수 있게 지원한다.
학생 선발에 가장 중점을 두는 요소는 GPA, SAT나 ACT 점수, 고등학교에서 선택한 과목, 재능, 전공 과목에 대한 관심도 등이다. 두 번째로 중요한 요소는 에세이, 과외 활동이며, 그 외 인터뷰와 성격/인성, 추천서, 인종, 자원봉사 경력, 일한 경험, 가족과 친척 중 첫 번째 대학을 들어간 사람인지도 확인하여 선발한다.

홈페이지 ★ www.pratt.edu
위치 ★ 200 Willoughby Avenue,
Brooklyn, NY 11205 (브루클린)
144 West 14th Street,
New York, NY 10011(맨해튼)
전화번호 ★ 718-636-3600
팩스번호 ★ 718-636-3670

프랫대학은 뉴욕 브루클린의 클링턴 힐 지역에 위치해 있다. 이곳은 뉴욕 시내의 다른 대학과 달리 잔디와 수목이 줄지어 선 캠퍼스를 보유하고 있으며, 신입생들에게 전원 기숙사를 제공한다.
또한 자체적으로 영어 연수 센터를 운영하고 있어 학생의 재능만 인정되면 토플 성적이 낮아도 입학을 허용하고 있다. 단, 기준 점수 미만으로 입학이 허용된 학생들은 모두 소정의 어학연수를 거쳐야만 한다.

● Pratt Institute

● Columbia University

홈페이지 ★ www.college.columbia.edu
위치 ★ 1130 Amsterdam Avenue MC2807
(212Hamil ton Hall), New York, NY 10027
전화번호 ★ 212-854-1754
팩스번호 ★ 212-854-1209

미국 내 수많은 대학 중에서도 가장 뛰어난 환경과 시스템, 교수진, 학생들을 보유하고 있다고 인정받는 아이비리그 8개 대학 중 하나다. 금싸라기 뉴욕 중심지 맨해튼에 30에이커의 대지를 차지하고 있어 학교 안에 들어서면 번잡한 도심지를 벗어난 기분이 금방 느껴진다.

컬럼비아 대학은 크게 나누어 여자 대학인 Barnard College, Columbia College, 이공계 대학, 직장인을 위한 General Studies 등 14개 대학원의 5개 학교로 구성돼 있다. 이 중 유학생이 많이 다니는 곳은 대학원 과정으로 특히 경영, 사범, 신문방송학 대학원이 정평이 나 있다.

지금까지 소개한 대학 이외에도 업스테이트의 코넬(Cornell University), 음악대학 줄리아드 스쿨(Julliard), FIT가 속해 있는 SUNY(State University of New York; 뉴욕 주립대), CUNY(City University of New York; 뉴욕 시립대) 등 다양한 명문 대학이 뉴욕에 위치해 있다. 뉴욕으로의 유학을 예정하고 있다면 어느 학교든 자신이 원하는 분야에 초점을 맞추어 커리큘럼의 짜임새, 수업 방향과 스타일을 잘 알아보고 선택하는 것이 좋다.

Episode
September ❷

길을 걸으면서 새로운 나라의 음식점이 보일 때마다 손을 꼽아 보았더니 여섯 블록을 채 걷기도 전에 열손가락이 다 접혀 있었다.
터키, 브라질, 일본, 한국, 쿠바, 베트남, 타이, 멕시코, 말레이시아, 티베트, 프랑스, 이탈리아 등
자기 나라 음식점이 없으면 서러울 정도로 그 다양함에 끝이 없다.

세계의 음식 in NYC

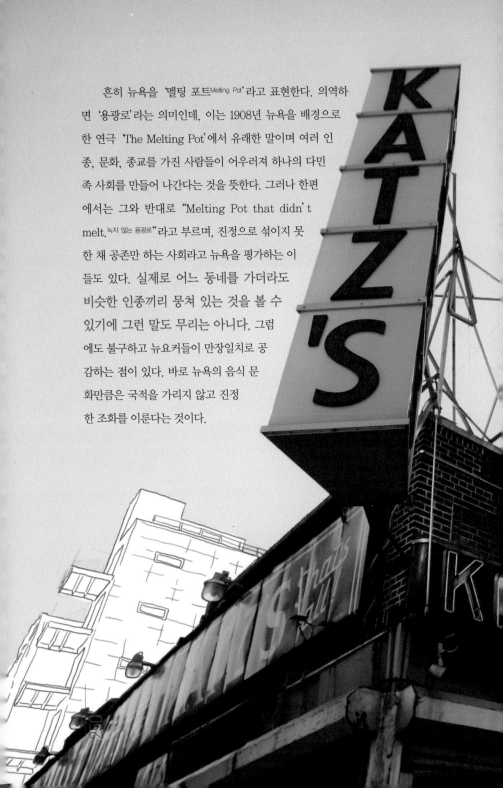

흔히 뉴욕을 '멜팅 포트Melting Pot'라고 표현한다. 의역하면 '용광로'라는 의미인데, 이는 1908년 뉴욕을 배경으로 한 연극 'The Melting Pot'에서 유래한 말이며 여러 인종, 문화, 종교를 가진 사람들이 어우러져 하나의 다민족 사회를 만들어 나간다는 것을 뜻한다. 그러나 한편에서는 그와 반대로 "Melting Pot that didn't melt.녹지 않는 용광로"라고 부르며, 진정으로 섞이지 못한 채 공존만 하는 사회라고 뉴욕을 평가하는 이들도 있다. 실제로 어느 동네를 가더라도 비슷한 인종끼리 뭉쳐 있는 것을 볼 수 있기에 그런 말도 무리는 아니다. 그럼에도 불구하고 뉴요커들이 만장일치로 공감하는 점이 있다. 바로 뉴욕의 음식 문화만큼은 국적을 가리지 않고 진정한 조화를 이룬다는 것이다.

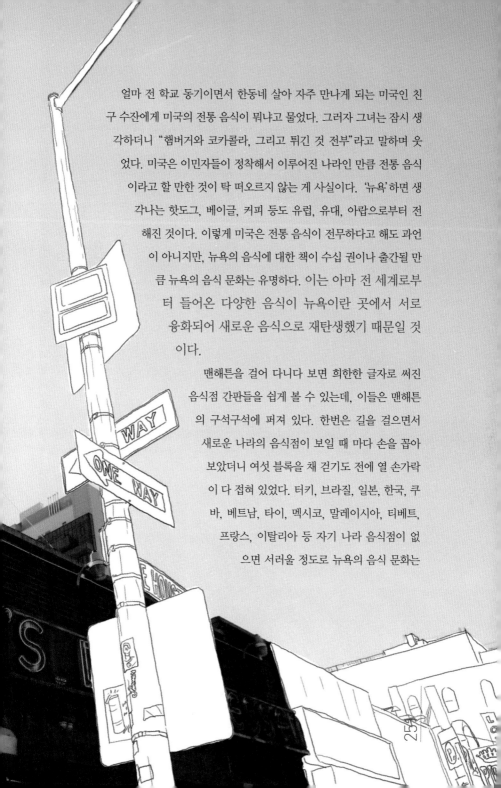

얼마 전 학교 동기이면서 한동네 살아 자주 만나게 되는 미국인 친구 수잔에게 미국의 전통 음식이 뭐냐고 물었다. 그러자 그녀는 잠시 생각하더니 "햄버거와 코카콜라, 그리고 튀긴 것 전부"라고 말하며 웃었다. 미국은 이민자들이 정착해서 이루어진 나라인 만큼 전통 음식이라고 할 만한 것이 탁 떠오르지 않는 게 사실이다. '뉴욕'하면 생각나는 핫도그, 베이글, 커피 등도 유럽, 유대, 아랍으로부터 전해진 것이다. 이렇게 미국은 전통 음식이 전무하다고 해도 과언이 아니지만, 뉴욕의 음식에 대한 책이 수십 권이나 출간될 만큼 뉴욕의 음식 문화는 유명하다. 이는 아마 전 세계로부터 들어온 다양한 음식이 뉴욕이란 곳에서 서로 융화되어 새로운 음식으로 재탄생했기 때문일 것이다.

맨해튼을 걸어 다니다 보면 희한한 글자로 써진 음식점 간판들을 쉽게 볼 수 있는데, 이들은 맨해튼의 구석구석에 퍼져 있다. 한번은 길을 걸으면서 새로운 나라의 음식점이 보일 때 마다 손을 꼽아 보았더니 여섯 블록을 채 걷기도 전에 열 손가락이 다 접혀 있었다. 터키, 브라질, 일본, 한국, 쿠바, 베트남, 타이, 멕시코, 말레이시아, 티베트, 프랑스, 이탈리아 등 자기 나라 음식점이 없으면 서러울 정도로 뉴욕의 음식 문화는

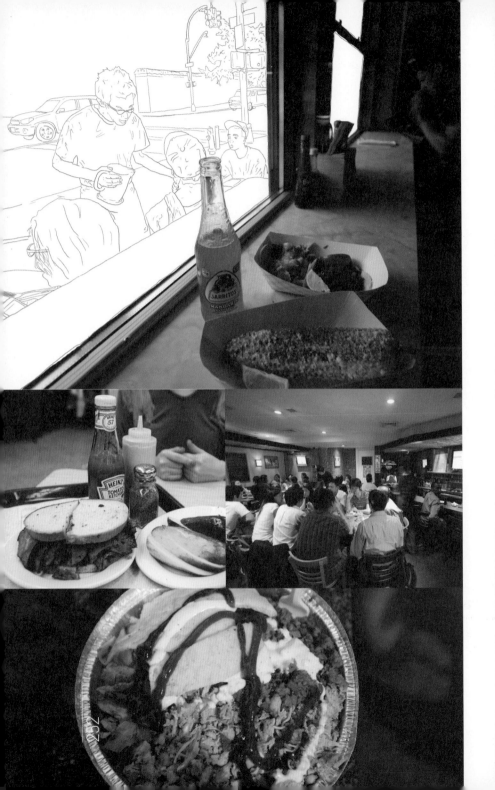

그 다양함에 끝이 없다.

한인 타운에는 한국식 중국집이라고 할 수 있는 'Korean-Chinese'가 있고, 일본 음식점들이 모여 있는 세인트 마크스^{St. Marks}에는 일본식 중국집인 'Japanese-Chinese'도 볼 수 있다. 중국 음식은 워낙에 생명력이 질길 뿐만 아니라 화교들이 전 세계 곳곳에 퍼져 있어 그럴 수 있다는 생각을 하곤 한다. 그런데 맨해튼의 음식점들을 살펴보면 참 독특한 곳이 많다는 걸 알게 될 것이다. 이곳에서는 Italian-Middle Eastern^{이탈리아식 중동 음식}, Indian-Chinese ^{인도식 중국 음식}, American-Japanese^{미국식 일본 음식}, California-Mexican^{캘리포니아식 멕} ^{시코 음식} 등 무슨 맛일지 상상조차 안 되는 황당한 이

름의 간판들을 쉽게 볼 수 있다. 뭐 어떤 음식을 만 들어 팔지는 주인 맘이긴 하나, 이런 음식점들이 맨해튼 상가의 고액 월세 비용을 감당할 만큼 장사 가 된단 말인가 하는 의문이 들게 마련이지만, 식 당 안을 살짝 훔쳐보면 오래된 가게 분위기 속에서

꽤 많은 사람들이 음식을 즐기는 모습을 통해 생존력을 느낄 수 있다. 한 나 라의 고유 음식을 가지고 장사를 한다는 건 이민자가 많은 뉴욕이기에 이해 가 가지만, 이런 식의 퓨전 요리 가게가 손님들을 모을 수 있다는 것이 신기 하기만 하다.

아마도 뉴요커들이 외식을 자주 하고, 평소 다양한 문화에 노출되는 것 에 익숙하므로 퓨전 음식에도 이질감이 적기 때문이라는 결론을 내려 본다. 하긴 나 역시 이곳에서 터키 친구를 알게 된 후 그전까지는 구경도 못해 봤던 터키 음식을 종종 먹곤 한다. 또 한인 타운에서 비빔밥 먹기 행사를 할 때 호기심 어린 눈으로 시도하는 뉴요커들, 노련하게 젓가락질을 하 며 고기를 뒤집는 외국인들을 만날 때면 퓨전 요리에 관대한 이곳 사람들을 충분히 이해할 수 있을 것 같다.

뉴요커들은 음식에 대한 상식이 풍부하다. 꼭 뉴요커가 아니더라도 뉴욕에 살다 보면 음식에 대하여 많은 것을 배우게 되는데, 이탈리언 레스토랑에 가면 'pesto이탈리아 소스 종류'나 'tagliatelle이탈리아의 전통적인 파스타 종류로 페튜치니처럼 납작하고 넓적함'가 무엇인지, 멕시칸 음식점에서는 'quacamole멕시코의 소스 일종으로 아보카도가 주재료'가 제대로 만들어졌는지 등의 상식을 특별히 노력하지 않아도 자연스레 알게 된다. 마치 스펀지가 물을 빨아들이듯 노련하고 빠르게 말이다.

뉴욕에서 알게 된 외국인 친구들과 가끔 밥을 먹을라치면 만나는 장소를 정하기 위해 일주일 전부터 이메일이 왔다 갔다 해야 한다. 일본, 베트남, 미국, 한국, 유럽, 중동 등 정말 다양한 나라의 친구들이 모이므로 식성은 물론 종교까지 고려하다 보면 식당을 정하는 일이 쉽지 않다. 돼지고기를 먹지 않는 무슬림 친구가 참석하는지, 채소는 물론이고 유제품까지 먹지 않는 비건vegan 친구가 참석하는지, 코셔kosher 음식만 먹는 유대교인 친구가 있는지 등. 모두를 배려하여 레스토랑을 선정하지 않으면 입이 뾰로통하게 나와 샐러드만 깨작거리는 친구가 생길 수도 있기 때문이다.

뉴욕에는 다양한 음식이 존재하기에 처음의 어지러움만 극복하면 시어머니처럼 까다로운 미각의 소유자라고 하더라도 반드시 맞춤옷처럼 꼭 맞는 식당을 찾을 수 있다. 종교는 물론이고, 자신에게 가장 잘 맞는 음식을 선택할 수 있는 이곳, 뉴욕. 맛있는 음식을 먹고 일어서는 사람들의 표정에는 포만감과 만족감이 가득 담겨 있다. 그들의 넉넉한 미소를 보고 있으면 이질적인 민족의 다양함도 하나로 녹을 것 같은 따뜻함이 느껴진다.

뉴욕에서 세계의 맛집 즐기기

뉴욕에는 다양한 나라의 음식들이 인기를 끌고 있다. 어떤 맛집들은 몇 주 전에 예약을 해야 갈 수 있고, 아예 예약을 받지 않을 정도로 문전성시를 이루는 곳들도 많다. 줄을 서야만 맛볼 수 있는 뉴욕의 다양한 맛집을 소개한다.

위치 ★ 152 West 49th Street
New York, NY 10019(7애비뉴와 Avenue of the Americas 사이)
전화번호 ★ 212-764-8549
영업시간 ★ 월~일요일 오후 5시~다음 날 오전 3시

맨해튼에는 노부(NOBU) 등 유명하고 비싼 일식당도 많지만, 부담 없이 즐겨 찾을 수 있어 젊은 층에게 인기 절정인 사케 바 하기를 소개한다. 타임스퀘어 극장가에서 보물 같은 이곳은 시끌시끌한 분위기와 지하의 좁은 공간을 즐길 줄 아는 사람이라면 누구나 좋아할 만한 곳으로 명란젓 스파게티가 인기 메뉴이다.

● 사케 바 하기(Sake Bar Hagi)

● 그리말디스(Grimaldi's)

홈페이지 ★ www.grimaldis.com
위치 ★ 19 Old Fulton St.
Brooklyn, NY 11201(브루클린 다리 밑)
전화번호 ★ 718-858-4300
영업시간 ★ 일~목요일 오전 11시 30분~오후 11시, 금·토요일 오전 11시 30분~밤 12시

한국의 피자와는 반죽 두께부터 다른 뉴욕의 피자. 처음 먹을 땐 생소한 피자 맛이 낯설기도 하지만, 익숙해지면 담백하고 바삭한 맛 속에서 매력을 발견할 수 있다. 뉴욕에서 최고 피자 가게에 대한 논쟁은 두 군데로 압축된다. 그중 한 군데인 브루클린에 있는 이탈리아 정통 피자집 '그리말디스'는 벽돌 화덕에서 피자를 구워 내는데, 1905년부터 그 역사가 이어진다. 이곳을 처음 찾는 사람들은 그 끝없는 줄에 기겁을 하지만, 그 긴 줄이 맛을 보장하는 방증이기도 하다. 이곳 피자를 먹어 보기 위해서는 아침부터 줄을 설 각오를 하고 찾아가야 한다.

● 롬바르디스(Lombardi's)

홈페이지 ★ www.firstpizza.com
위치 ★ 32 Spring St.
New York, NY 10012(Spring and Mott Street 코너)
전화번호 ★ 212-941-7994
영업시간 ★ 월~목요일, 일요일 오전 11시 30분~오후 11시, 금~토요일 오전 11시 30분~밤 12시

놀리타에 위치한 피자 가게로 동네 분위기와 매우 잘 어울리는 모나리자 벽화가 그려져 있어 단번에 알아볼 수 있다. 맛으로도 유명하지만, 뉴욕의 최초 피자집으로도 널리알려져 있다. 그리말디스에 비해 피자 종류가 다양하기도하고 주중 낮 시간에 가면 바로 자리를 잡을 수 있다.

홈페이지 ★ www.shakeshack.com
위치 ★ Madison Square Park의 동남쪽 코너.
Madison Ave와 East 23rd St. 교차점 부근
전화번호 ★ 212-889-6600
영업시간 ★ 월~일요일 오전 11시~오후 11시(분점이어퍼 이스트사이드, 퀸즈에도 있다.)

뉴욕의 먹을거리를 이야기하면서 햄버거를 빼놓을 수는 없다. 뉴욕에서 햄버거 가게는 패스트푸드 체인점이아니더라도 넘쳐난다. 미니 햄버거, 굿 햄버거, 팝 버거등 저마다 콘셉트를 달리해 인기를 끌고 있는 뉴욕의다양한 햄버거 가게. 그중에서도 특히 많은 사람들에게 사랑받는 곳으로 메디슨 스퀘어 가든의 동남쪽 코너에 위치한 셰이크 섹을 꼽을 수 있다. 이곳의 햄버거를 먹기 위해서는 보통 공원 두 바퀴 정도의 줄을서서 기다려야 한다. 오죽하면 인터넷 사이트를 통해줄 길이를 확인할 수 있도록 했으며, 동절기에는 미리 주문한 후 받아 갈 수 있다. 공원에 앉아 다람쥐를 구경하며 수제 패티를 넣어 건강식으로 만든 이곳의 버거를 먹는 맛은 그 무엇과도 바꿀 수 없다.

● 셰이크 섹(Shake Shack)

홈페이지 ★ www.parkermeridien.com/eat4.php
위치 ★ 119 West. 56th Street,
New York, NY 10019(6애비뉴 근처), 르 파커 메르디앙호텔
(Le Parker Meridien) 1층 로비
전화번호 ★ 212-708-7414
영업시간 ★ 일~목요일 오전 11시 30분~오후 11시 30분,
금~토요일 오전 11시 30분~밤 12시

버거 조인트는 위치부터가 흥미롭다. 가게가 통째로 일류 호텔
로비의 천장에서부터 바닥까지 내려오는 커튼 뒤에 숨겨져 있
는 것. 그래서 네온사인 간판을 보지 않고서는 위치를 알 길이
없다. 커튼 사이를 거쳐 입구로 들어서면 번쩍번쩍한 호텔 로
비와는 반대로 허름하지만 정겨운 버거 조인트의 모습이 드
러난다. 햄버거에 들어가는 모든 것을 그대로 넣어 주기 원
할 경우 햄버거 종류를 말한 후에 "The works"라고 외쳐야
한다. 아니면 어떤 재료는 빼달라고 주문해야 한다는 그들
만의 주문법이 있다.

● 버거 조인트 (Burger Joint)

● 53번가 하랄 카트
(53rd St. & 6th Ave Halal Cart)

홈페이지 ★ www.53rdand6th.com
위치 ★ 53rd St. & 6th Ave, New York, NY 10079
전화번호 ★ 718-858-4300
영업시간 ★ 월~일요일 오후 7시 30분~다음 날 오전 4시

길거리에서 흔히 마주칠 만큼 매장이 많은 하랄 카트 중에
서도 소문난 곳은 53번가와 6애비뉴에 위치한 하랄 카트!
'하랄'(Halal)은 유대인의 'Kosher'처럼 이슬람 법규에 맞
는 음식을 전반적으로 지칭하는 말이다. 나는 뉴욕에 와서
야 중동 음식을 처음 접해 보았는데, 중동 음식 중 가장
대중화된 이 하랄 카트는 뉴욕의 거리 곳곳에서 볼 수
있다. 점심시간이면 길게 줄을 선 사람들이 하얀색 일회
용 도시락을 받아 가는 모습이 궁금하여 먹게 되었다.
일반적으로 닭이나 자이로 고기(터키의 케밥 고기와 유
사) 중에서 선택하면 고기와 채소 그리고 쌀과 피타 빵
을 넣고, 위에 로타 화이트소스, 핫소스, 바비큐 소스를
뿌려 준다. 53번가의 하랄 카트는 밤늦게 오픈하지만
오픈을 준비할 때부터 이미 사람들의 줄이 길게 늘어
선다.

● 허므스 플레이스 (Hummus Place)

홈페이지 ★ www.hummusplace.com
위치 ★ (이스트 빌리지 지점) 109 Saint Mark's Place
New York, NY (1애비뉴와 A애비뉴 사이)
전화번호 ★ 212-529-9198

중동에서 인기 있는 허므스(Hummus; 병아리 콩, 레몬주스, 마늘 등을 넣고 갈은 후 빵에 발라 먹을 수 있게 만든 것으로 이유식 정도의 점성을 가지고 있다.)는 건강식 바람을 타고 뉴요커들의 입맛을 사로잡았다. 어퍼 웨스트 등 여러 지역에 지점을 둔 허므스 플레이스 체인점이 대표적이며, 저렴한 가격과 종류가 다양하다는 장점도 있지만, 무엇보다 건강식이라는 사실 때문에 손님이 끊이질 않는다.

홈페이지 ★ www.katzdeli.com
위치 ★ 205 East Houston St, New York, NY 10002
영업시간 ★ 월~목, 일요일 오전 8시~오후 10시 30분,
금~토요일 오전 8시~다음 날 새벽 2시 30분

만약 뉴욕을 방문할 일이 있다면 비록 며칠 머물다 하더라도 이곳에 꼭 들르도록! 허름한 외관과 활기찬 내부는 마치 우리나라 100년 전통의 설렁탕집을 연상시킨다. 양복을 말끔히 차려입은 사람부터 작업복 차림의 공사판 인부까지 다양한 계층의 손님들을 만날 수 있는 그런 곳이다. 1888년에 생긴 유대인 코셔(Kosher) 스타일의 식품 판매점으로 뉴욕에서 손꼽히게 맛있는 파스트라미(Pastrami)와 핫도그를 자랑한다. 훈제한 고기의 일종인 파스트라미를 시키면 호밀빵(Rye Bread) 또는 호기(Hoagie; 긴 샌드위치빵)에 넣을 건지, 머스터드를 뿌릴 것인지 물어보면서 맛보라고 파스트라미를 접시에 조금 내어준다(머스터드와 케첩은 자리에도 있다). 파스트라미는 그 허접스러운 외모와 달리 뛰어난 담백한 맛에 잠시 말을 잃게 한다. 가격($14.95)에 대한 불평을 쏙 들어가게 하는 환상적인 맛과 제2차 세계대전 당시 "Send a salami to your boy in the army."(군대에 있는 아들에게 살라미를 보내세요)라는 광고 문구로도 잘 알려져 있다. 아직까지도 해외에서 복무하는 군인들에게 음식을 보낼 수 있도록 특별한 국제 택배 발송 서비스를 하고 있다. 웨이터가 주문을 받는 자리는 팁을 지불해야 하며 따로 지정되어 있다.

● 캣츠 델리카테센 (Katz Delicatessen)

위치 ★ 201 West 83rd St
New York, NY 10024(Amsterdam Ave와 Broadway
사이)
전화번호 ★ 212-496-6031
영업시간 ★ 월~목요일 오전 8시~다음 날 새벽 2시,
금요일 오전 8시~다음 날 새벽 4시,
토요일 오전 9시~다음 날 새벽 4시,
일요일 오전 9시~다음 날 새벽 2시(브런치)

어퍼 웨스트사이드의 아늑한 브라운 스톤 골목에 자리 잡
고 있는 유럽 스타일의 카페 라로는 프랑스의 노천카페를
연상시킨다. 천장부터 바닥까지 열리는 프렌치 창문도 그
렇지만 곳곳에 붙어 있는 Henri de Toulouse-Lautrec의
드로잉 포스터들은 마치 유럽에 온 듯한 착각을 일으킨
다. 셀 수 없을 만큼 다양하고 달콤한 케이크들과 디저트
가 이곳의 트레이드마크. 오전에는 브런치를 즐기러 온
사람들로 발 디딜 틈이 없을 정도로 인기가 많다. 영화
'유브갓 메일'의 주인공들이 처음 만났던 장소

● 카페 라로(Cafe Lalo)

● 터키시 키친(Turkish Kitchen)

위치 ★ 386 3rd Avenue
New York, NY 10016(28번가 근처)
전화번호 ★ 212-679-1810
영업시간 ★ 평일 런치 낮 12시~3시, 디너 오후 6시 30분
~오후 11시
일요일 브런치 오전 11시~오후 1시, 오후 1시~3시,
일요일 디너 오후 5시 30분~10시

메디테리안 지방의 음식을 좋아하는 사람이라면 터키 음
식에 도전해 볼 만하다. 터키시 키친은 맨해튼에서 손꼽히
는 터키 음식점으로 분위기와 서비스까지 나무랄 데가 없
는 곳이다. 특히 우리에게 익숙하지 않은 양고기를 처음
먹어 보려고 한다면 이곳이 제격이다. 터키 음식을 처음
접하는 사람은 일요일 브런치 뷔페를 이용해 보자. 가격
은 주중 런치 스페셜이 $16.95(4코스 요리), 일요일 브런
치 뷔페는 $22(예약 가능)

● 카페 하바나(Cafe Havana)

홈페이지 ★ www.cafehabana.com
위치 ★ 7 Prince St, New York, NY 10012(놀리타)
전화번호 ★ 212-625-2001
영업시간 ★ 오전 9시~밤 12시

쿠바-멕시칸 음식점인 카페 하바나. 벽면에 그려진 야자수와 손님들이 어깨를 맞대고 다닥다닥 붙어 앉아야 하는 조그마한 가게라 더 정겹다. 에어컨을 틀지 않아 실내가 좀 더운 편인데, 완벽하게 양념된 돼지고기 요리와 스테이크가 그 단점을 충분히 커버해 준다. 멕시코 스타일의 옥수수구이와 녹은 치즈(melted cheese)를 먹다 보면 시간이 흐르는 것조차 잊게 해줄 것이다.

홈페이지 ★ www.esquinanyc.com
위치 ★ 114 Kenmare St
New York, NY 10012(Lafayette St. 선상)
전화번호 ★ 212-625-2340, 646-613-7100(지하 레스토랑 예약)
영업시간 ★ 레스토랑 낮 12시~다음 날 오전 1시,
지하 카페 오후 6시~다음 날 새벽 2시

허름한 타코 스탠드로 보이는 라 에스퀴나는 그 진면목을 꽁꽁 숨기고 있다. 당연히 음식 맛으로 유명하지만 뉴요커들에게는 눈에 보이는 레스토랑보다 지하에 숨겨진 비밀 장소로 더 유명하다. 지하로 들어가는 입구는 타코 스탠드 내의 '직원만'(employees only)이라고 써진 문을 통해 들어갈 수 있는데, 마치 멕시코의 갱단이 모여 음모를 꾸미는 영화 속 한 장면에 들어온 듯한 기분을 만끽할 수 있다. 입구에 바운서(Bouncer: 문지기)가 있을 때는 자리가 있는지 묻고, 여럿이 갈 때에는 예약을 하는 것이 좋다. 예약할 때는 반드시 1층 레스토랑이 아닌 지하 카페라고 해야 착오가 없으니 주의한다.

● 라 에스퀴나(La Esquina)

Episode
October ①

나 역시 '우리'라는 말을 잘 좋아하는 토종 한국인이지만, 뉴욕에서 생활하다 보니 '나'만을 생각하는 개인주의에 익숙해지고 있었다.
그렇게 서서히 뉴요커로 변해 가고 있을 때쯤 '우리'라는 정서를 다시 찾을 수 있는 계기가 있었으니, 바로 '할로윈 퍼레이드'를 통해서였다.

동화 속 환상적인 모습으로 하늘을 날아다니던 요정들, 영화 '물랑루즈'에서 튀어나온 듯한 화려한 의상의 롱 다리 아가씨,
퍼레이드 트럭 위 무대에서 아슬아슬하게 곡예를 부리는 스펀지 밥 등이 모두 그곳에 있었다.

생활이 빡빡하고 뉴욕의 삶이 멀게만 느껴진다면 퍼레이드에 참가해 보라고 말해 주고 싶다. 어쩌면 도도한 맨해튼 대신 내 마음속에
품을 수 있을 정도로 작은 맨해튼이 눈앞에 나타날 지도 모르니까 말이다.

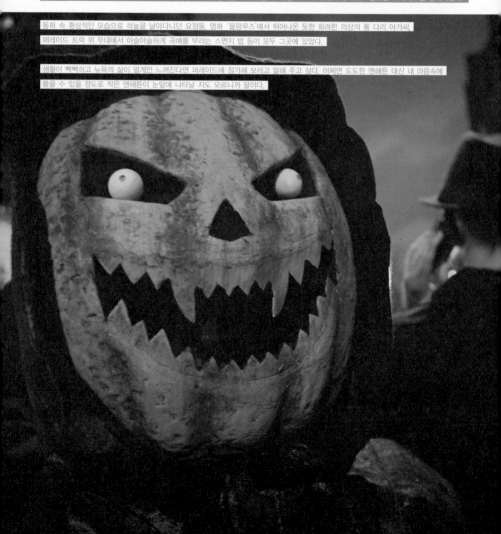

1년에 하루 귀여운
악마가 되는 날,
핼러윈 데이

해마다 이맘때면 하늘은 높고 말은 살찐다는 가을이 뉴욕에도 어김없이 찾아온다. 이곳에 오기 전까지 내 상상 속의 맨해튼은 뭐든 삼켜 버릴 수 있는 거대 도시였지만, 실제 생활해 보니 마음만 먹으면 업타운부터 로어 맨해튼까지 얼마든지 걸어 다닐 수 있을 만큼 작은 도시다. '어디', '무엇'보다 '누구와'를 더 중요하게 생각하는 나에게 뉴욕은 먼저 다가와 주지 않았고, 그래서 내가 느끼는 뉴욕은 무척 멀고 미로 같은 도시였다. 비록 이곳의 사람들은 맨해튼을 작다고 말하지만 말이다.

나 역시 '우리'라는 말을 참 좋아하는 토종 한국인이지만, 뉴욕에서 생활하다 보니 '나'만을 생각하는 개인주의에 익숙해지고 있었다. 그렇게 서서히 뉴요커로 변해 가고 있을 때쯤 '우리'라는 정서를 다시 찾을 수 있는 계기가 있었으니, 바로 '핼러윈 퍼레이드'를 통해서였다. 핼러윈 데이는 고대 켈트인의 삼하인 축제에서 유래된 것으로, 매년 10월 31일에 열리는데, 이제는 연중 가장 큰 행사로 자리 잡고 있다. 핼러윈의 상징이라고 할 수 있는 '잭 오 랜턴'속을 도려낸 호박 안에 불 켠 초를 끼워 넣은 것은 세계 어느 나라를 막

론하고 모르는 사람이 없을 것이다. 핼러윈 데이가 되면 학교에서는 가장 파티가 열리고, 각종 악당이나 유령으로 변장한 꼬마들이 집집마다 돌아다니며 사탕과 초콜릿을 받아 가는 광경을 쉽게 볼 수 있다.

내가 뉴욕에 와서 처음 맞이한 10월 31일.

거리의 집집마다 빠지지 않고 내걸린 호박 등불, 그리고 패션에 일생을 건 학교 친구들이 이날 입을 의상 얘기로 재잘거리는 소리가 핼러윈 데이의 분위기를 한껏 느끼게 해주었다. 사실 나는 귀신 분장을 할 만큼의 여유나 열정이 없었기에 처음 맞는 핼러윈 축제를 그저 지켜보는 것으로만 즐기기로 했다. 그런데 막상 핼러윈 당일 각자 심혈을 기울여 분장을 한 채 수업에 들어오는 아이들을 보면서, 교수님들과 학생들이 서로의

의상과 분장에 대해 이야기 나누는 것을 들으면서 관심을 가지지 않을 수가 없었다.

맨해튼에서 이루어지는 행사 중 대부분의 퍼레이드는 6애비뉴를 따라 이동한다. 다행히 우리 학교에서 매우 가까운 거리이기에 구경을 하기로 마음먹고 핼러윈 퍼레이드가 지날 때쯤인 어둑어둑할 무렵 학교를 나섰다.

약속이나 한 듯 분장한 사람들로 가득한 거리는 난생처음 보는 사람들끼리도 친근한 포즈로 사진을 찍는 등 어느새 파티장이 되어 있었다. 거대한 맨해튼 파티장 속으로 얼떨결에 발을 담근 나와 친구는 행렬을 보기 위해 이동했지만, 이미 2시간은 족히 기다렸을 수많은 사람들로 인해 아무리 까치발을 해도 보이지 않았다. 그러는 사이 어느덧 윗동네로부터 환호성이 들려오기 시작하고, 행렬이 가까워질수록 그 열기는 2002년 서울 광장에 모인 붉은악마를 떠올리기에 충분했다. 퍼레이드를 보고 싶지만 앞이 막혀 발만 동동 구르고 있으려니 우리 앞에 서 있던 키가 큰, 그리고 비단결 같은 마음씨를 가진 아기 돼지 삼형제가 자리를 내어 준다.

핼러윈 퍼레이드는 시작 시간에 맞춰 출발점에 대기하기만 하면 누구나

참여할 수 있는데, 동화 속 환상적인 모습으로 하늘을 날아다니던 요정들, 영화 '물랑루즈'에서 튀어나온 듯한 화려한 의상의 롱 다리 아가씨, 퍼레이드 트럭 위 무대에서 아슬아슬하게 곡예를 부리는 스펀지 밥 등이 모두 그곳에 있었다. 나무에 매달리거나 전화 부스 위에서 퍼레이드를 관람하는 사람들조차도 퍼레이드의 일부처럼 느껴진다. 보는 사람의 눈을 즐겁게 해주는 퍼레이드와 그에 호응하는 관객들이 서로 보이지 않는 끈으로 연결된 듯한 느낌. 한 시간 남짓한 행사가 끝난 후 거리에서 마주친 수많은 귀신과 악당들은 평범한 복장의 내게 다가와 겁을 주거나, 익살을 떨어 집에 오는 길 내내 나를 즐겁게 해주었다. 내년에는 나 역시 재미있는 분장을 하고 거리를 마음껏 활보해야겠다는 결심을 해본다. 어쩐지 오늘만큼은 도도하던 맨해튼과 내가 한 걸음 더 가까워진 것 같다.

햄러윈 퍼레이드 이외에도 1년 동안 맨해튼에서 볼 수 있는 행사는 참 많다.

설날이면 울긋불긋한 폭죽을 터트리며 요란한 퍼레이드를 벌이는 중국인들의 새해 행사가 있고, 4월에 열리는 부활절 퍼레이드Easter Parade와 만우절 퍼레이드April Fool's Day Parade는 우스꽝스럽기 짝이 없다. 또 5월에는 특히 많은 퍼레이드가 이어지는데, 메모리얼 데이 퍼레이드Mamorial Day Parade를 필두로 크고 작은 행사가 도심 곳곳에서 펼쳐진다. 6월에는 게이 퍼레이드Pride Parade로 뉴욕이 한 번 술렁이고, 많은 인원이 동원되는 푸에르토리코 독립일 퍼레이드Puerto Rican Independence day Parade와 코니아일랜드의 멀메이드 퍼레이드Mermaid Parade 역시 한번쯤 볼 만한 행사이다.

이렇게 많은 퍼레이드뿐 아니라 유방암을 위한 걷기Walk for Breast Cancer, AIDS를 위한 걷기Walk for AIDS 등 좋은 취지로 모금 운동을 하기 위해 여는 걷기 행사 또한 셀 수 없이 많다. 언젠가 은행에서 일해 이런저런 행사에 자주 참여해야 하는 친구 애니의 구구절절한 이메일을 받고 유방암을 위한 걷기 행사에 참가해 같이 걸어 준 적이 있었는데, 발에 물집이 무수히 잡혀 고생했지만 잊지 못할 또 하나의 추억이 되기도 했다.

생활이 빡빡하고 뉴욕의 삶이 멀게만 느껴진다면 퍼레이드에 참가해 보라고 말해 주고 싶다. 어쩌면 도도한 맨해튼 대신 내 마음속에 품을 수 있을 정도로 작은 맨해튼이 눈앞에 나타날 지도 모르니까 말이다.

뉴욕의 퍼레이드와 연중행사

January 타임 스퀘어의 볼 내리기(Lowering the Ball)를 시작으로 세 명의 왕 퍼레이드(Three King Parade; 동방박사 퍼레이드)가 이어진다. 중국인들의 신명 나는 새해맞이 퍼레이드(New Year's Parade)는 음력 1월 1일에 치러진다.

February 대통령의 날 퍼레이드(Presidents Day Parade)

March 아일랜드 사람들의 세인트 패트릭스 데이 퍼레이드(St. Patrick's Day Parade). 이들의 행운이 담긴 기운을 받기 위해서는 반드시 초록색 옷을 입을 것 미국에서 가장 오래된 퍼레이드로 유명하다.

April 보넷을 쓴 우스꽝스러운 뉴요커를 구경할 수 있는 부활절 퍼레이드(Easter Parade). 바보 뉴요커들의 만우절 퍼레이드는 웃음을 자아낸다.

May 메모리얼 데이 퍼레이드(Memorial Day Parade) 등 크고 작은 퍼레이드가 있는 5월에는 주말이면 맨해튼의 길을 막기 일쑤이다.

June 필리핀 독립기념일 퍼레이드(Phillipines Independence Day), 게이 프라이드 퍼레이드(Pride Parade), 포르투갈인의 날(Puerto Rican Day Parade), 코니아일랜드의 인어 퍼레이드(Mermaid Parade) 등의 행사가 열린다.

July 7월 4일 기념 퍼레이드(Travis Fourth of July Parade, 4th of July celebrations Parade)가 열리지만 다른 달에 비하면 암전한 달!

August 큰 규모는 아니더라도 소소히 작은 퍼레이드가 많이 열린다. 드래곤 보트 퍼레이드(Dragon Boat Festival), 브롱스와 브루클린에서 열리는 포르투갈의 날 퍼레이드(Puerto Rican Day Parades), 크리스천 청소년 퍼레이드(Christian Youth Parade), 인디아 독립기념일 퍼레이드(India Independence Day Parade) 등이 있다.

September 9월에는 화사한 색깔로 여름의 끝을 장식하는 소호 아트 퍼레이드(SoHo Art Parade), 브라질 독립기념일 퍼레이드(Brazil Independence Day Festival) 등이 열린다. 그중 워싱턴 스퀘어 야외 전시회(Washington Square Outdoor Exhibit) 행사는 절대 놓치지 말 것.

October 컬럼버스 데이 퍼레이드(Columbus Day Parade), 작지만 정겨운 한국인의 추석 퍼레이드 (Korean Harvest Day Parade), 그리고 맨해튼이 몸살을 앓는 핼러윈 퍼레이드(Village Halloween Parade)가 열린다.

November 가장 많은 인파가 몰리는 메이시즈 추수감사절 퍼레이드(Macy's Thanksgiving Day Parade)가 11월의 하이라이트! 뒤를 이은 록펠러 센터의 크리스마스트리 점등식(Rockefeller Center Tree Lighting) 행사가 연말 분위기를 고조시킨다.

December 12월에는 라디오 시티 크리스마스 스펙테큘러(Radio City Christmas Spectacular)와 카네 기 홀 비엔나 소년 합창단 공연(Vienna Boys Choir at Carnegie Hall)을 빼놓을 수 없다. 또 영혼을 울 리는 헨델의 메시아 공연이 세인트 존 성당(St. John the Divine gothic cathedral)에서 열린다. 링컨 센 터의 '호두까기 인형' 공연(Nutcracker at Lincoln Center), 록펠러 센터(Rockefeller Center)의 아이스 스케이팅은 한번쯤 해봐야 하는 뉴욕의 12월 이벤트!

Episode
October ②

고국에 대한 향수에 시달리다가도 어디선가 풍기는 기름 찌든 피자 가게의 익숙한 냄새를 맡으면 어느새 현실로 돌아오곤 한다.

그리고 이런 날은 비 오는 압구정 대신 퀸즈의 '플러싱'이나 맨해튼의 차이나타운으로 향한다.

동양계 이민자들의 보금자리인 차이나타운 번화가 카날 스트리트(Canal Street)나 플러싱의 메인 스트리트를 걷다 보면 재미난 것들이 참 많다.

이민 온 한인들은 한국을 떠나오면서 멈춰 버린 바로 그 시간으로 되돌아가고 싶을 때 차이나타운 외에 퀸즈의 플러싱을 찾는다.

맨해튼에서 익스프레스 지하철을 타고 30여 분 정도 걸리는 플러싱은 '롤라동'이라 불릴 정도로 한인들이 많이 살고 있는 곳이다.

뉴욕 안의 작은 중국
차이나타운, 그리고
추억이 가득한 플러싱

어떤 이는 큰 꿈을 펼치고 싶어서, 어떤 이는 자국의 열악한 상황을 피해, 또 어떤 이는 새로운 문화와 자유를 만끽하기 위해…….
이민자의 나라 미국은 그 인구만큼이나 다양한 이유를 가슴에 품고 찾아온 이방인들로 가득하다. 그들

이 미국에서 자리를 잡으려면 최우선적으로 비자와 영주권 문제를 해결해야 하는데, 간혹 발표되는 영주권 수속 지연 소식은 기다림에 지친 영주권 대기자들의 실낱같은 희망을 빼앗아 가곤 한다. 전 세계 각지에서 찾아온 이민자들로 이루어진 미국이지만, 매년 바뀌는 비자 정책으로 인해 소수 이민자들은 상처 난 부위에 소금을 뿌리는 듯한 고통스런 배척감을 느끼는 것이다. 사실 큰 범죄를 짓지 않는 이상 추방을 당하지는 않겠지만, 비자 만기일이 지나면 불법 체류자가 될지도 모른다는 생각에 매일 인사하며 친구처럼 지내는 이들조차 낯설게 느껴지곤 한다. 그리고 이런 불안함은 아무리 칼날처럼 독한 마음을 먹고 찾아온 사람이라도 적응을 망설이게하고, 앞길을 가로막는 큰 산이 된다.

가끔, 아니 번번이 이런 문제들로 마음이 답답해질 때면 한국이그리워진다.

귀에 딱지가 앉도록 들어야 하는 부모님의 잔소리, 김이 모락모락 피어나는 설날의 떡국, 가을이면 베란다에 널어 둔 붉은 고추, 동기들 간의 다툼조차도……. 사랑 표현에 서툰 아빠의 작은 손짓을 읽어내는 내 모습이 그립

다. 하지만 한국에 대한 향수에 시달리다가도 어디선가 풍기는 기름 찌든 피자 가게의 익숙한 냄새를 맡으면 어느새 현실로 돌아오곤 한다. 그리고 이런 날은 비 오는 서울의 압구정 대신 퀸즈의 '플러싱'이나 맨해튼의 차이나타운으로 향한다.

지하철에서 내리는 순간부터 마치 중국에 온 듯한 착각을 일으킬 정도로 붉은빛과 황금빛으로 뒤덮인 차이나타운. 그 강렬한 색감만큼이나 활기 넘치는 이곳은 질긴 생명력으로 백년이 넘는 세월 동안 이곳에 터전을 잡고 있다. 인사를 해도 꼭 화내는 것처럼 들리는 중국인 특유의 큰 목소리가 여기저기서 터져 나오고, 대형 마켓임에도 1달러를 깎기 위해 흥정하는 아줌마와 상인을 보고 있으니 마치 사람 냄새 가득한 한국의 재래시장에 와 있는 것 같은 기분이 든다. 자식들에게 더 좋은 미래를 선물하고 싶어 낯선 미국에 정착했을 그녀겠지만 1달러를 아끼기 위해 아등바등하는 모습을

보며, 그저 고국에 대한 향수 때문에 쪼르르 달려온 내 자신이 부끄럽게 느껴지기도 했다.

동양계 이민자들의 보금자리인 차이나타운 번화가 카날 스트리트Canal Street나 플러싱의 메인 스트리트를 걷다 보면 재미난 것들이 참 많다. 각자가 자신의 나라에서 들어온 신기한 물건들을 판매하는데, 마치 중국 관광 책자에서 오려 붙인 듯한 약재상, 우리나라 시장 어귀에나 있을 법한 잔치떡집과 정육점도 이곳에서는 자연스럽게 볼 수 있

다. 단지 어느 곳이든 간판의 한 귀퉁이에 영어 이름이 조그맣게 덧붙어 있다는 것만 다를 뿐. 게다가 시간을 과거로 돌린 것처럼 맨해튼의 물가로는 이해할 수 없는 가격에 흥정까지 더해지면, 울적한 날 미국에서 이보다 풍요롭게 쇼핑할 수 있는 곳은 또 없다.

미국에서 중국 음식이라고 하면 일반적으로 튀기고 볶는 것 혹은 미국식으로 변한 테이크아웃 요리가 대부분이지만, 차이나타운에서는 진정한 토속 중국 음식을 먹을 수 있다. 느지막하게 일어나 먹는 중국인들의 브런치 메뉴 '딤섬'부터 화로구이 바비큐는 지나는 사람들의 눈을 유혹한다. 영어가 통하지 않는 차이나타운이므로 중국인들과의 소통이 어렵다면, 한국인들에게 이미 맛으로 검증 받은 '합기' 식당을 찾아가면 된다. 이곳 메뉴판에는 한글로도 표기되어 있어 먹고 싶은 음식을 편하게 시켜 먹을 수 있다. 차이나타운에 있다고 별것 아닌 식당으로 치부하면 곤란하다. 이곳에는 세계적으로 유명한 레스토랑을 평가한 가이드북 『자갓 서베이Zagat Survey』에서 상을 받거나 최고 평점을 받은 식당들이 무더기로 몰려 있기 때문이다.

차이나타운에서는 중국 음식점뿐만 아니라 동양 각국의 전통 음식점들을 어렵지 않게 찾아볼 수 있다. 비 오는 날 먹기에 딱 좋은 베트남 쌀국수, 말레이시아 한복판에 있는 듯한 착각이 들 정도의 말레이시아 음식점까지 입맛대로 고를 수 있고, 망고스틴이나 리치 같은 열대 과일을 착한 가격에 살 수도 있다. 워낙 인구 밀도가 높아 수요가 많을 뿐 아니라 비싼 임대료를 내지 않고 대부분 노점에서 그날그날 팔기 때문에 저렴한 가격에 판매하는 것이다.

이민 온 한인들은 한국을 떠나오면서 멈춰 버린 바로 그 시간으로 되돌아가고 싶을 때 차이나타운 외에 퀸즈의 플러싱을 찾는다. 맨해튼에서 익스프레스 지하철을 타고 30여 분 정도 걸리는 플러싱의 정확한 주소는 'Flushing, New York'이지만, 한국 사람들끼리는 '홀라동'이라고 부를 정도로 한인들이 많이 살고 있어 한국의 문화와 추억들이 녹아 있다. 플러싱의 거리를 걸으며 촌스럽지만 정겨운 간판들을 보고 있으면 향수병을 조금은 흘려보낼 수 있다. 하지만 시간이 지나면 추억이 조금씩 지워지듯 최근에는 한인 상점들이 중국 상인들의 기세에 눌려 메인 스트리트에서 밀려나고 있는 실정이다.

플러싱과 차이나타운에 들러 동양 음식을 먹고, 저렴한 가격의 과일들까지 양손 가득 들고 집으로 돌아오는 길. 어느새 우울한 기분은 사라지고, 멋진 내일을 위해 또다시 달려야겠다는 마음이 새록새록 솟아난다.

맨해튼의 차이나타운

● 골든 유니콘 레스토랑 (Golden Unicorn Restaurant)

홈페이지 ★ www.goldenunicornrestaurant.com
위치 ★ 18 East Broadway, New York, NY 10002

맛집 소개 잡지 등으로부터 받은 상만으로도 벽 한 면을 도배할 정도인, 맛으로 둘째가라면 서러워할 딤섬 집이다. 『뉴욕 타임스』, 『자 갓 서베이』 등에서 극찬한 뉴욕의 딤섬을 맛볼 수 있다.

홈페이지 ★ www.joeshanghairestaurants.com
위치 ★ 9 Pell Street
New York, NY 10013 (맨해튼 차이나타운 지점)

만두 안에 수프가 들어간 '수프 덤플링'으로 유명하다. 돼지 고기 만두와 게살 만두 두 가지 종류가 있는데, 앉자마자 주문해야 오래 기다리지 않는다.(Cash ONLY)

● 조 상하이 레스토랑
(Joe's Shanghai Restaurant)

위치 ★ 21 Mott St, New York, NY 10032

차이나타운의 먹자골목을 그냥 지나쳤다면 다음에 꼭 다시 찾아와야 할 것이다. 'Canal St.'와 'Mott St.'가 만나는 골목에는 말레이시아 음식점을 비롯 하여 내로라하는 동양의 맛집들이 전부 모여 있는 데, 동양권 음식이라도 입에 잘 맞지 않는다면 한 국인들에게 인기 있는 '합기(Hop Kee)'부터 가보 자. 한국어로 된 메뉴판이 있을 뿐만 아니라, 이 곳의 인기 메뉴인 게 볶음은 안 시키는 테이블이 없을 정도이다.(Cash ONLY)

● 합기(Hop Kee)

식사를 마친 후에는 길가에서 판매하는 저렴한 가격의 각종 열대 과일들을 구경해 보자. 맨해튼에서는 구하기도 힘든 것들이지만, 조각으로 자른 과일을 저울에 달아서 파는 중국인들의 모습이 정겹다. 흥정도 가능하다는 것을 잊지 말 것.

● 과일 장수들과 슈퍼마켓

차이나타운은 신선한 생선을 가장 저렴하게 살 수 있는 곳이다. 여기에서 3마리씩 묶어서 판매하는 로브스터를 사다가 집에서 요리해 먹으면 전문 식당의 로브스터 요리가 부럽지 않다.

● 생선 가게와 로브스터

● 펑 와 버스 투 보스턴(Fung Wa bus to Boston)

홈페이지 ★ www.fungwahbus.com
위치 ★ 139 Canal Street, New York, NY 10002
전화번호 ★ 212-334-0088

캐널 스트리트를 걷다 보면 맨해튼 브리지 왼쪽으로 커다란 Fung Wa Bus 간판을 볼 수 있다. 이곳에서 출발하는 보스턴행 버스를 타면 단돈 15달러에 보스턴까지 갈 수 있다. 3시간이 넘는 버스 여행이지만 이보다 저렴하게 보스턴까지 가는 방법은 없기 때문에 주말이면 버스가 승객들로 가득 찬다.

플러싱의 차이나타운

① 리틀 램 핫팟(Little Lamb Hotpot-Tian San Yun Juan Shao Fei Yun)

홈페이지 ★ www.besthotpot.com
위치 ★ 36-35 Main St, Flushing, NY 11354

사천(Sichuan)식의 핫팟(화궈; 우리나라의 전골이나 신선로와 비슷한 음식)으로 유명한 리틀 램. 간판에 그려진 양 캐릭터를 확인하고 들어간다. 순한 맛의 뽀얀 육수와 사천식 매운 육수가 잘 어우러진 하프 앤 하프가 가장 인기 있는 메뉴이다. 꼬들꼬들한 상하이 누들과 살아 있는 새우 등이 별미이다. 취향에 따라 섞어 먹을 수 있는 다양한 소스가 식당 한쪽에 구비되어 있다.(Cash ONLY)

② 뉴 임페리얼 팰리스(New Imperial Palace)

위치 ★ 136-13 37th Ave, Flushing, NY 11354

이곳에 가면 모든 테이블 위를 점령한 대나무 그릇이 보인다. 바로 볶음밥이 살포시 얹어 나오는 게찜. 맨해튼에서 플러싱까지의 거리가 그다지 멀지 않다고 느끼게 해주는 맛이다.

③ 조 상하이 플러싱 지점(Joe Shanghai)

위치 ★ 136-21 37th Ave, Flushing, NY 11354

맨해튼에도 지점이 있는 조 상하이 만두집 8개의 만두 가격이 4.25달러로 저렴한 편이다.(Cash ONLY)

④ 제이드 아시안 레스토랑(Jade Asian Restaurant)

위치 ★ 136-28 39th Ave, Flushing, NY 11354(공용 주차장 맞은편)

플러싱의 대표적인 딤섬 음식점으로 주중 딤섬 가격이 접시당 2달러! 맛, 분위기, 가격까지 모두 좋아 언제나 사람들로 북적인다.

⑤ 포 방(Pho Bang)

위치 ★ 41-07 Kissena Blvd, Flushing NY 11355

이곳의 음식을 먹기 위해 맨해튼에서 종종 찾아온다는 베트남 친구의 얘기를 듣고 가본 곳. 진한 육수의 쌀국수와 달콤한 돼지고기 고명의 비빔국수를 먹어 보자.

⑥ 거리 카트

위치 ★ Kissena Blvd / 41st Ave, Flushing, NY 11355

우리나라의 닭꼬치 같은 화로구이를 파는 거리 카트. 하나에 2달러씩 하는 꼬치의 종류는 쇠고기, 닭고기 그리고 양고기 세 가지다. 다 구운 후에는 매운 고춧가루와 양념을 원하는지 중국말로 물어 오니 긴장하고 있을 것!

플러싱 지도

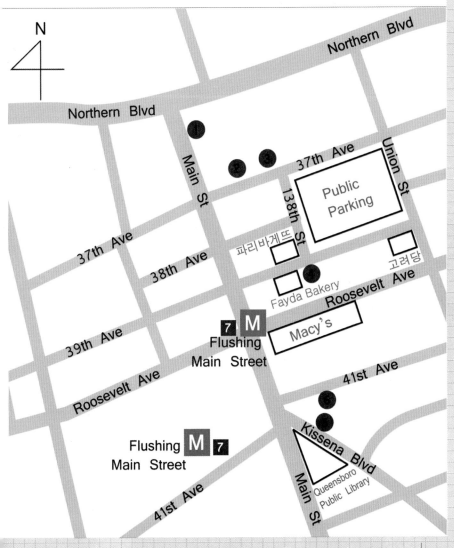

Episode
November ❶

뉴욕에는 '뮤지엄 마일(Museum Mile)'이라고 불리는 거리가 있다. 맨해튼의 5애비뉴 82번가부터 105번가의 거리를 지칭하는데, 이곳에는 세계 4대 미술관의 하나로 꼽히는 메트로폴리탄을 비롯해 구겐하임 미술관 등 10여 개의 박물관과 미술관들이 밀집되어 있다.

1938년 개관한 클로이스터는 자선 사업가 록펠러 주니어(John D. Rockefeller Jr.)의 넉넉한 기부금 덕분에 경관이 빼어난 언덕 위에 미술관 건물을 지었고, 클로이스터 소장품의 핵심인 조지 그레이 버너드(George Grey Barnard)의 수집품들을 구입할 수 있었다.

뉴욕의 보석,
아주 특별한 박물관
여행

어릴 적 박물관에 다녀와 감상문을 써 내라는 방학 숙제는 늘 나를 당황하게 만들었다. 물론 선생님들은 좋은 취지에서 이런 숙제를 내주었겠지만, 나는 사진도 찍지 못하게 하고 정숙만을 요구하는 딱딱한 박물관을 가는 것이 좋지 않았다. 또 열심히 필기를 해 와도 낮은 지식과 나쁜 기억력 탓에 내가 뭘 적어 왔는지조차 낯설게 느껴진 게 한두 번이 아니다. 이렇게 박물관에 대한 좋지 않은 기억을 180도 바꿔 준 곳은 다름 아닌 뉴욕의 박물관들이다.

뉴욕에는 '뮤지엄 마일Museum Mile'이라고 불리는 거리가 있다. 맨해튼의 5애비뉴 82번가부터 105번가의 거리를 지칭하는데, 이곳에는 세계 4대 미술관의 하나로 꼽히는 메트로폴리탄을 비롯해 구겐하임 미술관 등 10여 개의 박물관과 미술관들이 밀집되어 있다. 한마디로 전 세계의 역사, 예술, 문화가 이곳에 보존되어 있는 것이다.

뉴욕에서 알게 된 친구 지연이는 이곳의 박물관을 제집 드나들 듯 뻔질나게 들락거리며 매일매일 "아이 러브 뉴욕!"을 외쳐 댄다. 그런 지연이가 나에게 클로이스터 박물관에 가자고 제안했을 때, 딱 10초간 망설인 후 속는 셈치고 따라나섰던 그날이 바로 내가 박물관의 매력을 느낀 날이다. 나는 당연히 뮤지엄 마일로 가겠구나 하고 생각했는데, 그녀는

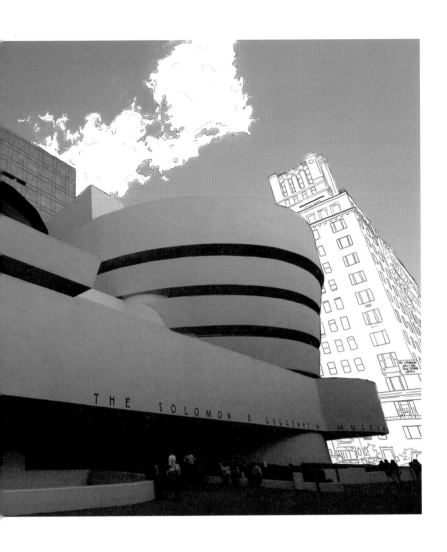

할렘을 지나 맨해튼 거의 북쪽 끝인 190번가까지 나를 끌고 올라갔다. 그러더니 'Fort Tyron Park' 공원으로 데려가는 것이 아닌가? 나는 지연이가 분명히 길을 잃어버린 것이라고 생각해 살짝 불안했는데, 그녀는 생글생글 웃으며 자기만 따라오라고 했다. 구불구불한 등산로(?)를 따라 100m 남짓 오르다 보니 눈부시게 아름다운 허드슨 강이 빠끔히 인사를 한다. 내가 운치 있는 풍경을 바라보며 탄성을 지르려고 준비하는 순간 지연이가 "저기가 클로이스터야!"라며 손으로 내 등 뒤쪽을 가리킨다. 그녀가 가리키는 손가락 방향으로 고개를 돌리자 마치 라푼젤이 살 것 같은 고성이 수려한 자태를 뽐내며 웅장하게 서 있었다.

　　이곳이 정말 박물관이 맞나?

벌어진 입을 다물지 못하고 조심스레 박물관 입구로 들어서니 건물의 분위기에 압도당했는지 걸음을 옮길수록 경건한 마음이 드는 걸 느낄 수 있었다. 클로이스터는 메트로폴리탄의 자매 박물관으로 메트로폴리탄을 관람한 당일에는 무료로 입장할 수 있다. 눈치가 빠른 사람이라면 클로이스터Cloisters란 이름만으로 알아챘을지도 모르지만, 클로이스터는 중세 유럽에 있었던 여러 개의 수도원을 한곳에 옮겨 놓은 곳이라고 보면 된다. 즉, 이곳에 있는 미술 작품들은 대부분 종교적인 용도로 만들어졌다. 특히 중세의 미술품만 전시되어 있어 성모 마리아와 아기 예수, 피에타가 주 모티브로 등장하는 작품이 많다. 아름다운 스테인드글라스를 통해 들어와 작품들 사이를 군데군데 비추는 빛들은 성스러운 분위기를 한껏 부풀려 준다. 1938년 개관한 클로이스터는 자선 사업가 록펠러 주니어John D. Rockefeller Jr.의 넉넉한 기부금 덕분에 경관이 빼어난 언덕 위에 미술관 건물을 지었고, 클로이스터 소장품의 핵심인 조지 그레이 버너드George Grey Barnard의 수집품들을 구입할 수 있었다. 로댕의 제자로도 알려진 미국의 조각가 버너드는 프랑스 혁명 후 격동기에 농부나 지방 지사들로부터 방치되어 있던 중세기 조각과 건축물의 일부를 사들였다고 한다.

3개의 회랑으로 둘러싸인 'ㅁ' 자 모양 정원은 멋진 테라스를 가지고 있다. 테라스 기둥에 기대어 앉아 한껏 햇살을 받으며 쉬고 있는데, 지연이가 다가와 옆자리에 앉는다. 정원 중심부에 가득 찬 식물들이 중세 시대 수도원에서 기르던 정원수, 약초, 꽃이라는 그녀의 설명을 들으니 다 똑같다고 생각했던 초록색 풀들이 새삼 달리 보인다. 느긋한 표정으로 클로이스터를 즐기는 사람들을 바라보고 있으면 날씨 좋은 날 샌드위치와 잘 읽히지 않는 책을 한 권 들고 와 여유를 즐기고 싶다는 생각이 드는 곳이다. 그동안 내가 가지고 있던 박물관에 대한 편견이 많이 무너졌을 때 나는 지연이에게 뉴욕에서 가장 좋은 박물관이 어디냐고 물었다. 그러자 그녀는

하나만 꼽으라는 거냐고 되물으며 그건 '엄마가 좋아? 아빠가 좋아?' 같은 어리석은 질문이라며 너스레를 떨었다.

이어 지연이는 도심 속에 진주처럼 박힌 미술관 모마^{MOMA}를 처음 찾았을 때는 들어서는 순간부터 눈길을 뗄 수 없었다며, 미술 전시품뿐만 아니라 진지한 표정으로 작품을 탐닉하는 관람객들이 인상적이었다며 그곳에서 감동받았던 일화를 이야기해 주었다. 두 딸의 손을 잡고 그곳을 찾은 엄마의 교육 방법이었는데, 네 살 정도 되는 아이들이 하얀 스케치북과 연필만 들고 자신이 좋아하는 작품 앞에 앉아 그림을 그리도록 한 모습이었다. 비록 아이들은 알아보기도 어려운 그림을 그리고 있었지만, 엄마는 다른 관람객들에게 방해가 되지 않도록 공중도덕을 가르치며 두 딸의 옆에 앉아 몇 시간 동안 기다려 주었다고 한다. 그 이야기를 듣고 나니 아마도 아이들은 그날 그 공간에서 많은 걸 배우고 느꼈을 것이라는 생각이 들었다. 그 아이들은 한국의 미술학원 교육처럼 모든 사물을 정형화시켜 그리고, 바나나는 꼭 노랗게 칠하도록 배우는 것보다 훨씬 더 큰 무언가를 얻었을 것이다. 다양한 문화가 혼합되어 있으며, 세계 어느 곳보다 자유로운 뉴욕에서 자란다는 게 얼마나 큰 행복인지 아이들은 알고 있을까? 세계적인 미술 작품들을 인쇄 상태조차 완벽하지 않은 교과서 속에서나 접해야 하는 한국 학생들과 달리 바로 눈앞에서 붓의 강렬하고 세세한 터치까지 생생히 느껴 볼 수 있는 그 행복을 말이다. 이런저런 생각을 해보니 그들이 새삼 부러워진다.

어느새 고즈넉하게 해가 지고 있었다. 디자인을 전공하는 지연이는 한 곳에 자리를 잡고 앉아 클로이스터의 아름다움을 스케치하기 시작했다. 집으로 돌아가는 길, 마음이 가벼운 것을 보니 아무래도 다음 날 또 이곳에 올 것만 같다. 내일은 오늘과 또 다른 분위기로 나를 맞아주겠지. 뉴욕의 아주 특별한 박물관 여행은 오늘부터 시작이다!

뉴욕의 박물관, 손해 보지 않고 즐기기

뉴욕의 박물관들은 'Suggested' 요금제를 적용하는 곳이 많다. 기본 입장료 옆에 'Suggested'라고 적혀 있다면 요금표에 구애받지 않고 원하는 만큼만 요금을 지불하면 되는 것으로, 대개 기부금으로 운영하는 형태의 박물관들이 이렇다. 단, 잘 모르고 지나가는 경우가 많으니 자세히 확인하도록 하자. 나는 이런 박물관을 방문할 경우 1달러만 내고 들어가곤 한다. 학교 과제가 박물관 방문을 조건으로 하는 경우가 많아 학기마다 몇십 번은 족히 드나들어야 하기 때문이다. 또한 여름밤이면 많은 박물관들이 파티를 개최하는데 술을 마시면서 미술품을 감상하는 특별한 경험을 할 수 있다. 어린아이를 데리고 갈 경우 대부분의 박물관들은 나이에 따라 무료로 입장할 수 있으므로 항상 여권을 가지고 다니도록 한다. 이때 미국과 우리나라는 나이에 대한 기준이 다르니 아이가 미국 나이로 몇 살인지 확실히 계산해 보도록 하자. 참고로 15세 미만 무료입장일 경우 우리나라 나이로는 만 15세를 의미하는 것이다. 학생증을 가져가면 나이와 상관없이 학생 우대 요금으로 관람할 수 있으므로 학생증을 챙기는 것도 잊지 말 것.

● New York City Pass

홈페이지 ★ www2.citypass.com/new-york

박물관과 관광 명소 방문을 목적으로 뉴욕을 찾는다면 뉴욕 시티 패스를 구입하도록 한다. 엠파이어 스테이트 빌딩, 메트로폴리탄 뮤지엄, 자연사 박물관, 서클라인 맨해튼 크루즈 등 명소 6곳의 입장료(144달러)를 79달러로 할인해 준다. 저렴하게 구경하면서도 줄을 서는 수고를 덜 수 있다.

● 뮤지엄 마일 축제

홈페이지 ★ www.museummilefestival.org

일 년 중 단 하루 뮤지엄 마일의 박물관과 미술관들은 오후 6~9시까지 입장료를 받지 않고 대중에게 개방한다. 31년간 이어져 온 뮤지엄 마일 축제에는 빼어난 박물관과 미술관이 참여하기에 그 명성이 높다. 5애비뉴 선상의 82번가에서 105번가까지 긴 거리 구간에서 차의 진입을 막고 라이브 밴드와 예술가들의 퍼포먼스를 진행해 날이 저무는 것을 모를 정도로 예술의 감동을 느낄 수 있다.

 ## 뉴욕의 아주 특별한 박물관

● Museum of Modern Arts (MOMA)

홈페이지 ★ www.moma.org
위치 ★ 11 West 53rd Street, New York, NY 10019 (5애비뉴와 6애비뉴 사이)

전화번호 ★ 212-708-9400
관람 시간 ★ 월·수·목·토·일요일 오전 10시~오후 5시 30분, 금요일 오전 10시 30분~오후 8시(화요일 정기 휴무)
입장료 ★ 어른 $ 20, 경로 $16, 학생 $12, 16세 미만 및 금요일 오후 4~8시 무료입장

10만 점 이상의 20세기 명작들을 만날 수 있는 근대 미술관이다. 'MOMA Thursday Night' 프로그램을 운영하는 7, 8월에는 목요일 오후 8시 45분까지 개방한다.

● The Metropolitan Museum
홈페이지 ★ www.metmuseum.org
위치 ★ 1000 FifthAve@82street
전화번호 ★ 212-535-7710
관람 시간 ★ 화·수·일요일 오전 9시 30~오후 5시 30분, 금·토요일 오전 9시 30분~오후 9시(월요일 정기휴무)
입장료 ★ (Suggested) 어른 $20, 경로 $15, 학생 $10, 12세 미만 어린이는 어른과 동반하는 조건으로 무료입장

그리스와 로마 갤러리, 방대한 양의 패션 관련 전시품, 중세기 컬렉션들과 데코레이션 아트 이외에도 이 역사적인 박물관에서 볼 수 있는 것들은 수없이 많다.

● The Cloister

홈페이지 ★ www.metmuseum.org/Works_of_Art/the_cloisters
위치 ★ Fort Tyron Park @ Fort Washington Ave의 북단 끝, New York, NY 10040
전화번호 ★ 212-923-3700
관람 시간 ★ 화~일요일 오전 9시 30분~오후 5시 15분
입장료 ★ 어른 $20, 노인 $15, 학생 $10, 12세 미만의 어린이는 어른과 동반하는 조건으로 무료입장

메트로폴리탄 뮤지엄에 속해 있는 박물관으로 중세기의 수도원을 연상케 한다. 15~16세기의 유명한 유니콘 직물을 포함하여 중세기의 예술품을 소장하고 있다.

● American Museum of Natural History

홈페이지 ★ www.amnh.org
위치 ★ Central Park West @ West 79st Street, New York, NY 10024
전화번호 ★ 212-769-5100
관람 시간 ★ 매일 오전 10시~오후 5시 45분
입장료 ★ (Suggested) 성인 $15, 노인과 학생 $11, 어린이(2~12세) $8.50

하루 종일 둘러봐도 다 못 볼 만큼 큰 규모를 자랑하는 자연사 박물관에는 세계 최대의 공룡 화석 컬렉션과 지구에서 발견된 가장 큰 운석이 전시되어 있다. 또 아이맥스 영화관, 지구와 우주의 역사를 한눈에 볼 수 있는 로즈 센터도 관람할 수 있다.

● Asia Society Museum

홈페이지 ★ www.asiasociety.org
위치 ★ 725 Park Ave @ East 70th Street, New York, NY 10021
전화번호 ★ 212-288-6400
관람 시간 ★ 화~목요일, 토~일요일 오전 11시~오후 6시, 금요일 오전 11시~오후 9시
입장료 ★ 어른 $10, 노인 $7, 학생 $5, 16세 미만의 어린이, 금요일 오후 6시~9시 무료입장

강의, 전시회와 대중에게 개방되는 많은 이벤트를 개최하여 아시아에 대한 이해를 높이는 데 목적을 둔 박물관이다.

● Ruben Museum of Art

홈페이지 ★ www.rmanyc.org
위치 ★ 150 West 17th Street, New York, NY 10011(6애비뉴와 7애비뉴 사이)
전화번호 ★ 212-620-5000
관람 시간 ★ 월~목요일 오전 11시~오후 5시, 수요일 오전 11시~오후 7시, 금요일 오전 11시~오후 10시, 토~일요일 오전 11시~오후 6시
입장료 ★ 어른 $10, 노인·학생, 아티스트 $7, 금요일 오전 7시~오후 10시 무료입장, 매달 월요일 노인 무료입장, 12세 미만 어린이 무료입장

히말라야 예술을 전문적으로 다루어 유명한 박물관이며 인도, 네팔, 시베리아의 페인팅, 조각품과 직물들을 전시하고 있다. 재즈, 강의와 필름 상영 등 특별한 이벤트도 많이 선보인다.

● Brooklyn Museum

홈페이지 ★ brooklynmuseum.org
위치 ★ 200 Eastern Pkwy @ Washington Ave, Brooklyn, NY 11238
전화번호 ★ 718-638-5000
관람 시간 ★ 수~금요일 오전 10시~오후 5시, 토~일요일 오전 11시~오후 6시, 매달 첫 번째 토요일 오전 11시~오후 11시
입장료 ★ 어른 $10, 노인·학생 $8, 12세 이하의 어린이, 매월 첫째 주 토요일 오후 5시 이후 무료입장

네오클래식 스타일로 지어진 거대한 브루클린 뮤지엄은 고대 이집트와 현대 미국 예술 등 다량의 영구적인 컬렉션을 보유하고 있다.

● The Frick Collection

홈페이지 ★ www.frick.org
위치 ★ 1East 70th Street @ 5Ave, New York, NY 10021
전화번호 ★ 212-288-0700
관람 시간 ★ 화~토요일 오전 10시~오후 6시, 일요일 오전 11시~오후 5시
입장료 ★ 어른 $18, 노인 $12, 학생 $5, 10세 이하의 어린이는 입장 불가, 일요일 오전 11시~오후 1시 사이에는 기부금

형식으로 원하는 만큼의 입장료 지불

기업가 헨리 클레이 프릭이 살던 집으로 빼어난 페인팅과 가구, 장식용품을 전시하고 있다.

● Neue Galerie

홈페이지 ★ www.neuegalerie.org
위치 ★ 1048 5th Ave @ 86th Street, New York, NY 10028
전화번호 ★ 212-628-6200
관람 시간 ★ 목~월요일 오전 11시~오후 6시, 금요일 오전 11시~9시
입장료 ★ 어른 $15, 노인·학생 $10, 12세 이하의 어린이는 입장 불가, 16세 미만의 어린이는 어른과 동반을 조건으로 입장

독일, 오스트리아 예술품과 장식 예술품을 전시하고 있는 박물관이다.

● Cooper-Hewitt, National Design Museum

홈페이지 ★ www.cooperhewitt.org
위치 ★ 2East 91st Street @ 5th Ave, New York, NY 10128
전화번호 ★ 212-849-8400
관람 시간 ★ 월~금요일 오전 10시~오후 5시, 토요일 오전 10시~오후 6시, 일요일 낮 12시~오후 6시
입장료 ★ 어른 $15, 노인·학생 $10, 12세 이하의 어린이 무료입장

기업가 피터 쿠퍼의 손녀딸들에 의해 세워진 이 박물관은 과거 앤드류 카네기가 살던 맨션에 위치해 있다. 미국 내에서는 유일하게 디자인 역사와 컨템퍼러리 디자인의 요소를 탐구하고 그것에만 전적으로 헌신하는 박물관이다.

● International Center of Photography

홈페이지 ★ www.icp.org
위치 ★ 1133 6th Ave @ 43rd Street, New York, NY 10036
전화번호 ★ 212-857-0000
관람 시간 ★ 화~목요일, 토·일요일 오전 10시~오후 6시, 금요일 오전 10시~오후 8시
입장료 ★ 어른 $12, 노인·학생 $8, 12세 이하 무료입장, 금요일 오전 10시~오후 8시 사이에는 기부금 형식으로 원하는 만큼의 입장료 지불

사진에 관련된 모든 것을 다루는 박물관으로 10만 점 이상의 오리지널 프린트를 보유하고 있다.

● The Korea Society

홈페이지 ★ www.koreasociety.org
위치 ★ 950 3rd Ave @ East 57th Street, New York, NY 10011
전화번호 ★ 212-759-7525

관람 시간 ★ 월~금요일 오전 10시~오후 5시
입장료 ★ 무료입장

한국인과 한국을 주제로 한 예술품을 전시하며 예술 프로그램, 필름을 선보이기도 한다.

● Museum of Comic and Cartoon Art

홈페이지 ★ www.moccany.org
위치 ★ 594 Broadway, New York, NY 10012(4fl. Prince와 Houston 스트리트 사이)
전화번호 ★ 212-254-3511
관람 시간 ★ 화~토요일 낮 12시~오후 5시
입장료 ★ $5, 12세 이하의 어린이 무료입장

만화 예술, 아니마(Anime: 일본 만화), 삽화책 등의 보존, 연구, 교육과 전시에 중점을 둔 박물관이다.

● The Noguchi Museum

홈페이지 ★ www.noguchi.org
위치 ★ 3237 Vernon Blvd, New York, NY 11106(퀸즈, 10번가와 33번 도로 사이)
전화번호 ★ 718-204-7088
관람 시간 ★ 수~금요일 오전 10시~오후 5시, 토·일요일 오전 11시~오후 6시
입장료 ★ 어른 $10, 노인·학생 $5, 12세 이하 어린이 무료입장, 매월 첫째 주 금요일에는 기부금 형식으로 원하는 만큼의 입장료 지불

일본의 유명한 조각가이자 무대 디자이너인 이사무 노구치의 작업실이었던 공간을 개조해 영구 전시 작품은 물론 이동 전시품들을 선보인다.

● Whitney Museum of American Art

홈페이지 ★ whitney.org/index.php
위치 ★ 945 Madison Ave @ East 75th Street, New York, NY 10021
전화번호 ★ 212-570-3600
관람 시간 ★ 수·목·토·일요일 오전 11시~오후 6시, 금요일 오후 1시~9시
입장료 ★ 어른 $15, 노인·학생 $10, 12세 이하의 어린이 무료입장, 금요일 오후 1시~9시 무료입장

에드워드 호퍼(Edward Hopper), 재스퍼 존스(Jasper Johns), 카라 워커(Kara Walker) 등 유명한 현대 컨템퍼러리 미국 작가들의 예술 작품을 감상할 수 있는 박물관이다.

● Museum of Biblical Art

홈페이지 ★ www.mobia.org
위치 ★ 1865 Broadway @ West 61st Street, New York, NY 10023
전화번호 ★ 212-408-1500
관람 시간 ★ 화·수·금·토·일요일 오전 10시~오후 6시, 목요일 오전 10시~오후 8시
입장료 ★ (Suggested) 어른 $7, 노인·학생 $4, 12세 이하의 어린이 무료입장

성경에 등장하는 예술적인 표상을 다루는 미국 최초의 박물관이다.

● Guggenheim Museum, Solomon R

홈페이지 ★ www.guggenheim.org
위치 ★ 1071 5th Ave @ 89th St, New York, NY 10128
전화번호 ★ 212-423-3500
관람 시간 ★ 토~수요일 오전 10시~오후 5시 45분, 금요일 오전 10시~오후 7시 45분
입장료 ★ 어른 $18, 노인 학생 $15, 12세 이하의 어린이는 어른과 동반 조건으로 무료입장, 토요일 오후 5시 45분~7시 45분 사이에는 기부금 형식으로 원하는 만큼의 입장료 지불

건축가이자 인테리어 디자이너였던 프랭크 로이드 라이트(Frank Lloyd Wright)가 지은 건물에 들어선 구겐하임 박물관에서는 현시대를 살고 있는 세계적인 예술 작가들의 아방가르드한 작품을 만나 볼 수 있다

Episode
November ❷

뉴요커에게 커피란 단순한 기호음료가 아닌 하루를 시작하는 첫 단추이자 취향을 한껏 살린 자신만의 조그마한 행복이다.
그렇게 아침을 깨우는 커피향이 거리에 가득 퍼지면 내가 뉴욕에 있다는 것이 좋아진다.

뉴욕에서 하루를
시작하는 공식, 커피!

영화 '악마는 프라다를 입는다'를 보면 주인공 앤 해서웨이가 아침마다 악덕 편집장 미란다의 커피 심부름을 하곤 한다. 그 장면은 실제 뉴욕의 아침과 흡사하기도 하지만, 커피 주문이 얼마나 복잡할 수 있는지 보여 주기도 한다. 실제로 스타벅스에서 커피를 주문하려면 다음과 같이 여러 옵션을 선택해야 한다. "위핑크림 대신 위아래에 캐러멜 소스 깔고, 샷 하나 추가에 페퍼민트소스 7번 펌프해서 넣어 주시고요, 얼음을 조금만 넣은 차가운 벤테모카 한 잔이요!"

또한 이른 아침 출근한 주인공에게 기다렸다는 듯이 격앙된 목소리로 따지는 동료를 향해 날리는 주인공의 한마디는 "나 아직 커피 마시기 전이야~"이다. 이 역시 영화나 드라마에 단골처럼 등장하는 장면이다. 이렇듯 뉴욕에서는 커피 전문점은 물론이고 아침 일찍부터 문을 여는 델리까지 커피를 주문하려는 사람들로 문전성시를 이룬다. 뉴요커에게 커피란 단순한 기호음료가 아닌 하루를 시작하는 첫 단추이자 취향을 한껏 살린 자신만의 조그마한 행복이다. 그렇게 아침을 깨우는 커피 향이 거리에 가득 퍼지면 내가 뉴욕에 있다는 것이 좋아진다.

뉴욕의 작은 커피 전문점들에서 맛볼 수 있는 커피 맛은 부드러운 스팀밀크만큼이나 달콤하고 정겹다. 시즌에 맞게 새 단장하기 바쁜 대형

커피 체인점들과 달리 1년 365일 언제나 똑같은 모습으로, 번화가도 아닌 뒷골목에 변변한 간판 하나 없이 자리하고 있는 뉴욕의 유니크한 카페들. 그곳에서는 매일매일 자신들만의 확고한 커피 철학을 가지고 손님 개개인의 취향에 맞춘 커피를 뽑아내기에 바쁘다. 크나큰 경제적 타격에도 불구하고 뉴욕의 커피 소비가 줄지 않았다는 뉴스만 봐도 뉴요커들의 커피 사랑을 단박에 느낄 수 있다.

이런 뉴욕의 분위기 때문인지 처음 이곳에 왔을 때 내가 커피를 마시지 못한다는 사실이 친구들 사이에서 화젯거리였다. 마시기만 하면 심장이 쿵쾅거리는 일명 '커피 촌년병' 때문에 커피를 먹지 않는다고 말하면 눈을 동그랗게 뜨고 믿을 수 없다는 표정을 짓거나, 생원두 자체가 디카프De Caffecaine인 커피를 권해 주는 친구들도 많았다. 뉴요커들에게 커피를 마시지 않는다는 건 아마도 김치를 먹지 않는 한국 사람과 비슷한 의미이기 때문일 것이다.

중동 지역에서 종교적인 힘을 지녔던 '신성한 차'로부터 유래한 커피가 현대인과 조우한 후 이제는 떼려야 뗄 수 없는 관계가 되어 버린 것도 이미 오래전이다. 뉴욕에는 다양한 인종만큼이나 많은 나라의 커피 맛이 존재한다. 골목골목에는 저마다의 커피 향을 간직한 카페들이 가득한데, 지구의 반대편에서 공수해 온 원두의 맛을 볼 수 있는 곳도 있다. 깔끔한 커피 원액에 고소하고 걸쭉한 원유를 섞어 마시는 베트남 커피, 위스키를 섞어 마시는 러시아 커피아이리시 커피 등 뉴욕에 생활 터전을 잡는 민족들은 저마다 자국의 토착 커피와 함께 정착하기 마련이다.

뉴욕에서 커피를 만들 때는 원두와 쉼표를 함께 갈아 넣는다. 커피를 마시는 동안만이라도 지친 마음에 휴식을 줄 수 있도록 하기 위해서이다. 손을 타고 느껴지는 기분 좋은 온기와 부드러운 향기가 가슴까지 전해질 때면 밤새 말똥말똥 뜬 눈으로 지샜던 바로 어제의 기억조차 까맣게 잊혀진다. 정신없이 시간이 흐르는 뉴욕에서 비밀을 공유할 수 있는 친구가 되어 주고, 아무 말 없이 함께 있는 것만으로 행복한 애인이 되어 주는 커피. 오늘도 뉴욕의 하루는 한 잔의 커피에서부터 시작된다.

뉴욕에서 즐기는 커피 한 잔의 여유

● 조 커피(Joe Coffee)

유니온 스퀘어 지점 위치 ★ 9East 13th Street
New York, NY (5애비뉴와 University Place 사이에 위치)
전화번호 ★ 212-924-6750
영업시간 ★ 월~토요일 오전 7시~오후 8시, 일요일 오전
8시~오후 8시

뉴욕에 살면서 조커피를 모른다면 둘 중 하나다. 오늘 막 뉴
욕에 도착한 사람이거나 외계인이거나. 맨해튼에 5개의 매
장을 가지고 있는 커피 전문점으로 A급 에스프레소를 비롯
해 드립식 커피 등을 판매한다. 커피 마니아라면 필수적으
로 들러야 하는 뉴욕의 명소.

위치 ★ 75 Greenwich Avenue
New York, NY 10014
전화번호 ★ 212-775-7755
영업시간 ★ 월~목요일 오전 6시~낮 12시 30분,
금~일요일 오전 6시~오후 1시 30분

커피 맛의 순위가 신선도에 의해 평가된다면 이곳이 단연
1등이라고 할 수 있다. 로스팅 커피 플랜트에서는 바리스
타가 주문한 커피를 직접 만드는 것이 아니다. 직원이 컴
퓨터 스크린을 누르면 선택한 커피 원두가 투명한 관을
통해 수송된 후 볶이고 갈려 원하는 커피가 전자동으로
만들어진다. 커피 맛도 일품이지만 머리 위를 날아다니는
원두가 재미있다.

● 로스팅 플랜트 커피(Roasting Plant Coffee)

위치 ★ 138 West 10th Street, New York, NY 10014
전화번호 ★ 212-929-0821
영업시간 ★ 월~토요일 오전 7시~오후 7시,
일요일 오전 8시~오후 7시

매주 화요일이면 흥거운 인디 가수들의 연주를 들으며 커피를 즐길 수 있는 커피 전문점. 유기농을 지향하며 커피 원두를 제외한 대부분의 식재료를 뉴욕 현지에서 조달해 신선함을 최우선시하는 곳이다. 방금 짜 온 것 같은 우유의 고소함과 갓 구운 듯한 빵은 작고 아담한 가게의 분위기와 딱 어울린다. 나른한 오후, 커피 한잔을 마시며 누군가에게 엽서를 쓰기에 딱 좋은 카페

● 잭스 커피(Jack's Coffee)

위치 ★ 224 West 20th Street,
New York, NY 10011(7애비뉴와 8애비뉴 사이)
전화번호 ★ 212-255-5511
영업시간 ★ 월~목요일 오전 7시~오후 9시,
토요일 오전 8시~오후 9시, 일요일 오전 8시~오후 8시

원두의 화난 얼굴을 귀엽게 표현한 이 카페의 로고와는 다르게 이곳의 사람들은 친절하기 그지없다. 카페 자체는 작고 소박하지만, 커피를 내리는 바리스타의 표정만은 진지하다. 뉴욕에서 최고의 커피 상을 수상한 것도 여러 차례, 커피의 원두도 다양하고 자주 바뀐다.

● 카페 그럼피(Cafe Grumpy)

위치 ★ 98 Rivington Street
New York, NY 10002(Ludlow 스트리트의 코너에 위치)
전화번호 ★ 212-614-0473
영업시간 ★ 월~금요일 낮 12시~다음 날 새벽 3시,
일요일 오후 1시~다음 날 새벽 3시

카페 이노는 사실 커피보다 와인 바로 유명하다. 뉴욕의 와인바 리스트에 매년 빠지지 않고 올라가는 곳으로, 지하에 와인 셀러와 테이블을 두고 있다. 이탈리아의 칸티나를 모델로 하여 디자인한 루드로우 지점에서는 와인만큼이나 엄선된 이탈리아 요리를 즐길 수 있으며, 커피 맛에도 유럽의 향이 느껴진다.

● 카페 이노(Cafe Ino)

Episode
December ❶

사람들은 소호를 쇼핑의 천국이라고 하지만 이곳을 단순한 쇼핑가로만 생각한다면 오산이다.

뉴욕처럼 만남과 헤어짐이 잦은 곳도 드물다. 언제까지나 곁에 있을 것만 같은 친구라도 어느 순간 사라져 버리는 것에
익숙해져야 하는 곳이 바로 뉴욕이다.

DEAD
END

EAST END

E 83 ST

Photographer | 문유경

소호와 그리니치
빌리지에서 보내는
마지막 하루

　지금으로부터 약 40년 전 소호는 예술가들이 모여 살던 동네로 이름을 날렸으나 지금은 자식 없는 부부, 돈 많은 싱글, 젊고 멋있는 커플들로 채워진 지 오래다. 그 후로 이곳에는 이름만 대면 다 알 만한 대형 브랜드, 매디슨 애비뉴 유명 부티크들의 분점, 그리고 노점상까지 합세해 1년 365일 쇼핑 인파로 미어터지는 쇼핑가가 되어 버렸다. 하지만 북적거리는 브로드웨이를 뒤로하고 놀리타, 프린스, 그랜드 스트리트로 들어서면 19세기 코블 스톤 cobble stone의 울퉁불퉁한 도로와 캐스트 아이언 Cast-iron 빌딩들이 만들어 낸 소호만의 분위기를 고스란히 느낄 수 있다.

　사람들은 소호를 쇼핑의 천국이라고 하지만 이곳을 단순한 쇼핑가로만 생각한다면 오산이다. 적어도 나에게는, 그리고 막연하게 혹은 소심하게라도 소호 진출을 꿈꾸는 이들에게는 말이다. 소호에서는 골목골목마다 미래의 디자이너들이 만든 훌륭한 작품과 아이디어들을 만나 볼 수 있는데, 내가 소호를 새롭게 보게 된 계기는 바로 '더 마켓'을 통해서였다. '더 마켓'은 소호의 한 교회를 빌려 주말에 오픈하는 신인 디자이너들의 장터이다. 이곳에서는 자신의 디자인을 들고 나와 직접 판매를 하는데, 현재 디자이너로 왕성히 활동하고 있는 사람들 중 다수가 이곳을 거쳐 갔다는 얘길 들으니 나도 한번 도전해 보고 싶은 마음이 들었다. 아무리 교회의 한쪽을 빌려 쓰는 것이라고 해도 금싸라기 뉴욕에서 자릿세가 무료일 리는 없을 터. 하루 매대 값을 벌려면 부지런해야 한다. 밤잠 설쳐 가면서 희망을 한가득 품고 판매할 물건을 만들어 보지만, 막상 판매해 보면 다음 주에는 하지 말아야지 하는 생각이 절로 들었던 게 한두 번이 아니다. 한국말로도 프로처럼 하기 쉽지 않은 "언니, 한

번 보고 가요~"를 영어로 넉살 좋게 표현하려면 뭐라고 해야 할지 부터가 난감한 일이었다.

하지만 유일한 휴일인 주말마저 반납하고 파리 날리는 매대 지키기를 반복하다 보니 운 좋게도 내 디자인을 팔고 싶다는 어느 뮤지엄의 선물 가게에서 연락이 왔고, 친구의 소개로 소호 부티크에 납품하게 되는 작은 기적도 일어났다. 물론 덤으로 두꺼운 얼굴도 갖게 되었고 말이다.

소호의 작은 부티크들은 이익 분배 5대 5의 위탁 판매로 이루어지는 경우가 많다. 그리고 자신의 디자인을 계속해서 선보여야 한다. 물론 살 떨리게 두려운 일이다. 면전에서 대놓고 무시당할지도 모르며, 앞으로 나아가고 싶은 마음이 영영 사라질 수도 있다. 하지만 그런 것들이 두려워 머뭇거린다면, 나의 희망에게 너무 미안한 짓을 하는 걸지도 모른다. 기회조차 주지 않는다면 말이다. 소호는 바로 그런 용기들이 모여 이루어진 곳이고, 작은 물건 하나하나에 담긴 소망들이 사람들의 발길을 끊이지 않게 하는 힘이라 믿고 싶다.

A tip from a New Yorker The Market NYC

신인 디자이너들의 시 형대와 같은 곳으로 268 Mulberry St(Princest와 Houston St 사이)에 위치하고 있으며, 자신의 디자인을 판매하는 디자이너들을 만날 수 있다. 거의 수작업으로 만든 액세서리 들이 많기에 가볍은 좋은 편이지만 새로운 감각을 만나볼 수 있고, 판매하는 사람 들이 자주 바뀌어 갈 때마다 새롭다. 토요일, 일요일 오전 11시부터 오후 7시까지 .

-2-

뉴욕처럼 만남과 헤어짐이 잦은 곳도 드물다. 언제까지나 곁에 있을 것만 같은 친구라도 어느 순간 사라져 버리는 것에 익숙해져야 하는 곳이 바로 뉴욕이다. 소호가 나에게 더욱 특별한 장소인 이유는 내 유학 생활의 한 조각이었던 미하 언니와의 추억이 녹아 있기 때문이다. 내가 미하 언니를 처음 만난 것은 어느 패션 수업의 공강 시간이었다. 패션 수업 과제들은 넓은 공간에 펼쳐놓고 해야 하는데, 그날 나는 빈 교실의 귀퉁이에서 과제를 위해 옷을 만들고 있었다. 미하 언니 역시 내 옆자리에서 작업을 하고 있었고, 우리는 그날 이런저런 얘기를 나눈 것을 계기로 친해지게 되었다. 그 후 미하 언니는 힘든 유학 생활 속에서 내게 늘 버팀목이 되어 주었지만, 머지않아 언니는 졸업을 했고 남편과 함께 한국으로 돌아가기로 결정했다.

맨해튼에서의 마지막 하루를 나와 같이 보내기로 한 언니에게 난 특별한 기억을 만들어 주고 싶었다. 하지만 우리의 마지막 하루를 보낼 곳으로 언니가 선택한 장소는 늘 찾아가야 했기에 우리에게는 지극히 평범한 곳, 바로 소호였다. 그때서야 나는 언니가 기억하고 싶은 추억들이 소호에 너무 많이 있다는 것을 알게 되었다.

소호는 패션의 중심지이면서 트렌드가 가장 빨리 상륙하는 곳이기에 과제를 하러 또는 시장 조사를 위해 뻔질나게 드나들어야만 했던 전쟁터 같은 곳이었다. 이곳에 위치한 주류 브랜드의 멋진 디스플레이들은 예술의 경지에 있었기 때문에 디자인의 영감을 받기 위해, 새로운 트렌드를 만나기 위해서라도 소호는 절대 발길을 끊지 못하는 그런 의미가 있

는 장소였다.

소호는 평소 숨 가쁘게 돌아가지만, 방학이 되면 그 어떤 장소보다 편안한 휴식처가 되어 준 곳이기도 하다. 관광객이 적고 이탈리아 동네의 냄새가 흠뻑 묻어나는 놀리타의 피자집에는 우리가 나눈 수다들이 아직 방울방울 서려 있고, 도로 구석구석에 보석처럼 숨겨진 부티크들은 패션을 전공하는 우리들의 숨통을 틔워 주곤 했다. 가끔씩 소호의 유명 매장에서 하던 샘플 세일이나 창고 세일은 뉴욕에 살면서 빼놓을 수 없는 재미로 기억에 남아 있다. '그리니치 스트리트Greenwich street'를 '그린-위치 스트리트'로, '하우스턴 스트리트Houston Street'를 '휴스턴'이라고 용감하게 발음하던 새내기 뉴욕 생활 역시 소호에 가득 녹아 있다.

미하 언니는 자신이 뉴욕에서 먹었던 음식 중 가장 맛있던 곳을 데려가겠다며 내 손을 이끌었다. 거리를 걸으며 추억을 되새기던 우리는 잠시 후 소호의 서북쪽 그리니치 빌리지에 있는 프랑스 레스토랑 AOC 앞에 도착했다. 외관과 달리 안으로 들어서면 따뜻하고 정겨운 가든이 활짝 펼쳐지던 식당. 사실 나는 식당에 도착하기 전까지만 해도 마지막이라는 생각에 서운함을 삼키며 담담히 먹어야 할 저녁을 걱정했지만, 이별에 관한 생각들은 환상적

인 음식 맛으로 인해 모두 잊을 수 있었다.

　　포근한 분위기의 그리니치 빌리지는 맨해튼에서도 가장 매력적인 동네로 꼽힌다. 저녁을 넉넉히 먹고 나무들이 일렬로 세워진 예쁜 타운하우스 앞을 지나 집으로 향하는 길. 변덕스러운 맨해튼의 날씨답게 갑자기 비가 세차게 내리기 시작했다. 비를 피하기 위해 들어간 천막 아래에서 "안녕 브로드웨이야, 안녕 블리커 스트리트야……." 나직이 속삭이던 미하 언니의 목소리가 아직도 이곳 뉴욕에 남아 있는 것 같다.

A tip from a New Yorker 쉽게 익히는 뉴욕의 지명

지역의 위치를 설명하는 단어의 앞 글자로 동네 이름을 짓는 뉴욕만의 독특한 작명 방법을 이해하면 외우기도 쉽고 자연스레 위치도 알게 된다.

- SOHO : South of Houston Street(하우스턴 스트리트의 남쪽 동네)
- Nolita : North of Little Italy(리틀 이탈리아의 북쪽 동네)
- TriBeCa : Triangle Below Canal Street (캐널 스트리트 아래의 삼각지대)

뉴요커들만 아는 소호, 놀리타, 트라이 베카의 보석 같은 잇-플레이스!

뉴욕의 멋쟁이들이 소호를 찾는 이유가 있으니 바로 구석구석에 위치한 보물 같은 숍들 때문이다. 내로라하는 인기 브랜드는 물론이고, 명품들까지 줄줄이 매장을 오픈한 지역이지만, 그중에서도 뉴요커들이 추천하는 그들만의 스타일 숍을 공개한다.

위치 ★ 8 Greene St # A, New York, NY 10013
전화번호 ★ 212-680-0555

마크 제이콥스, 랄프 로렌의 생산 라인에 참여하는 고든 헤프너와 뮤직 프로듀서 유지 후쿠시마가 오픈한 숍. 마일스 데이비스의 노래 제목에서 따온 숍의 이름처럼 잔잔하면서 절제된 감수성이 돋보이는 패션 감각을 보여준다. 소호의 중심가에서 떨어져 있고, 눈에 띄지 않을 정도로 작아서 알고 찾아가지 않으면 우연히 만나기 힘든 곳이다. 주요 아이템은 프리미엄 브랜드 청바지로 몇백 달러짜리부터 몇천 달러를 호가하지만, 그만큼 공들여 만드는 상품이다. 그레인을 네바다에서 일본으로 들여가 워싱하는 청바지, 희귀한 빈티지 장식품과 천을 공수해 만드는 청바지 등 그 종류도 다양하다. 청바지 이외에도 스트리트 웨어와 신발을 판매하는데, 주로 스톤 아이슬랜드(Stone Island), 로 허츠(Low Hurtz), 폴 스미스(Paul Smith) 브랜드에서

● 블루 인 그린(Blue in Green)

한정판으로 생산되는 라인을 취급한다. 소호의 메인 스트림 스타일에서 벗어나 '캐주얼 쿨'한 청바지가 그리운 날 들러 보면 좋겠다.　장현경 | 뉴욕과 애증을 반복하며 4년째 동거 중인 패션 디자이너

● 세즈 수어 방(Seize Sur Vingt(SSV)

위치 ★ 78 Green St, New York, NY 10019
전화번호 ★ 212-625-1620

놀리타의 구석에 처박힌 이곳은 알면 알수록 중독되는 셔츠 가게이다. 부드럽지만 어딘지 모르게 딱딱한 분위기를 풍기는 인테리어처럼 유연하면서도 똑 부러지는 손놀림으로 맞춤 셔츠를 제작하는 테일러의 솜씨가 으뜸이다. 'immigrant punk'(이민 온 펑크족), 'Can't get used to losing you'(당신을 잃는 것에 익숙해질 수 없네요) 등과 같이 센스 넘치는 이름의 천으로 제작한 셔츠를 입어 보면 누가 말려도 애착이 가득 생길 것이다.

셔츠 외에도 코트, 턱시도 등 이미 제작된 옷들은 바로바로 구매가 가능하다. 혹 나처럼 일반적인 사이즈의 옷이 맞지 않거나 작은 가슴 때문에 맵시가 나지 않는 사람이라면, 그리고 소호의 유행을 타지 않는 클래식한 디자인을 만나 보고 싶다면 주저 없이 추천해 주고 싶은 가게이다.　카나코 시무라(Kanako Shimura) | 스타일리시한 뉴욕의 그래픽 디자이너

● 키드 로봇(Kid Robot)

위치 ★ 118 Prince Street, New York, NY 10012
전화번호 ★ 212-966-6688

장난감과 피규어를 메인으로 판매하는 이곳은 키덜트(Kidult: 어린애 같은 취미를 가진 성인들을 위한 곳이다. 조금은 괴기해 보이는 피규어부터 재치 있게 표현된 심슨 피규어까지 충동구매를 일으키는 장난감들이 많다. 일본의 베어브릭 같은 장난감도 있지만, 미국의 아티스트들과 공동 작업한 컬렉션 피규어들이 더 많다(smorkin rabbit, dunny, munny series 등). 이스트빌리지 근처에 있는 '토이 도쿄' 가게와는 약간 다른 느낌으로 장난감 외에 키드 로봇 캐릭터, 후드 티셔츠, 액세서리 등도 인기 품목이다.

이유림 | 코넬대학교에서 호텔 경영 과정을 공부했으며, 잠시 자기반성 중인 24세의 뉴요커

위치 ★ 505 Greenwich Street, New York, NY 10013
전화번호 ★ 212-925-0882

'알로하 레그'라는 이름에서 풍기는 알록달록한 꽃무늬 셔츠 등은 결코 찾을 수 없는 옷가게. 그러나 다양한 디자이너들의 가장 인기 있는 의상을 만날 수 있으며, 수요가 많은 사이즈는 재고를 넉넉하게 구비하고 있어 감히 가뭄의 단비 같은 숍이라고 말할 수 있다. 가게의 인테리어가 온통 하얀색이어서 군더더기는 찾아볼 수 없는 곳이다.
프레피-캐주얼 의상들을 주로 취급하지만, 록-치크(Rock-Chic) 스타일도 심심치 않게 찾아볼 수 있다. 이곳의 주인 탯스코 페로우가 입점시키는 디자이너는 시즌마다 다르지만, 그의 취향을 믿는 추종자들은 발길을 끊지 못한다.

데이지 웡(Daisy Wong) | 파슨스 디자인 스쿨 미술 큐레이터

● 알로하 레그(Aloha Rag)

● 미앤로(Me and Ro)

위치 ★ 241 Elizabeth Street, New York, NY 10012
전화번호 ★ 646-747-5799

독특하고 동양적이며 섬세한 디테일이 돋보이는 제품들. 티베트와 산스크리트어 문체가 정교하게 새겨진 이곳의 창조물들은 모두 수작업을 통해 만들어진다. 10k의 은은한 금장신구부터 가볍게 선물할 수 있는 은제품, 특별한 날 연인의 선물로 어울릴 고가의 보석이 세팅된 주얼리까지 갖추고 있다. 수공예품이기에 가격이 대체로 비싼 편이지만, 오래 지나도 그 가치가 떨어지지 않는 주얼리를 발견할 수 있다.

요마님, 메지, 사막, 허연 | 서울의 코스모스들

위치 ★ 80 Thompson St, New York, NY 10012
전화번호 ★ 212-334-3284

아무리 맛있다는 추천을 받고 방문하더라도 처음 이곳을 찾는 사람이라면 어이없을 정도로 소박한 인테리어에 당황해할지 모른다. 그러나 매장 옆으로 보이는 유리창 너머의 부엌에서 정성스럽게 초콜릿 만드는 모습을 보는 순간 의심의 눈초리를 거둬들이게 될 것이다. 달콤한 초콜릿 냄새에서 화려한 소호 메인 스트리트의 흥분을 느낄 수는 없지만, 바닐라 커스터드가 가득 들어 있는 크렘 브륄레 트러플(Creme Brulee Truffle)을 먹어 보면 뉴욕의 초코홀릭들이 왜 이곳의 맛에서 헤어나지 못하는지 알 수 있다.

류보라 | 뉴요커보다 더 뉴요커스러운 가방 디자이너

● 키즈 초콜릿(Kee's chocolate)

● 메이드웰(Madewell)

위치 ★ Frnt 1, 486 Broadway
New York, NY 10013
전화번호 ★ 212-226-6954

메이드웰은 제이크루(J.Crew)의 스핀오프 회사로 좀 더 여성스럽고 실용적인 라인을 선보이는 브랜드이다. 아기자기한 숍의 실내도 예쁘지만, 옷과 함께 미술 책도 바닥에서 천장까지 쌓아 놓고 판매한다. 유행을 덜 타는 디자인이라 낡을 때까지 입을 수 있을 것만 같은 원피스, 클래식한 스웨터, 그리고 이곳의 자랑거리인 청바지는 오래도록 입을 수 있을 것이다.

문유경 | 눈동자 뷰 파인더 세상 바라기 516 꿈을 지닌 어리바리 뉴욕 찍새

위치 ★ 237 Lafayette Street
New York, NY 10012
전화번호 ★ 212-226-5292

트렌드에 맞는 옷을 사고 싶지만 정가를 주고 구매하기에 부담스러운 사람이라면 한번 방문해 볼 만한 곳. Corpus, Imitation of Christ 등 젊은 감수성을 지닌 브랜드를 취급하면서도 정가보다 50~80% 저렴한 가격으로 판매한다. 저렴한 가격뿐만 아니라 퀄리티가 괜찮으며 트렌디한 옷들을 만날 수 있다. 넓고 세련된 공간에서 에지한 트렌드 브랜드들을 한까번에 볼 수 있는 가게, 내가 소호에서 가장 추천하는 곳이다!

김주원 | Buruch 대학원에 유학 중인 어카운턴트 to be

● 인벤토리 아웃렛(Inven.tory Outlet)

위치 ★ 546 Broadway, New York, NY 10012
전화번호 ★ 917-237-8800

모두 다 아는 소호 한복판에 위치한 곳, 유니클로를 추천하고 싶다. 가격은 싸면서 필립 림 등의 인기 디자이너들과 합작해 만들어 내는 센스 있는 디자인, 너무 유행을 타지도 않으며 다양한 색깔을 고를 수 있다는 점이 소호 구석의 보물 숍만큼이나 매력적이기 때문이다. 비록 일본 버전의 '갭'이라는 느낌이 들기도 하지만, 소호에 매장을 오픈하자마자 대학생부터 까탈스러운 패션 에디터들이 좋아하는 브랜드가 되어 버렸을 만큼 대중적이다.

애니 부이(Annie Bui) | 익살쟁이 은행원

● 유니클로(Uniqlo)

위치 ★ 79 Greene St, New York, NY 10012
전화번호 ★ 888-965-5454

이름부터 절대로 평범하지 않은 숍 키키 드 몽파나스. 1920년대에 프랑스 몽파나스에서 모델, 나이트클럽 가수, 배우, 페인터로 활약했던 엘리스 프린(Alice Prin)의 예명을 따서 이름 지은 란제리 숍이다. 럭셔리하고 마음을 사로잡는 에로틱한 란제리도 팔지만, 그런 란제리와 어울릴 만한 각종 고품격(?) 성인용품들도 판매하여 사람들에게 재미와 상상을 주는 묘하고도 대담한 숍이다.

조화명 | 또 다른 꿈을 향해 밤잠을 설치고 있는 뉴욕의 패션 디자이너

● 키키 드 몽파나스(Kiki de Montparnasse)

위치 ★ 150 5th Ave, New York, NY 10012
전화번호 ★ 212-645-1334

잡지에서 본 옷이나 잘나가는 십대 여배우가 입는 옷이라면 모두 여기에서 찾을 수 있을 정도로 여성스럽고 유행에 민감한 옷을 판매하는 가게이다. LA에 본사를 두고 있으며, 핫한 아이템이라면 빼놓지 않고 구비해 놓고 있다. 가격도 저렴하고 시즌 오프 세일 때에는 화끈하게 의류, 액세서리, 신발 등 전 품목 60~70% 세일에 돌입하기 때문에 이 기간이면 도떼기시장이 따로 없다. 상품의 회전률이 빨라 자주 들러도 새로운 옷으로 가득하다.

김유진&양지 | 뉴욕 가이드를 해도 될 만큼 뉴욕을 꿰뚫고 있는 두 명의 P.A.

● 엘에프 스토어즈(LF Stores)

슈프림위치 ★ 274 Lafayette St, New York, NY 10012
전화번호 ★ 212-966-7799

더블유이에스씨 위치 ★ 282 Lafayette St
New York, NY 10012
전화번호 ★ 212-925-9372

평소 유니섹스 캐주얼이나 스트리트 패션을 즐겨 입는 사람이라면 슈프림(Supreme)과 WESC 매장을 놓치지 마라. 1994년 4월 맨해튼의 중심인 Lafayette 거리에서 시작된 슈프림은 독특한 정체성을 유지하며 뉴욕의 보더들과 스트리트 패션 마니아들에게 사랑을 받아 왔다. 깔끔하게 정돈된 매장에는 보더들의 구미를 당기는 의류, 신발, 데크까지 다양한 상품이 디스플레이되어 있다.

전통적인 스트리트 패션이 약간 부담스럽다면 좀 더 대중의 취향을 추구하는 WESC를 추천한다. 여성복을 따로 판매하는 WESC는 여성도 부담 없이 톡톡 튀는 컬러감과 디자인의 스트리트 패션을 즐길 수 있도록 즐거움을 선사한다. 또한 헤드폰 등의 여러 소품들도 함께 구매할 수 있다. 활기찬 뉴요커들의 역동적인 쇼핑 흐름을 한눈에 파악하고 싶다면 소호의 두 매장을 적극 추천한다.(인테리어도 예쁜 두 매장은 나란히 붙어 있다.)

이은진 | 내가 품은 세상에서 맘껏 소리치며 살고 싶은 스물네 살의 자유로운 영혼

● 슈프림(Supreme), 더블유이에스씨(WESC)

위치 ★ 59 Wooster St, New York, NY 10012
전화번호 ★ 212-343-9490

다운타운 사람들에게 인기가 많은 컬러풀한 안경점. 마치 동화 속 마법의 나라를 볼 수 있을 것 같은 안경들이 모여 있는 곳이다. 안경뿐만 아니라 장인 정신이 돋보이는 환상적인 디자인의 모자들도 판매한다. 가게 인테리어의 느낌도 좋지만, 친절한 직원들이 손님의 마음을 훈훈하게 해주는 셀리마 옵티크. 안경 마니아라면 명품부터 유니크한 레이블까지 구비하여 이스트 빌리지의 빈티지 안경 숍 못지않은 이곳을 반드시 거쳐야 한다.

전진아 | 앞머리 곱슬의 플루트 선생님

● 셀리마 옵티크(Selima Optique)

톱숍(TopShop)

위치 ★ 478 Broadway, New York, NY 10013
전화번호 ★ 212- 966-9555

영국 패스트 패션 브랜드 톱숍이 2009년 뉴욕에 처음 상륙했을 때, 이 브랜드를 목 빠지게 기다리던 뉴요커들이 몰려숍이 마비가 될 지경이었다고 한다. 엄청나게 긴 줄을 서서 기다려야만 했던 2009년 4월 이후 지금까지도 승승장구하고 있는 톱숍을 추천한다.

에리카 멜저(Erica Melzer) | 오페라 가수의 꿈을 향해 전력 질주 중

위치 ★ 387 Bleecker St, New York, NY 10014
전화번호 ★ 212- 835-4700

1970년 영국에서 론칭한 브랜드로 여성스럽고 세련되며 튼튼한 가죽 제품의 가방과 여행용 가방으로 유명하다. 우리나라에서도 꽤 알려진 멀버리 가방은 유행을 타지 않고 실용적이면서도 고급스러워 하나쯤 장만해 두면 좋은 아이템이다. 시즌이 끝날 무렵 70% 세일을 노리는 것이 가장 현명한 쇼핑타이밍!

김경현 | 뉴욕에 산 지 수년이 지난 후 그 진가를 알게 된 치과의사

멀버리(Mulberry)

조나단 에이들러(Jonathan Adler)

위치 ★ 47 Greene St # 1, New York, NY 10013
전화번호 ★ 212- 941-8950

조나단, 많은 사람들은 그 이름을 들으면 불가능에 도전하는 갈매기를 떠올린다. 하지만 내게 조나단은 어느 도예가의 이름으로 남아 있다. 그릇을 만든다는 것이 조금은 고리타분하고 지루한 것이 아니라, 일상 속에 스며들어 누군가의 마음을 밝혀 주는 작업이라는 것을 알려준 스타일리시한 그릇 디자이너가 바로 조나단 에이들러(Jonathan Adler)이다. 뉴저지의 작은 농장에서 보낸 그의 어린 시절과 디자이너로서의 재능은 그가 만드는 모든 도기 안에 녹아 있다. 동식물이나 사람에게서 영감을 얻어 모던하게 재창조된 그의 캐릭터들은 가지런히 정돈된 창가의 꽃 한 송이와 함께, 때로는 늦은 밤 조용히 흔들리는 초와 함께 살아 숨 쉰다. 도기에서 시작된 그의 놀라운 감성은 가구와 조명, 패브릭 등 다른 방식으로도 표현되고 있다. 뉴욕에서 새로운 보금자리를 계획하고 있는 사람이라면, 꽃 선물하기를 좋아하는 사람이라면, IKEA보다 조금 더 위트 있는 소품을 찾고 있는 사람이라면, 우리가 알고 있는 갈매기의 이름처럼 그 존재만으로도 우리의 마음을 어루만져 줄 조나단의 세상을 열어보라.

류소용 | 붉은 신호에는 멈추려고 노력하는 외국인, 파란불을 기다리는 동안에는 냉동실에 모셔 둔 녹차 아이스크림과 초록색 맥주병 같은 것들을 생각하기좋아하는 초짜 뉴욕 유학생, F.I.T에서 Visual Presentation & Exibition Design을 전공하고 있는 젊은이.

위치 ★ 400 Bleeker St, New York, NY 10014
전화번호 ★ 212-620-4021

내가 한국에 가기 전 반드시 들르는 이곳은 귀향 선물의 비밀 창고 역할을 한다. 천재 디자이너라고 불리는 마크 제이콥스의 매장이 세 군데(마크 제이콥스, 마크바이 마스 액세서리, 리틀 마크 제이콥스)나 있는 블리커 스트리트지만, 큰 간판이 없어 자칫하면 그냥 지나치기 쉽다. 마크 제이콥스 액세서리 가게에서는 세 군데의 매장 중에서도 가장 알짜배기 물건들을 건질 수 있다. 세컨드 라인 마크 바이 마크 제이콥스의 잡화류와 간단한 티셔츠를 파는 이 매장은 독특하고 재미있는 디자인에 가격까지 착하다. 선물용으로 아주 좋은 키 체인이 2달러에서 5달러까지 다양하게 있고, 마크 제이콥스 캔버스 가방은 30달러 미만에 구매할 수 있다. 티셔츠도 30달러 미만, 여름에 잠깐 판매하는 망사로 만든 비치백도 1달러! 마크 제이콥스의 명성에 걸맞지 않게 저렴하게 가게는 항상 발 디딜 틈이 없다. 가격은 저렴하지만 당연히 품질은 무척 높다. 한국에서는 똑같은 물건을 몇 배의 가격에 판매하므로, 한국에 갈 때마다 한 보따리씩 사서 친구들에게 나눠 주곤 하는 없어서는 안 될 주옥같은 매장이다.

전미하 | 약하지만 강한 네버 엔딩 스토리의 주인공, 패션 디자이너

● 북마크(BookMarc)

● 뉴 에라(New Era)

위치 ★ East 4th St, New York, NY 10003
전화번호 ★ 212-533-2277

유니온스퀘어에서 내려 워싱턴스퀘어를 지나 소호 쪽으로 걷다 보면 한창 공사 중인 허름한 건물에서 아주 익숙한 브랜드의 마크를 만나게 된다. 바로 야구 팬과 힙합 마니아들에게 인기가 높은 NEW ERA 사실 미국에서 뉴 에라 모자를 사는 일은 어렵지 않다. 어느 도시에나 하나쯤은 있을 법한 lids라는 체인점에서 쉽게 구입할 수 있기 때문이다. 하지만, 다양한 제품군의 모자를 포괄적으로 다루고 있는 lids와 달리 뉴 에라 플래그십 스토어에서는 뉴 에라 제품만을 집중해서 다루기에 뉴 에라 마니아들의 천국이라고 할 수 있다. 실제로 뉴 에라 직영점에서는 lids 매장에서 볼 수 없는 뉴 에라의 모든 제품을 만날 수 있다. 뉴 에라 직영 매장은 전 세계에 단 7곳밖에 없으므로 꼭 한번 방문해 볼 만하다. 미국에는 애틀랜타, 버팔로, 뉴욕 3군데 매장이 있다.

처음 가게에 들어서면 서랍식으로 이루어진 거대한 모자의 벽과 마주치게 된다. 벽의 구조는 6개 정도의 모자가 하나의 서랍으로, 그 뒤에는 충분한 양의 사이즈가 수납되어 있으며, 점원에게 물어 보면 마스터키를 이용하여 열어 주는 방식으로 이루어져 있다. 매장에는 각종 야구팀 모자, 뉴 에라만의 각종 한정판 모자, 뱀가죽 모자까지 다양한 디자인이 구비되어 있다. 긴 벽을 지나 내부로 들어가면 선수용 메이저리그 야구 모자(어센틱)가 팀별로 전시되어 있고, 뉴 에라에서 만든 티셔츠와 옷들도 판매하는 것을 볼 수 있다. 그중 티셔츠는 9.99달러에 판매하는데, 의류에는 세금이 붙지 않는 뉴욕이라서 이렇게 저렴한 가격에 구입할 수 있는 것이다. 모자를 구매하면 뉴 에라 정품 박스와 쇼핑백에 안전하게 담아 주므로, 야구 모자를 좋아하거나 수집하는 사람에게는 이곳이 필수 코스라고 할 수 있겠다. 다만 모자를 정가에 팔기 때문에 다소 비싸게 느껴질 수도 있으므로, 가능하면 다른

매장에서 살 수 없는 모자를 구매하는 것이 좋다.

미국 버지니아에서 유학 중인 야구 모자 마니아 정승일(23)씨는 이곳에 와 보고 사탕 가게에 들어온 꼬마 같은 기분을 느꼈다며, 여기가 마음에 들지 않는다면 당신은 모자를 싫어하는 사람일 것이라고 말하기도 했다.

민지홍 | 24세의 열정으로 3개월의 미국 배낭여행을 우여곡절 끝에 마친 순수 청년

● 에지 뉴욕 노호(EDGE*nyNOHO)

위치 ★ 65 Bleecker St, New York, NY 10012
전화번호 ★ 212-358-0255

나는 쇼핑을 정말 자주 하는 편이다. 디자이너라는 핑계를 대긴 하지만, 스스로 쇼핑 중독이 아닐까 하는 생각이 들 정도다. 쇼핑을 많이 하다 보면 갖지 못할 경우 배가 아플 정도로 원하는 상품들은 정말 드물기 마련이다. 하지만 이런 나에게도 꼭 갖고 싶은, 아니 꼭 갖지 않으면 안 될 것 같은 특별한 물건들을 발견할 수 있는 곳이 있으니 노호(Noho)에 위치한 '에지'가 바로 그곳이다. 브로드웨이의 대중적이고 유행을 따라가는 숍들 뒤 소호의 구석으로 갈수록, 노호와 놀리타로 갈수록 특이하고 특별한 것들을 발견할 수 있다는 비밀을 알고 있는 뉴요커라면 '에지'에 들러 진흙 속의 보물을 찾아보자. 디자이너로 막 발걸음을 내딛는 65여 명의 젊은 디자이너들이 스스로의 작품을 보여 주는 장이기 때문에 창의적이고 개인적인 그리고 무엇보다도 세상에 몇 개 없는 디자인들을 만날 수 있는 곳이다.

수잔 팸(Susan Pham) | 본업인 패션 디자이너보다는 '빈티지 마니아'가 천직인 여자, 30킬로그램이 넘는 불독과 남자 친구를 돌보느라 쇼핑할 시간이 점점 줄어들고 있어 요즘은 아주 슬픈 20대 후반의 뉴요커.

Episode
December ②

크리스마스이브 날의 맨해튼은 도시를 떠나지 않은 뉴요커들과 이날에 맞춰 여행 온 사람들의 파티로 밤늦게까지 잠들 줄을 모른다.

세계적으로 이름을 알린 브랜드라면 누구나 이곳에 매장 하나쯤 가지고 있어야 할 그런 거리, 5애비뉴에는 '섹스 앤 더 시티'에서

샬롯의 결혼 프러포즈 반지를 사던 티파니(Tiffany & Co.) 매장이 있고, FAO 슈와르츠(FAO Suwartz)에서 장난감에 파묻히던 맥컬리 컬킨이 있다.

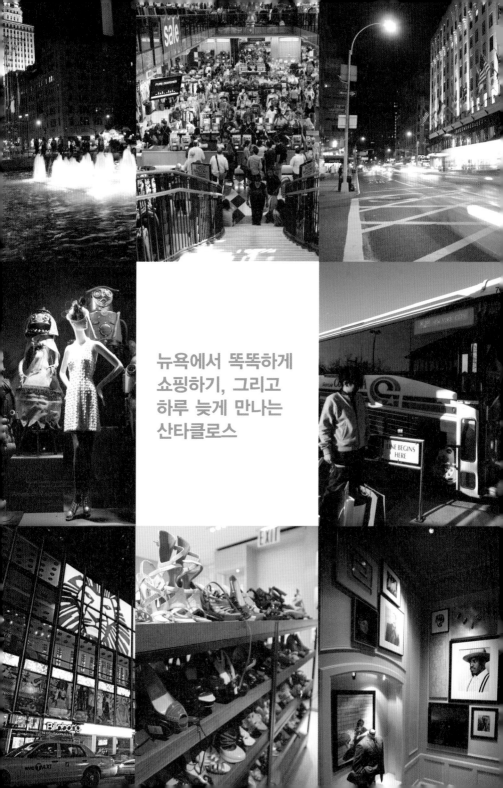

뉴욕에서 똑똑하게
쇼핑하기, 그리고
하루 늦게 만나는
산타클로스

퓰리처상에 빛나는 이디스 워튼의 소설 『The Age of Inn
ocence순수의 시대』.

이 소설의 배경이 된 5애비뉴는 오랜 역사와 사연
을 간직한 곳으로 뉴욕에서 가장 비싼 쇼핑가이기도 하
다. 선물 상자처럼 예쁘고 화려하게 포장된 플래그십 매장들
이 5번가를 따라 늘어서 있으며, 길의 끝에서는 시원하고 아름
다운 센트럴 파크를 만날 수 있다. 세계적으로 이름을 알린 브
랜드라면 누구나 매장 하나쯤 가지고 있어야 할 그런 거리. 이
곳에는 '섹스 앤 더 시티'에서 샬롯의 결혼 프러포즈 반지를 사
던 티파니Tiffany&Co. 매장이 있고, FAO 슈와르츠FAO Suwartz에서 장
난감에 파묻히던 맥컬리 컬킨이 있다. 5애비뉴를 찾는 사람들
의 대부분이 관광객이라면, 야무지고 똑똑하게 쇼핑하는 뉴요
커들은 뉴욕의 다양한 아웃렛 매장들을 찾는다.

뉴요커들은 아웃렛 매장뿐 아니라 언제 쇼핑을 해
야 하는지도 훤히 알고 있다. 바로 추수감사절Thankgiring: 11월
셋째 주 목요일 이후부터 2월 말까지인데, 특히 추수감사절 다음 날
인 블랙 프라이데이Black Friday의 경우 놓쳐서는 안 될 뉴요커들
의 공식 쇼핑 데이라고 할 수 있다. 많은 매장들이 이날을 기
준으로 세일 시즌에 돌입하기 때문이기도 하지만, 이날 하루
동안은 연중 가장 큰 폭의 세일을 실시하기 때문이다. 이날 하
루 매출이 한 달 매출을 능가한다고 하니 그 규모를 짐작할 수
있을 것이다. 매장마다 세일 방법이 매년 다르고, 브랜드마다
또 다르므로 사전 조사는 필수다. 금요일 자정 종이 울리는 순간부터 새벽까
지만 세일을 진행하는 곳도 있고, 평상시에는 오전 9시에 오픈하던 매장이

새벽 5시부터 문을 열어 오후 1시에 세일을 마감하는 곳도 있다. 그러나 세일을 새벽에 한다고 해서 우습게 생각하면 오산이다. 이날만큼은 값비싼 전자제품이라도 50% 이상 싸게 파는 등 할인율이 워낙 크기 때문에 개장 몇 시간 전부터 미리 줄을 서야 겨우 물건을 살 수 있을 정도로 사람들이 붐빈다.

사람 붐비는 걸 떠올리니 뉴욕 최대 규모의 아웃렛 매장 우드버리^{Woodbury} Premium Outlet에 새벽부터 세일을 시작하는 매장이 많다는 소문을 듣고 찾아갔던 날이 떠오른다. 늦가을 쌀쌀한 날씨에도 불구하고 머리카락만큼이나 많은 사람들이 줄을 서서 기다리고 있었고 이날의 새벽 쇼핑을 위해 낮잠을 자두는 노하우까지 있는 진정한 뉴요커들과 달리 나는 잠과 추위에 지쳐 몇 시간도 못 견디고 돌아와야 했다. 한국에서 몇 백만 원을 호가하는 상품들을 그 반에 반도 안 되는 아주 착한 가격에 만날 수 있는 좋은 기회이므로 체력이 된다면 절대 놓치지 말자.

맨해튼에서도 크고 작은 매장들이 일제히 세일을 시작하는데 명품 매장 역시 예외는 아니다. 명품이라는 이미지 때문에 미리 광고를 하지는 않지만, 대부분의 명품 매장들도 이날은 반짝 세일을 한다. 어떤 명품 백화점의 경우는 개장 시간을 당겨 아침 일찍부터 시작해 오후 1시까지만 세일을 하는 곳도 있으니, 관심 있는 사람이라면 부지런을 떨어야 한다.

블랙 프라이데이 아침부터 쇼핑백을 산처럼 들고 다니는 사람들 사이에 끼지 못했더라도 너무 아쉬워할 필요는 없다. 각 매장들은 블랙 프라이데이 날부터 세일을 시작하여 크리스마스가 지나면 한 번 더 가격이 내려가고, 1월이 지나면서는 그 내린 가격에서 추가로 더 할인을 하니 말이다. 단, 시간이 지날수록 원하는 물건이나 사이즈가 없는 경우가 많다는 건 감수해야 한다.

이렇듯 긴 세일 시즌이 있지만, 이 기간에 필요한 물건을 구입하지 못했다고 해서 정가를 주고 살 수는 없는 일이다. 특히 물가 비싼 뉴욕에서는 말이다. 이런 사람들을 위해 1년 내내 할인가에 쇼핑을 할 수 있는 곳도 있다. 앞서 말한 우드버리 아웃렛이 그 대표적인 곳으로 맨해튼과는 1시간여 남짓 거리에 있어 버스를 타고 가야 하지만, 하루 종일 돌아야 겨우 다 볼 수 있을 만큼 쇼핑몰의 규모가 크다. 고가의 명품들을 절반 정도의 가격에 구입할 수

있을 뿐만 아니라 한국인들이 좋아하는 브랜드가 모여 있어 타주의 아웃렛과는 비교할 수 없을 정도로 인기다. 뉴욕에서 단 며칠을 머물더라도 꼭 들러봐야 할 장소이다.

맨해튼을 벗어나기 어려운 경우라면 맨해튼 내의 할인 매장을 찾아보는 것도 좋다. 뉴욕이 패션의 중심지인 만큼 맨해튼 안에는 샘플 세일을 하는 다양한 행사들이 일 년 내내 있다. 데일리 캔디www.dailycandy.com 같은 쇼핑 블로그나 '뉴욕 타임스' 등을 이용하면 자세한 정보를 얻을 수 있다.

A tip from a New Yorker 샘플 세일
샘플 세일이란 옷을 제작하는 과정에서 나오는 샘플들이나, 잡지 촬영 등에서 발생하는 샘플들을 세일해 판매하는 것을 말한다. 샘플 세일은 여칠에서 짧게는 하루 동안 매장이 아닌 다른 곳에서 직판한다. 뉴욕에는 한 달에도 몇 번씩 샘플 세일이 있으니 기회를 노리자!

– 2 –

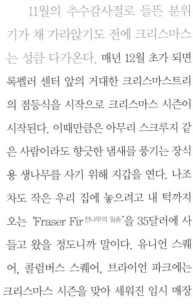

11월의 추수감사절로 들뜬 분위기가 채 가라앉기도 전에 크리스마스는 성큼 다가온다. 매년 12월 초가 되면 록펠러 센터 앞의 거대한 크리스마스트리의 점등식을 시작으로 크리스마스 시즌이 시작된다. 이때만큼은 아무리 스크루지 같은 사람이라도 향긋한 냄새를 풍기는 장식용 생나무를 사기 위해 지갑을 연다. 나조차도 작은 우리 집에 놓으려고 내 턱까지 오는 'Fraser Fir전나무의 일종'을 35달러에 사 들고 왔을 정도니까 말이다. 유니언 스퀘어, 콜럼버스 스퀘어, 브라이언 파크에는 크리스마스 시즌을 맞아 세워진 임시 매장들의 불빛으로 화려한데, 추운 날씨에도 불구하고 선물을 사려고 찾아온 사람들로 가득하다. 크리스마스이브의 맨해튼은 도시를 떠나지 않은 뉴요커들과 이날에 맞춰 여행 온 사람들의 파티로 밤늦게까지 잠들 줄 모른다.

크리스마스에 또 한 가지 빠질 수 없는 건 아마도 이날 아침 트리 밑에 놓이는 선물일 것이다. 나처럼 선물이 있어야만 입이 귀에 걸리는 사람들에게는 특히 중요한 일이다^^. 크리스마스 날이 되면 미국인들은 도어맨경비 아저씨에게까지도 선물을 돌리니 엄청난 구매력이 동원되는 명절이라고 할 수 있다. 그래서 크리스마스가 다가올 즈음에는 쇼핑 다 했느냐는 질문을 안부 인사 대신 건넬 정도이다. 하지만 정작 크리스마스 시즌 쇼핑의 피크는 애프터 크리스마스 세일이 들어가는 크리스마스 이후다. 크리스

마스가 지나 뜸해진 손님들의 발길을 잡고, 재고를 처분하기 위해 거의 모든 상점이 세일에 들어가기 때문이다. 미국에서 10년 넘도록 살아 이 사실을 누구보다 잘 아는 알뜰살뜰한 경현 언니의 경우 연중에는 쇼핑과는 담을 쌓고 살다가도 블랙 프라이데이와 애프터 크리스마스 세일 때만큼은 쇼퍼홀릭이 된다.

나와 경현 언니는 크리스마스 당일이 되면 썰렁한 맨해튼을 휘젓고 다니는 대신 집에서 머리를 맞대고 치밀한 쇼핑 계획을 세운다. 크리스마스 다음 날, 우리는 하루 늦게 산타를 만나기 위해 아침밥도 먹는 둥 마는 둥하며 집을 나섰다. 추수감사절부터 계속 세일해 오는 물건들은 훨씬 더 큰 폭으로 할인을 하기도 하고, 예쁜 신상품들은 몇 시간이면 동이 나버리기 때문에 매우 치열한 경쟁에서 이기려면 아침부터 서둘러야 한다. 우리는 눈에 넣어도 아프지 않을 예쁜 구두를 장만하기 위해 아침 9시부터 블루밍데일즈Bloomingdale's로 향했지만, 이미 쇼핑백을 한가득 들고 다니는 사람들을 보고서야 우리가 한발 늦었다는 것을 깨달았다. 이날은 백화점의 오픈 시간조차 평소와 다르니 쇼핑 계획이 있는 사람이라면 반드시 미리 확인하는 것이 좋다.

원했던 구두 대신 예쁜 코트를 사고 서둘러 삭스 피프스 애비뉴Sak's Fifth Ave 백화점으로 달려갔다. 하지만 상황은 여기도 마찬가지. 좀처럼 할인을 하지 않는 명품 신발까지도 줄줄이 세일 품목에 올라 있는 관계로, 신발이 생명인 멋쟁이 뉴요커들은 한 시간도 넘게 기다려야 할 만큼 줄을 서 있었다.

아침 7시부터 정오까지만 깜짝 세일을 한다는 시어스Sears, 새벽부터 줄을 서야 들어갈 수 있는 타깃Target 등의 대형 몰에서는 물건을 머리에 이고 줄을 서 있는 사람들로 인산인해를 이루고 있었다. 고급 백화점의 대명사인 니먼 마커스Neiman Marcus조차도 백화점 복도에 줄줄이 옷걸이가 내걸려 있고, 미어터지는 사람들로 인해 시장이 따로 없었다. 매년 세일의 시간대와 그 폭이 다르므로 정보에 빠른 자만이 쇼핑의 즐거움을 만끽할 수 있다. 돈이 많지 않아도 부자처럼 느낄 수 있는 크리스마스의 쇼핑 시즌, 뉴욕에서는 하루 늦게 산타를 만날 수 있다.

A tip from a New Yorker 쇼핑 필수 영어!

What's the size? 사이즈가 어떻게 되나요?
Can I have a size bigger/smaller? 한 사이즈 큰/작은 것으로 주세요.
Can I have size 6? 사이즈 6 주세요
Do you have size guidelines? 사이즈 표 있나요?
Where is the fitting room? 탈의실이 어디 있나요?
Can I try this on? 입어봐도 되나요?
Does it come in one color? 색깔은 한 가지인가요?
Credit or debit? 신용 카드인가요, 직불 카드인가요?
Do you deliver? 배달되나요?
When does the sale end? 세일은 언제 끝나나요?
What time does the store open/close? 매장 개점/폐점 시간이 어떻게 되나요?

339

뉴욕의 아웃렛

맨해튼의 곳곳에 위치해 있으며, 유니온 스퀘어 매장이 맨해튼 내에서는 가장 크고 지하철을 이용하기에도 편리하다. 세일을 할 때마다 세일의 폭이나 판매하는 브랜드, 행사와 기획 상품들이 바뀐다.

● 필렌스 베이스먼트(Filene's Basement)

● 센추리 21 (Century 21)

맨해튼 다운타운에 위치한 대표적인 아웃렛으로 미국의 고가 브랜드는 물론 유럽의 디자이너 브랜드까지 섭렵하고 있다. 신발, 옷, 넥타이, 가방 등의 패션 액세서리, 향수 등 쇼핑의 필수 아이템들을 두루두루 갖추고 있는데, 오히려 너무 많은 물건들의 산만한 구성이 단점이라면 단점이다. 로워 맨해튼 말고 퀸즈 쪽에도 매장이 있으며 시간과 인내만 있다면 진주를 찾을 수 있는 곳이니 시간을 충분히 가지고 둘러 보자.

● 로우맨스 (Loehmann's)

홈페이지 ★ www.loehmanns.com
위치 ★ 101 7th Ave, NewYork
NY 10011 (Chelsea 지점)
전화번호 ★ 212-352-0856
영업시간 ★ 월~금 오전 9시~오후 9시,
일요일 오전 11시~오후 7시

명품에서부터 중저가 브랜드까지 다양하게 구비하고 있
으며 일 년 내내 정가보다 싸게 판매한다. 다른 아웃렛
에 비해 신상품에 가까운 물건들을 구매할 수 있는 장점
이 있다.

홈페이지 ★ www.dsw.com
위치 ★ 40 East 14th St, New York, NY 10003
전화번호 ★ 212-674-2146
영업시간 ★ 월~토요일 오전 10시~오후 8시,
일요일 오전 11시~오후 9시 30분

신발이란 신발은 다 모여 있는 신발 아웃렛! 매장에 들어서면
'신발 창고 대개방'이라는 문구가 떠오를 만큼 중저가부터
고가의 신발까지 두루 갖추고 있다. 정가보다 50~60% 싼
것은 기본이고, 시즌 오프 세일 때는 70~80%까지 할인에
들어간다.

● 디자이너 슈 웨어하우스
(DSW- Designer Shoe Warehouse)

● 우드버리 커먼 아웃렛
(Woodbury Common Outlet)

홈페이지 ★ www.premiumoutlets.com
위치 ★ 826 Grapevine Ct Central Valley
New York, NY 10917
영업시간 ★ 오전 10시~오후 9시(일요일을 제외한 공휴일
은 홈페이지 참조)
가는 방법 ★ 포트 어소리티에서 Short Line 또는 Gray
Line 고속버스를 이용

대부분 미국 브랜드로 채워진 다른 주의 아웃렛과 달리
이곳에는 많은 유럽 명품을 포함한 200여 개의 브랜드
가 입점해 있다. 버스가 포트 어소리티(Port Authority)에
서 30분 간격으로 아침부터 출발한다. 돌아오는 버스
시간을 잊지 않도록 주의하고, 시간보다 미리 버스를 기
다리는 것이 좋다. 주말에는 사람이 많이 몰려 돌아오
는 버스가 만석인 경우도 있기 때문이다. 버스를 이용
하면 도착 후 안내소에서 쿠폰 북을 받을 수 있다. 버
스의 왕복 요금은 37달러 정도이고, 편도 1시간에서
한 시간 반 정도 소요된다.

친구들과 함께 한국인 밴 택시를 대절해서 다녀오는
방법도 있는데, 요금은 왕복 200달러 정도로 짐도 많이
실을 수 있고 여러 명이 나누면 경비도 저렴해지니 편리
하다.

● 티제이맥스(T.J.Maxx)

홈페이지 ★ www.tjmaxx.com
위치 ★ 620 Avenue Of The Americas, New York, NY 10011
전화번호 ★ 212-229-0875
영업시간 ★ 일요일 오전 10시~오후 8시, 월~토요일 오전 9시 30분~오후 9시 30분

신발이란 신발은 다 모여 있는 신발 아웃렛! 매장에 들어서면 '신발 창고 대개방'이라는 문구가 떠오를 만큼 중저가부터 고가의 신
발까지 두루 갖추고 있다. 정가보다 50~60% 싼 것은 기본이고, 시즌 오프 세일 때는 70~80%까지 할인에 들어간다.

● 인터넷 쇼핑(Internet Shopping)

사시사철 물건이 다양하고 풍부한 쇼핑몰(www.bluefly.com), 그때그때 샘플 세일을 하는 품목만 올라오는 쇼핑몰(www.swirl.
com) 등 온라인 매장에서도 얼마든지 저렴하고 좋은 상품을 구입할 수 있다. 단, 큰 땅덩이와 어울리게 미국은 배송비가 만만치
않다. 한번은 배송비를 저렴하게 쓰려고 7~10일 걸리는 배송을 선택했는데, 2주가 지나도 오지 않아 확인해 봤더니 7~10일이란
business days, 즉 공휴일과 일요일을 뺀 날짜로 결국 2~3주나 되어야 상품을 받을 수 있다는 것이었다. 대부분의 배송은 가장
저렴한 우체국(USPS)을 이용하지만, 배송 받을 사람이 없으면 집 앞에 놓고 갈 수도 있으므로 분실 위험이 있어 주의해야 한
다. 단, 건물에 도어맨(우리나라의 경비원 개념)이 있다면 대신 받아 주니 안심해도 된다.

상품이 UPS나 FEDEX로 배송되는 경우 반드시 받을 사람이 있어야 하고, 사람이 집에 없다면 쪽지를 놓고 가니 그럴 때는 지정된 UPS/FEDEX 매장을 방문해 직접 가져와야 하는 불편을 감수해야 하는 경우도 있다. 미국의 배달 시스템에서 가장 중요한 것은 바로 집 코드(zip code; 우리나라의 우편번호와 같은 개념이나 필수 주소). 배송지를 적을 때 필수 사항이므로 미리 알아 두는 것이 좋다. 특히 체인점을 여러 군데 가지고 있는 백화점의 경우 집 코드를 통해 자신의 집에서 가장 가까운 곳을 안내받을 수 있으니 참고할 것. 주마다 세금이 다르니 온라인 쇼핑을 할 때는 세금 여부도 꼼꼼히 체크하도록 한다.

Episode
December ❸

한국에서 신년 자정 예배를 드린 후 잠든 내 머리카락을 쓰다듬어 주던 손길과 항상 날 걱정하시던 엄마의 기도가 떠오르자 마음에 구멍이 뚫린 듯 바람이 불어온다.

끝이 아닌 새로운
시작을 준비하는 날,
12월 31일

시간은 '째깍째깍' 잘도 간다.

매일매일을 마지막 날처럼 보내라고 누가 그랬던가. 그렇게 살아온 사람에게는 오늘처럼 1년의 마지막 날이 뿌듯할 테지만, 그렇지 않은 사람에게는 아마도 무척 허무한 하루가 바로 12월 31일일 것이다. 방학이 되어 대부분의 친구들이 한국으로 돌아가 버린 나의 경우는 황혼을 맞은 노인처럼 적막한 날이었다. 올해의 마지막 날도 그렇게 지나가는가 싶었는데, 나를 구원해 줄 반가운 전화 한 통이 울렸다. 뉴요커 친구들의 파티가 있다는 소식이었다. 게다가 파티장은 다운타운의 어느 레스토랑으로 연예인들이 많이 찾는 곳이니 환상적인 한 해의 마지막 날을 보낼 수 있을 거라 생각하며 모두 들떠 있었다. 하지만 기대했던 연예인들을 환상 속에서만 볼 수 있었음은 당연지사.

자정이 가까워 오자 파티장의 웨이트리스는 'Happy New Year'라고 적힌 예쁜 고깔모자와 하얀 깃털이 달린 헤어밴드를 모두에게 나누어 주더니 이내 샴페인을 한 잔씩 돌린다. 얼떨결에 하얀 공작부인이 되어 버린 나는 샴페인을 우아하게 들고 댄스장으로 개조한 공간에 빨려 들어갔다. 파티장 곳곳에 설치된 대형 텔레비전에는 매년 12월 31일이면 타임 스퀘어에서 진행되는 Ball Drop 행사가 중계되고 있었다. 헬기에서 촬영하여 중계되는 화면을 통해 전 세계 사람들이 모여 새해를 기다리는 타임 스퀘어의 열기가 고스란히 느껴졌다. 0시가 다가오자 샴페인을 한껏 들고 모두 함께 카운트다운을 하기 시작한다.

5!

4!

3!

2!

1!

'Happy New Year!!!'

새해가 밝자 사람들은 서로 옆 사람의 뺨에 입을 맞추며 포옹을 한다. 나
역시 샴페인 한 잔의 힘을 빌려 그 방에 모인 모든 사람에게 인사를 했다.

★ 뉴요커의 사랑에 회의를 느끼게 된 데이지에게는 진정한 사랑이 찾아오길 Happy
New Year!

★ 닥터인 경현 언니는 병원이 환자로 미어터져 어시스턴스만 10명 이상 쓰게 되길
Happy New Year!

★ 일 욕심 없는 젠코는 그녀가 원하는 대로 돈 많은 뉴요커와 결혼해 뉴저지에서 아
이들 낳고 예쁘게 살길 Happy New Year!

★ 난민 신청으로 고국에 돌아가지 못하게 되어 버린 이라크 정치부 기자 하두리가
꼭 가족을 다시 만날 수 있게 되기를 Happy New Year!

★ 자신의 패션 브랜드를 만드느라 연말에도 쉼 없이 달린 수잔에게는 경주마보다
강인한 체력이 생기길 Happy New Year!

★ 내년이면 어느새 환갑이 되시는 한국의 부모님께도 항상 건강과 하나님의 보살핌
이 있기를 Happy New Year!

★ 그리고 서울의 이것들아! 보고 싶어도 꼭 참아라. 훌륭한 사람이 되어 돌아갈 테
니! Happy New Year!!!

★ Happy New Year!!! Happy New Year!!! Happy New Year!!! Happy New
Year!!!

서로에게 인사를 마치더니 기도를 하려는 듯 다들 고개를 숙인다.

뉴요커들이 보기보다 종교적이라고 생각하려던 찰나 손가락을 분주히

움직이며 문자를 보내는 그들의 귀여운 정체를 알아채자 웃음이 나왔다.

한국에서 신년 자정 예배를 드린 후 잠든 내 머리카락을 쓰다듬던 손길과 항상 날 걱정하시던 엄마의 기도가 떠오르자 마음에 구멍이 뚫린 듯 바람이 불어온다. 길에서 마주치는 모두에게 새해 인사를 외치는, 마치 작은 동네와 같은 맨해튼의 12월 31일. 반짝거리는 건물의 불빛들보다 더 예쁘게 반짝이는 눈으로 인사를 건네는 뉴요커들과 하얗게 내뿜는 숨 사이로 새해가 밝아 온다.

뉴욕에 위치한 수질 1급의 클럽과 라운지

● 그린 하우스(Green House) 클럽

홈페이지 ★ www.greenhouseuse.com
위치 ★ 150 Varick St, New York, NY 10013[SOHO(Vandam St & Spring St 사이)]
영업시간 ★ 오전 10시~오후 4시(연중무휴)
입장료 ★ $20~25

사방을 꽃과 조명으로 치장한 나이트클럽으로 MBC 예능 프로그램 '무한 도전'의 뉴욕 편에서 잠시 소개되기도 했던 곳이다.

● 핑크 엘리펀트(Pink Elephant) 클럽

홈페이지 ★ www.pinkelephantclub.com
위치 ★ 527 West 27th St, New York, NY(첼시 지점), 35 East 21st St, New York, NY(미드타운 남쪽)
영업시간 ★ 수~일요일 오전 11시~오후 4시(월·화요일 휴무)
입장료 ★ $20~25

춤추는 핑크색 코끼리가 귀여운 핑크 엘리펀트 클럽(만취 상태에서 보이는 헛것을 핑크 엘리펀트라고 한다). 멋쟁이 뉴요커들과 힙스터들이 모여드는 곳이다.

● 키스 앤 플라이(Kiss and Fly) 클럽

홈페이지 ★ www.kissandflyclub.com
위치 ★ 409 West 13th St, New York, NY [(9th Ave & Washington St. 사이(첼시 미트팩킹 디스트릭트)]
영업시간 ★ 화·목요일~토요일 오후 11시 30분~다음 날 오전 4시(일·월요일·수요일 휴무)
입장료 ★ $20~25

유럽 댄스 음악이 귀를 쾅쾅 울려대고 20대의 뉴요커들이 현란하게 춤추는 수질 1급수의 나이트클럽. 극적인 인테리어가 인상적이며, 더 템플(The Temple)이라고 불리는 텐트 분위기의 VIP 지정석이 있다. 해외 DJ를 초빙해 이국적인 사운드를 제공한다.

● 더 셀러 바(The Cellar bar)

홈페이지 ★ www.bryantparkhotel.com
위치 ★ 40 West 40th St, New York, NY 10018(미드타운/브라이언 파크 남단)
영업시간 ★ 월~수요일 오후 5시~다음 날 새벽 2시, 목요일 오후 5시~다음 날 새벽 3시, 금요일 오후 5시~다음 날 새벽 4시, 토요일 오후 10시~다음 날 새벽 4시

브라이언 파크 호텔 지하에 위치한 와인바. 중세기의 샹들리에와 촛불이 분위기를 더해 준다. 코르셋을 입은 미녀들이 서빙하는 곳으로 해피 아워는 월~금요일 오전 5시~오후 7시, 일요일은 영업을 하지 않는다.

● 에이피티(APT) 라운지

홈페이지 ★ www.aptnyc.com
위치 ★ 419 West 13th St, New York, NY 10014 (미트팩킹 디스트릭트)
영업시간 ★ 일~월요일 오후 9시~다음 날 새벽 4시, 화~토요일 오후 7시~다음 날 새벽 4시
입장료 ★ $10~15

마치 누군가의 집에 초대받아 파티를 하는 듯한 착각에 빠지는 곳이다. 입구에서 요란스럽게 표를 내지 않아 아는 이들만 모여드는 비밀의 장소!

● 시엘로(Cielo) 클럽

홈페이지 ★ www.cieloclub.com
위치 ★ 18 Little West 12th St, New York, NY 10014 (미트팩킹 디스트릭트, 9애비뉴 근처)
영업시간 ★ 월·수요일~토요일 오후 10시~다음 날 새벽 4시 (일·화요일 휴무)
입장료 ★ $20~25

시엘로의 댄스 플로어는 항상 스타일리시한 뉴요커들로 가득 찬다.
입장이 까다롭기로 유명하기에 VIP 테이블이 많지 않다. 주인이 디제이
출신이라 음악과 사운드가 남다른 곳.

Episode Outro | 뉴욕에서 살아남기

화폐 체계

| 지폐 |

$1, $5, $10, $20, $50, $100짜리가 일반적으로 사용되는 지폐이며, 가끔 $2짜리도 볼 수 있다. $1짜리 지폐는 싱글이라고도 부른다. 가격을 말할 때는 100단위씩 묶어서 부를 때가 많고, 1천 달러 단위는 그랜드로 표현하기도 한다.

(예) $1800 : 에이틴 헌드레드(Eighteen Hundred) / $2000 : 투 그랜드(Two Grand)

| 동전 |

- 쿼터(Quarter) : 25센트짜리 동전. 전화, 공중 주차 요금, 라커 등 가장 유용하게 쓰이는 동전이다.
- 니클(Nickel) : 5센트짜리 동전. 토마스 제퍼슨의 두상이 새겨져 있다.
- 다임(Dime) : 10센트짜리 동전. 프랭클린 루스벨트의 두상이 새겨져 있으며 5센트짜리 동전보다 작다.
- 페니(Penny) : 1센트짜리 구리 동전. 다임과 크기 차이가 없으므로 색깔로 구별한다.

단위 체계

뉴욕에서 사용하는 알쏭달쏭한 단위 체계. 길이는 인치(inch)와 피트(Foot, 복수는 Feet) 단위를 쓰고, 무게는 아운스(Ounce 또는 oz)과 파운드(Pound 또는 lb)를 쓴다. 뉴욕으로 여행을 갈 때 자신의 키와 몸무게 정도는 피트, 파운드로 어느 정도인지 미리 알알 두자.

| 길이 |

- 1 inch=2.54cm
- 1 foot=12 inches=30.48cm
- 1mile=1.6km

| 무게 |

- 1oz(ounce)=28.35g
- 1lb(=1pound)=453.6g

뉴욕에서 전화 걸기

| 공중전화 |

델리에서 구입하는 전화 카드나 동전으로 전화를 걸 수 있다. 25센트를 넣고 0번을 눌러 교환원을 거쳐 통화하는 방법과 1번을 누른 후 곧바로 해당 전화번호를 눌러 통화하는 방법이 있다. 통화 중 '삐-삐-' 하는 경고음이 들리면 동전을 투입한다.

| 국제전화 |

거리의 델리 등에서 손쉽게 구입할 수 있는 국제 전화 카드(phone card)를 사용한다면 훨씬 저렴한 가격으로 국제 전화를 걸 수 있다. 카드에 적힌 '1-800'으로 시작하는 무료 통화(Toll Free) 번호를 누른 후 지시에 따라 전화를 걸면 되는데, 한국으로 국제 전화를 걸 때 앞의 전화 코드는 011이다.

(예) 한국 서울의 유선 전화(landline)로 전화를 걸 때. 전화번호가 '545-0000'이라면 다음과 같이 번호를 누르면 된다.
011-82(국가 코드)-2(지역 코드)-545 0000
(예) 한국의 무선 전화(mobile)로 전화를 걸 때. 전화번호가 '010-555-5555'라면 다음과 같이 번호를 누르면 된다.
011-82(국가 코드)-10(통신사 번호)-555-5555

가끔 특이한 전화번호가 문자로 오는 경우가 있다. 예를 들어 통신사 버라이즌(Verizon)의 경우는 번호가 '1-800-VERIZON'으로 표시되는데, 이는 휴대 전화 숫자 패드에 나타나는 번호를 대신한 일종의 광고이다. 즉, '1800-VERIZON'을 숫자 패드에 대입해 보면 이곳의 전화번호가 '1-800-837-4966'이라는 것을 알 수 있다.

음식점 예약부터 계산까지

I would like to make a reservation. (예약하고 싶습니다.)

뉴욕의 인기 레스토랑들은 예약을 해야만 갈 수 있는 곳들이 부지기수. 하지만 일부러 예약을 안 받는 곳들도 있으므로 미리 확인하는 것이 필수다. 또 예약 인원이 다 오지 않았을 경우에는 자리에 안내해 주지 않는 경우가 대부분이니 시간 약속을 잘 지키는 것은 기본이다. 런치 스페셜이 있는 곳들은 점심시간에 이용하는 것이 좋다. 뉴욕은 실내에서의 흡연이 법으로 금지되어 있으니 주의하자.

| 음식점 예약을 위한 기본 회화 |

I would like to make a reservation for dinner on 23rd of July?
7월 23일 저녁 식사를 예약하고 싶은데요?

For how many(people)?
몇 명 예약인가요?

For 2 people.
두 명이요.

What time?
몇 시에 예약하시겠어요?

Seven thirty, please.
7시 반으로 부탁합니다.

What is the name?
예약할 이름은요?

The name is Hyun
현으로 해주세요.

You are all set! Thank you.
예약됐습니다. 감사합니다.

Please wait to be seated. (자리로 안내할 때까지 잠시 기다려 주세요.)

자리로 안내할 때까지 기다릴 것. 자리가 마음에 들지 않는다면 다른 자리를 안내해 달라고 부탁한다. 오래 걸릴 것 같으면 "How long is the wait?"(얼마나 걸릴까요?)라고 물어본 후 결정한다. 바를 갖추고 있는 레스토랑이 많아 기다리면서 음료수를 마실 수 있다. 바에서 기다리고 싶은 경우 "I'll be at the bar."(바에 있을게요.)라고 말하면 된다.

What would you like to drink? (음료수 주문하시겠어요?)

레스토랑에서 음료수 주문을 먼저 받는 것에는 음식을 천천히 고르라는 배려가 담겨 있다. 그러나 음식을 이미 결정했다면 "We are ready to order."(주문할 준비됐습니다.)라고 말한 후 주문하면 된다. 만약 음료수 생각이 없고 단지 물을 원한다면 "Just water."(물만 주세요.) 혹은 "Water's fine."(물이면 됩니다.)이라고 말한다.

Can I take your order?/Are you ready to order? (주문하시겠어요?)

뉴욕의 음식점들은 대부분 2개의 메뉴를 준비해 놓고 있다. 하나는 음료수와 주류 메뉴, 그리고 다른 하나는 음식 메뉴이다. 음식 메뉴는 'Appetizer'(애피타이저; 샐러드 등의 간단한 전채 요리), 'Entree'(앙트레; 메인 디시), 'Dessert'(디저트) 크게 3항목으로 구분한다.

| 코스 & 세트 요리 |

- Prefixe Menu
  이미 메뉴가 정해진 코스 요리로 가격도 괜찮고, 음식점에서 엄선하여 만든 만큼 맛도 괜찮다.
- Sampler(샘플러)/Tasting Menu(테이스팅 메뉴)
  다양한 요리를 조금씩 맛볼 수 있도록 만든 세트 요리. 각 음식점의 대표적인 요리들로 구성되어 있어 배부르지 않게 여러 요리를 시식해 볼 수 있다.

| 음식 주문을 위한 기본 회화 |

- 주문할 때는 "I'll have(메뉴 이름)."(~~으로 하겠습니다.)
- 주문이 끝났거나 더 필요한 것을 물어오면 "That's it."(그게 다입니다.)
- 식사 도중 "Everything okay?"(괜찮으세요?)라고 물으면 필요한 것을 얘기한다. 만약 없을 경우에는 "Great, thank you." 혹은 "Fine, thank you."라고 대답하면 된다.

Check, please! (계산서 주세요!)

계산은 음식을 먹은 자리에 앉아서 하면 되는데, 계산하고 싶을 때 "Check please."라고 말하여 자신의 테이블 시중을 드는 웨이터에게 계산서를 부탁한다. 계산서를 확인한 후 팁을 합한 액수를 현금으로 두고 자리를 떠나도 된다. 카드로 계산할 경우에는 카드와 계산서를 웨이터에게 건네준다. 웨이터가 결제한 카드 영수증을 가져오면 팁을 더해 영수증에 사인하면 된다. 팁은 현금이나 카드 둘 다 결제 가능하다.

A tip from a New Yorker 팁은 얼마를 줘야 할까?

팁은 세금의 2배 정도나 전체 계산 금액의 15%를 주는 것이 일반적이다. 팁은 서비스에 대한 대가이므로 서비스를 받지 않는 패스트푸드, 테이크아웃 음식점, 델리에서는 당연히 내지 않지만, 바나 클럽에서 술을 시킬 때는 1~2달러씩 지불한다. 관광객이 많은 음식점이나 값이 너무 저렴한 음식점에서는 가끔 음식 값에 팁을 붙여서 청구하는 경우가 있으니 계산서를 주의해서 보도록! (Gratuity라고 표시된 항목에 팁이 계산되어 나오기도 한다.) 음식점 이외에도 미용실 등 인건비가 들어가는 서비스 매장 이라면 항상 팁을 염두에 두고 계산을 까도록 한다.

I'll have this to go/Doggy bag, please. (포장해 주세요.)

뉴욕의 음식점들은 비싼 만큼 양이 많은 곳들이 대부분이다. 그래서 남은 음식을 싸 가는 경우가 많다.